回想の太宰治

tsushima michiko

津島美知子

講談社文芸文庫

目次

回想の太宰治

I

御坂峠

太宰治は、茶店備え付けの荒い棒縞《ぼうじま》のどてらに角帯を締めて坐り、五歳くらいの男の子が、その膝に上がったり下りたりしていた。

前に、甲府の私の実家で会ったときよりも彼は若々しく、寛《くつろ》いでみえたが、先刻バスをおりたとき私を迎えた、茶店のしっかり者らしい三十過ぎのおかみさんと、大柄の妹さんと、ふたりの同性の眼が、二階の座敷に上がってからも私には気にかかり、モトヒコという、彼にまつわりついて甘えている子のこともじゃまに思われた。

ひっきりなしに煙草をすいながら太宰は、先日までここに滞在していらした井伏先生ご夫妻のこと、この茶店の主人は応召中であること、小さい女の子がいて、「タダイさん」と彼をよぶこと、それからいま書いている小説の女主人公の姓「高野」は、茶店の妹さんの名「たかの」さんからとってつけたことなどを明るい調子で話した。

御坂《みさか》トンネルの大きな暗い口のすぐわきに、国道に面して、この天下茶屋は建っている。茶店といっても、かなり広い二階家で、階下には型通りテーブルや腰掛を配置し、土産物やキャラメル、サイダーなどを並べ、二階は宿泊できるようになっていた。

御坂トンネルが穿《うが》たれて甲府盆地と富士山麓を直結する国道八号線が開通したのが昭和五年頃で、河口湖畔に住むTさんがこの茶店を建てたのはその後のことであろう。甲府盆地では御坂山脈に遮《さえぎ》られて富士は頂上に近い一部しか見えない。盆地からバスで登ってきてトンネルを抜けると、いきなり富士の全容と、その裾に拡がる河口湖とが視野にとびこんで、「天下の絶景」に感嘆することになる。トンネルの口の高いところに「天下第一」と彫りこまれている。それでこの茶店は「天下茶屋」とよばれていた。

茶店の背後には山が迫り、その山側の床の間の袋棚の戸が少し開いていて、淡茶色の鞄が見えて、私はほっとした。というのは彼が「無一物」だと言っていたから、それでも鞄くらいは持っているのかとなんとなく嬉しく感じたのだが、鞄はそのとき見えたきりで、その後全く消えてしまっていたから借り物だったのだ。

彼が荻窪の下宿をひき払って甲州に出発してからその日までに、一ヵ月ほど経っていた。これもあとで知ったのだが、彼は「姥捨」の原稿料で質屋の蔵に入っていた、夏の和服一揃を出して着かざり、その鞄一つを提げて御坂峠の天下茶屋に登ってきたのである。井伏先生が太宰を励まして新しい出発を決意させてくださったのであることは言うまでもない。下宿での毎日がよくない。東京を離れて山中に籠《こも》って、長篇にとりくんでみるようにと、この茶店を紹介してくださり、書き上げたら竹村書房から上梓してもらう内諾も、とってくださっていた。

大きな課題を負い、師を頼って御坂にきた太宰は、先生の帰京後は一人ぼっちでこの二階に残された。

これまで下宿鎌滝では、いつも周囲に誰かがいた。同年輩の独身ものが集まっていて、井伏家での、翌年（昭和十四年）一月の結婚式の席上で北さんは、その方たちのことを「有象無象」と、大変失礼な呼び方で呼んで、その有象無象のために始終、客膳をとり寄せ、鎌滝の女主人まで憤慨しているほどで、仕事は妨げられ、郷里から送った衣類寝具など、自他の区別なく、勝手に、その有象無象が質入れしてしまうと、何度も繰り返して、太宰が一方的に被害者であることを力説した。けれども、のちにその仲間のうちで一番年少で、まだ在学中だった長尾良さんから、太宰さんが御坂へ行って結婚してくれたので、おかげで自分は大学を卒業できました、と感謝されたことから推測すると、お互いさまだったのだと思う。

ともあれそのような生活から、一転、山中の一軒家にとり残されて、さびしがりやの太宰は、さぞかし耐え難い思いであったろう。しかしずっとこの茶店の二階に籠りきりでいたわけではなく、郵便物の投函や受取を口実に、茶店の前からバスで河口湖や吉田の町へ、又は反対にトンネルをくぐって甲府市街へおりたことも度々あった様子である。

御坂の茶屋に太宰を訪ねた秋の一日から、三ヵ月ほど前まで私は太宰治の名も作品も知らなかった。昭和十年第一回の芥川賞の「蒼氓」は読み、次席の高見、衣巻氏らの名は知っていたのに、太宰治の名は全く盲点に入っていた。

当時、太宰は、愛読者と、支持者をすでに持っていたが、知名度ともなればいたって低いものであった。昭和十年第一回芥川賞次席になって以後二、三年の沈滞期がなかったら、もっと文名が上がっていたろう。そして相当ひどい評判や噂が彼を囲んでいたらしいが、私は知らなかったし、この縁談を伝え聞いて出版社に勤めている従姉《いとこ》の夫から、私の母に忠告があったことを聞いたが、それほど気にならなかった。かぞえ年で二十七歳にもなっていながら深い考えもなく、著書を二冊読んだだけで会わぬさきからただ彼の天分に眩惑されていたのである。

太宰という一作家を知るきっかけとなったのは、井伏先生から斎藤氏に宛てた一通の封書で、毛筆の小さい楷書で「甲府市竪町《たつまち》九十三番地、斎藤文二郎様」と宛名を記した細身の封筒は、その前後、長い間、私の実家の茶の間の状差に差してあった。母がなんという能筆な方だろう、と嘆声を洩らしたのを覚えている。

巻紙に相手の年齢について、十九歳から二十九歳まで（太宰がそのとき三十歳、年齢はすべて数え年）と制限し、太宰については既に何冊か小説集を上梓していること、近々刊行予定のものもあることなどが書かれていた。仕事に関することだけで、私生活については全く触れてなかった。

井伏先生に太宰のための嫁探しを懇願したのは、北、中畑両氏である。


井伏先生と同郷で愛弟子の高田英之助氏が新聞社の甲府支局に在勤中、斎藤家のご長女須美子さんと知り合い、婚約中の間柄で、北さんと中畑さんに懇願された井伏先生は高田氏を通して近づきになった斎藤氏に書面を送って、一件を依頼された。斎藤家では、愛婿となるべき人の、敬愛してやまぬ先輩からの依頼とあって周囲を物色し、この書面を私の母のもとに持参し、紹介してくださったのである。

斎藤夫人が井伏先生と太宰とを、水門町の私の実家に案内してくださった九月十八日午後、甲府盆地の残暑は大変きびしかった。井伏先生は登山服姿で、和服の太宰はハンカチで顔を拭いてばかりいた。黒っぽいひとえに夏羽織をはおり、白メリンスの長襦袢の袖が見えた。私はデシンのワンピースで、服装の点でまことにちぐはぐな会合であった。

縁先に青葡萄の房が垂れ下がり、床の間には放庵の西湖の富士と短歌数首の賛の軸が掛かっていた。太宰の背後の鴨居には富士山噴火口の大鳥瞰写真の額が掲げてあった。太宰は御坂の天下茶屋で毎日いやというほど富士と向かい合い、ここでまた富士の軸や写真に囲まれたわけである。

それから後、この話は順調に進んだのであるが、当時の彼の書簡でみると、太宰はひとり、天下茶屋でいろいろ気をもみ、取越苦労をしていたらしい。性格と育ちとから、初めての土地で、初めて知った家庭の素人の女性を相手に自分で交渉することなど何よりの苦手であったと思う。太宰は生家に自分を認めさせたく、それが彼の仕事への推進力にもなっている。その一方、何かというと生家を当てにして援助を求める。郷里の家では、もはや太宰になんの期待ももたず、話に乗らず、相手にせず、飢えさせないだけの仕送りをして、それが適当な処遇と考えていた。太宰が過去どれだけ生家の体面を汚し、母を泣かせたか考えれば当然であるのに――。私の実家に対しての見栄もあり、苦労性の彼はさまざま思い乱れていた様子であるが、周囲の好意――それは多かれ少なかれ彼の天分を認めての上で――によって、婚約披露も結納も滞りなく行なわれた。

十一月六日、私の叔母ふたりを招き、ささやかな婚約披露の宴が私の実家で催された。東京からは井伏先生がわざわざ臨席してくださり、文学や画の好きな義兄Yが洋酒を持参して祝ってくれた。床の間に朱塗りの角樽が一対並んでいた。結納は太宰から二十円受けて半金返した。太宰はこれが結納の慣例ということを知らず、十円返してもらえることを知って大変喜んだ。

この頃までに、私は太宰の作品集二つと、その頃雑誌に発表した短篇を読んだ。八月はじめ、私は東北から北海道への旅行に出て、十和田湖からバスで青森市に出て、連絡船の出航を待つ間、駅前通りの成田書店に入って、棚に、母から聞いた人の著書「虚構の彷徨」が三冊ほど並んでいるのを発見し、連絡船の中で読んだ。「一九三八・八・七　青森にて」と書き入れたこの本が今も残っている。

「晩年」は秋になって太宰が砂子屋書房に頼んで送ってくれた。「満願」の載った「文筆」が同封されていた。そのころ「新潮」で「姥捨」を読んだ。こんなに自分のことばかり書いて——この人は自分で自分を啄《ついば》んでいるようだ——そんなことを感じた。

御坂峠と手紙の往復をしていて、あるとき「思い出」の中の「私が三年生になって、春のあるあさ——」の一節を毛筆の細かい楷書で和紙に書写して送った。作家願望の最初のあらわれで私の胸にとくにひびいた一節だったから——。

「あれはよいことだ」と彼は言った。予期せぬことが彼を大変喜ばせた。

当時A氏の「F」という長篇小説が評判で、私は太宰に会ったとき「F」のことを話題にした。話題にしただけなのだが、これはよくなかった。そのときは何も言わなかったが、あとあとまで、「お前はAの『F』をいいなんて言ったね」という言い廻しで、太宰という作家を前において、他の現存作家の名や作品を口にしたことを詰《なじ》った。

寿館

昭和十三年の十一月半ば、太宰は御坂峠をおりて、寿館に下宿した。この下宿は、甲府の上府中《かみ》（甲府市の北部の山ノ手）の西寄りにあった。

当時甲府の市内には大小の製糸工場が点在していて寿館の近くにも、「小路一つ隔てて」かどうかは確かめていないが、製糸工場があって、サナギを煮る匂を漂わせていた。製糸工場はみな木造二階建で通行人にいくつも並んだ窓を見せていた。ここで働く女性たちは通勤で、宿舎の設備のある大規模の工場はなかった。太宰が寿館で書いた“I can speak”の女工さん姉弟の姿と声とは、幻で見、幻で聞いたのであろう。

寿館は下宿屋らしい構えで、広い板敷の玄関の正面に大きい掛時計、その下が帳場、左手の階段を上り左奥の南向きの六畳が、太宰の借りた部屋である。私の母が探して交渉してくれたのだが、勤めももたず、荷物というほどの物も持たぬ、いわば風来坊の彼のために保証人の役もしたのだと思う。御坂にくる迄の彼の荻窪の下宿が西陽のさしこむ四畳半と聞いて、それはひどいと同情した母の声音を記憶している。日当りのよい窓辺に机を据え、ざぶとん、寝具一式を運び、一家総がかりで彼のために丹前や羽織を仕立てたり、襟巻を編んだりした。太宰はほとんど毎日、寿館から夕方、私の実家に来て手料理を肴にお銚子を三本ほどあけて、ごきげんで抱負を語り、郷里の人々のことを語り、座談のおもしろい人なので、私の母は（今までつきあったことのない、このような職業の人の話を聞いて）、世間が広くなったようだ、と言っていた。酒の合間に硯箱や巻紙封筒を出させて、これは下宿にその用意がなかったからであろうが、ちゃぶ台に向かったまま、左掌の上で巻紙を繰り出しながら毛筆を走らせて、私の母なども時折、荷札に宛名を書くときなどその手でやっていたが、私はとしよりの芸当くらいに思っていたので、太宰がよその茶の間で、私どもの面前で、そうして巻紙を下におかずに手紙を書くのを見て、若くても文士というものはさすが違っていると、感服した。

太宰はあるとき私の亡兄の追悼文集を拾い読みしていて、寄稿者の中に弘前高校の同期生の名を発見し、太宰も私の兄も同じ昭和五年大学に入学したことがわかり、私の実家のものみな太宰との距離が近くなったように感じた。

いつもお銚子三本が適量だと言って、キリよく引きあげていたが、適量どころか火をつけたようなもので、このあと諸所を飲みまわって異郷での孤独をまぎらわせていたらしい。ある飲み屋の女の人から「若様」とよばれたなどと言っていた。

ある日下町を一緒に歩きまわってから寿館に寄ったら、寝具が敷き放しになっていて枕もとにはパンの食べ残しがちらばっていた。太宰は大いそぎで、ふとんを二つ折にし、パンのことを「倉さんが東京から送ってくれたのだ」と言った。倉さんこと小林倉三郎氏のことは太宰からもその前に聞いていたし、「虚構の春」の冒頭の書簡の「田所美徳」は、小林氏のことであろうと推測していた。佐藤春夫夫人の令兄で、太宰を強く支持してくださっていた方である。パンのことは真実かもしれず、あるいはみっともないところを見られてとっさに口から出た出まかせであったかもしれない。

寿館では部屋ごとにお膳を運ばずに玄関の右わきの食堂で朝夕の食事を摂るきまりであった。夜遅く帰ると食堂は閉まっていて、酒はのんでも腹にたまるものを食べていないので、床の中でパンをかじるような侘しい夜もあったのである。「夜食」という二字が目に入ると、私は今でもその夜の寿館の太宰の部屋で見た光景を思い出す。

倉さんが送ってくれたという夜食のパンのこと、それから翌年御崎町《みさきちょう》に移ってすぐ書いた「黄金風景」や「新樹の言葉」がたけさんを恋う心から生まれていることから、私には甲州という異郷にあって太宰が、小林さんや郷里のたけさんなど、自分を支持してくれる人の名を呼びつづけていたような気がする。

寿館の主のKさんの息子さんは事故か病気のせいかで、足が不自由になりM高校を中退して療養中であることを太宰から聞いた。

「人間失格」の終りに近く、不幸な薬局の女主人が登場する。私はこれを読んだとき、寿館の息子さんのことを連想した。

御崎町

　結婚式の日取りや出席者のことなど打ち合わせる一方、私の実家では新居にあてるための借家探しを始めた。貸家札は少なくなってはいたが足まめに歩けばまだ見つかった。旧制高校生だった私の弟が冬休みになってから探し歩いて、とある店の軒に下がった貸家札を見て入っていき、借り手の職業を聞かれたので小説家だと言ったところ文士なんかにゃ貸せねえよ、と断られたといって憤慨していた。

　ほかにも当時の「文士」の世間的地位を物語る挿話がある。

　同じころ――昭和十三年の秋、私は太宰に頼まれて戦地の田中英光氏に慰問袋を作って送ったが、その折太宰から彼が甲州へ旅立つ前、鎌滝下宿屋に田中氏の母堂がおしかけてきて、うちの英光が太宰とかいうもののおかげで文学にかぶれて甚だ迷惑している。太宰に会わせろ、と談判して鎌滝のおかみとやり合った、自分は運よく外出していて助かった、ということを聞いたが、そんな時代だったのだ。

やがて母が御崎町《みさきちょう》に小さな借家をみつけてくれて、昭和十四年の正月早々、風の強い日に太宰は寿館からこの家に移った。

御崎町は上《かみ》府中でも一番北に寄った文字通りの町はずれである。大家は鳶職《とびしょく》の秋山さんという、彫り物をちらつかせたいなせな人で、借りるについてうるさいことは何も言わなかった。色白のおかみさんは表通りに面した店先に糸針駄菓子などを並べて小商いをやっていた。店の左手、木遣《きやり》の柱が渡してある大家の軒の下の露地を入ると庚申《こうしん》バラなどの植込を前に、平家が二軒東向きに建っていて、奥の方がこんど借りた家である。大家さんが鳶だから、持ち地所に半ば自分で建て、外まわりもまめに手がけた家作という感じであった。隣は相川さんといって主人は通いの番頭さんのような風体の人、おかみさんも働きに出ていて全く交渉が無かった。

この家の間取りは八畳、三畳の二間、お勝手、物置。八畳間は西側が床の間と押入、隅に小さい炉が切ってあった。東側は二間ぜんぶガラス窓、その外に葡萄棚、ゆすら梅の木、玄関の前から枝《し》折戸《おりど》を押して入ると、ぬれ縁が窓の下と南側にL字型についている。この座敷の南東の空には御坂山脈の上に小さく富士山が見えた。南側のぬれ縁近く、南天を植えた小庭を前に太宰は机を据えた。

隣の三畳間は、障子で二畳の茶の間と一畳の取次とに仕切ってあった。縁も玄関の格子戸もお勝手の板の間も古びてはいるが、洗いさらしたようにきれいで、この小家は一言でいえば隠居所か庵のようなおもむきだった。

　太宰は六円五十銭という廉《やす》い家賃を何より喜んだ。敷金も無かった。結婚式の席で、北、中畑両氏からくり返し説教され、自分でも家計の破綻《はたん》を極度に警戒しているように見えた。引越し直後、私は荻窪の質屋の女主人國保浪子様宛、何か甲州名物を送るように言いつけられて枯露柿《ころがき》を送った。國保さんから返礼に干瓢《かんぴょう》を送ってくれた。

　引越す前、酒屋、煙草屋、豆腐屋、この三つの、彼に不可欠の店が近くに揃っていてお誂え向きだと、私の実家の人たちにひやかされたが、ほんとにその点便利よかった。酒は一円五十銭也の地酒をおもにとり、月に酒屋への支払が二十円くらい。酒の肴はもっぱら湯豆腐で、「津島さんではふたりきりなのに、何丁も豆腐を買ってどうするんだろう」と近隣で噂されているということが、廻り廻って私の耳に入り、呆れたことがある。

　太宰の説によると「豆腐は酒の毒を消す。味噌汁は煙草の毒を消す」というのだが、じつは歯がわるいのと、何丁平げても高が知れているところから豆腐を好むのである。

　毎日午後三時頃まで机に向かい、それから近くの喜久之湯に行く。その間に支度しておいて、夕方から飲み始め、夜九時頃までに、六、七合飲んで、ときには「お俊伝兵衛」や「朝顔日記」、「鮨やのお里」の一節《ふし》を語ったり、歌舞伎の声色を使ったりした。「ブルタス、お前もか」などと言い出して手こずることもあった。ご当人は飲みたいだけ飲んで、ぶっ倒れて寝てしまうのであるが、兵営の消灯ラッパも空に消え、近隣みな寝しずまった井戸端で、汚れものの片附けなどしていると、太宰が始終口にする「侘しい」というのは、こういうことかと思った。

この家は、家賃が廉い筈で、ガスも水道もなく、一日に何回も井戸端まで往復して水を運んで、ドタバタしなければ手も洗えなかった。

井戸端で秋山さんと隣家の女の子たちがよく遊んでいたが、その傍を私たちが通ると遊びをやめて太宰を見上げたり、ささやき合ったりする。玄関の前のたたきに「夫婦の家」といたずら書きされていたりした。勤めにも出ないし、少々変った風体なので、子供心にも異様に感じたのだろう。

御崎町を西の端まで歩いて相川の橋を渡るともう市外で、甲府四十九連隊の練兵場に続いている。連れ立って散歩していて、兵隊さんの行進に出くわして、工合のわるい思いをすることもあった。朝夕は近くの甲府中学に通う中学生がぞろぞろ通る。中学生と兵隊さんとをのぞけば、この町は人通りも少なく、大きな商店もなく、格子作りのしもたやの並んだ眠ったような町であった。

この家での最初の仕事は「黄金風景」で、太宰は待ちかまえていたように私に口述筆記をさせた。副題の「海の岸辺に緑なす樫の木、その樫の木に黄金の細き鎖のむすばれて」を書かせて、どうだ、いいだろう、と言った。次が「続富嶽百景」で「ことさらに月見草を選んだわけは、富士には月見草がよく似合うと、――」から始まったが、私は前半を全く読んでいなかったので筆記しながら唐突な感じがした。また今こそ珍しくないが、当時赤いコートなど子供以外にはほとんど見かけなかったから、揃いの赤い外套を着た娘さんから写真のシャッターを切ることを頼まれるところで、赤い外套をほかの色と変えるように言おうかと思いつつ遠慮して言わなくてよかった。赤いコートでこそ効果的なのだから。

「女生徒」では、下着の胸に赤いバラの花を刺繡《ししゅう》したとあるのを、下着には白い刺繡の方がよいと思うと口出ししたのだが、これはよかったのではないかと思う。

井伏先生は御崎町時代二度ほど甲府にお見えになった。はじめのときは、先生のお伴で、先生のお馴染の小料理屋をまわった末、名代のうなぎ屋の二階に落ちついて、あらためて酒になった。先生はゆっくりゆっくり間をおいてお飲みになる。太宰のせっかちな書生流とまるで違う。先生の息の長い悠揚迫らぬ盃の運びに感心しながら私たちが辞したのは、夜明けに近かった。

二度めは三月下旬、先生はその日、仕事を持って御崎町にお見えになり、太宰の机で執筆された。太宰はただ嬉しく、顔をゆるませて炉端にひき退って、お仕事の終了を待っていた。先生は机の前にお坐りになると、「どうもへんだよ。書こうとすると小便したくなるんだ」とおっしゃって、立ったり坐ったりされた。新聞連載の一回分を書き上げて、太宰と一緒に銭湯に行かれた。

翌朝、窓の外の葡萄棚やゆすら梅や桑畑をお眺めになって、桑が大変芽ぶきの遅い植物であることを教えてくださった。

太宰が竹村書房と約束した「愛と美について」の原稿はこのころもう揃っていて、三月二十五日に上京して届けた。装幀は竹村氏の希望で、著者の好みのデザインを出すことになり、手近にあった刺繍の図案集を送った（太宰は竹村氏宛の書簡に「フランス刺繍の本」と書いているが精確にいうと外国で出版された、ヨーロッパ各国の伝統的な刺繍の原色の図案集で、方眼図が付いていた）。

原稿ができ上がると、原稿の肩を三角に折って千枚通しで穴をあけて、こよりで綴じ、ハトロン封筒に毛筆で宛名を書くのだが「〇〇編集部御中」ではいけない。「編集部〇〇〇様」と個人名にしなくてはいけない、とそんな初歩的なことを教えられた。

小説集「愛と美について」、太宰にとっては四番め、私との結婚後初めてのこの本が出来上がって届いたとき、私は冒頭の「読者に」という太宰の一文を読んで、太宰の自信のほどに強く打たれた。事実、彼は文壇に登場したはじめから、少数ながらも熱烈な愛読者を持っていて、その方たちはいつも彼の新作と新しい著書の出版を期待していたのである。そしてひきつけられるあまり、「女生徒」のS子さんのように日記や手紙を送ってくる人、函のついていない小説集「女生徒」に函を手作りしたと便りをよこす人などあった。ポピュラーな作家となって世にもてはやされるのは勿論《もちろん》結構なことで、作家の本懐であろうが、この当時の太宰のように二千部、三千部の僅かな部数の小説集を、必ず心をはずませながら買い求める愛読者を頭において出してゆくのも、なかなか幸福な作家の相《すがた》だと思う。

四月太宰が書いた「葉桜と魔笛」(「若草」十四年六月号)は私の母から聞いた話がヒントになっている。私の実家は日露戦争の頃山陰に住んでいた。松江で母は日本海海戦の大砲の轟《とどろ》きを聞いたのである。発表後この小説のことを井伏先生がほめてくださったそうで太宰はふしぎだ、意外だと言っていた。

「若草」は文学好きの若人を対象とする文芸誌で、今と違い娯楽の少なかった戦前なかなか人気があった。新進の太宰にとっては有難い発表の場であったから、「若草」の読者に向くような題材を選び、掲載誌の発売される葉桜の季節を考慮して爛漫《らんまん》の春にこのロマンを執筆したのである。

続いて「八十八夜」「春の盗賊」を書いた。「春の盗賊」は三鷹移転後の翌年一月号の「文芸日本」に載ったが、それはこの小説の七十枚を越す長さ、「春の〇〇」という題名、その他の事情で発表が延びたので、作中「『女形、四十にして娘を知る。』けさの新聞に、新派の女形のそんな述懐が出ていたっけ、――」とある。これは昭和十四年四月二十一日付東京朝日新聞趣味欄に「花柳章太郎氏談」として載った記事を指している。またこの小説の舞台は御崎町の家であって、九月三鷹に移ってから古い新聞記事や以前の家を思い出して書いたのではない。

斎藤夫人は高田氏と愛嬢との結婚式が高田氏の病気のために延引しているのを心配してその話で度々来訪された。私たちはあとの雁《かり》が先に立つ形で高田氏よりも先に結婚したのだから、斎藤夫人の胸中も十分推察してはいたが、斎藤夫人が甲州人らしい率直さで太宰のことを「更生」という言葉をしきりに使って、あれこれ言われるのには閉口した。「更生」の語には犯罪者の連想があるから。

初夏の頃太宰と町の本屋に入って、私が店頭の「若草」を手にとってみると、田中英光さんの「鍋鶴」が載っていた。前に戦地から送ってきた田中さんの米粒のような細字の原稿を太宰の言いつけで清書して「若草」編集部宛送った、それが載っていたのだから、私は思わず、はしゃいだ声を出して太宰に知らせた。喜ぶかと思いの外、太宰はニコリともせず、一言も口をきかず、その横顔のきびしかったこと——未だにそのときの彼の気持ははっきりわからないのであるが、つまりは作家は太宰治しかいないと思っていなくてはいけないということだったのだろうか。

太宰のような常識圏外に住む人と私はそれまで接触したことがなかった。御崎町時代は何もわからず暗中模索していたようなものである。

犬のことでは驚いた。その頃甲府では犬はたいてい放し飼いで、街には野犬が横行していた。一緒に歩いていた太宰が突如、路傍の汚れた残雪の山、といってもせいぜい五十センチくらいの山にかけ上った。前方で犬の喧嘩が始まりそうな形勢なのを逸早《いちはや》く察して、難を避けたつもりだったのである。それほど犬嫌いの彼がある日、後についてきた仔犬に「卵をやれ」という。愛情からではない。怖ろしくて、手なずけるための軟弱外交なのである。人が他の人や動物に好意を示すのに、このような場合もあるのかと、私はけげんに思った。怖ろしいから与えるので、欲しがっているのがわかっているのに、与えないと仕返しが怖ろしい。これは他への愛情ではない。エゴイズムである。彼のその後の人間関係をみると、やはり「仔犬に卵」式のように思われる。がさて「愛」とはと、つきつめて考えると、太宰が極端なだけで、本質的にはみなそんなもののようにも思われてくる。

前後するが、八十八夜のころ信州に二泊の旅に出た。太宰は八十八夜、七夕、小正月などの昔からの行事に郷愁をもっていた。

上諏訪に下車して、一番よい宿に案内するように頼んだタクシーが横付けされたのは、布半《ぬのはん》という高級旅館で、湖を見下ろす二階のよい座敷に通された。「布半楼上に開く」と長塚節の諏訪歌会の歌の詞書に出ていることを思い出して、私は心中で懐しんだ。

太宰はこの夜、思いきりハメをはずしたい気持であったらしく、ひっきりなしに帳場へ電話して酒をとり寄せて大酔し、芸のできる芸者を呼ぼうといって頼んだが、入ってきたのは、清丸という若い無芸の女性で、こちらがお話相手をつとめるような始末であった。彼女の方も得体の知れぬ夫婦者の客には当惑したことだろう。彼女は客が小説家ときいて、横溝正史先生が当地に住んでいると言った。

太宰はとうとう乱酔して、テーブルクロースを汚したりして宿の人の手前はずかしかった。飲みつけない酒を飲んだわけでもないのに、諏訪での一夜はどういう心理だったのだろうか。「八十八夜」を読むと、いくらかわかるようにも思う。翌日蓼科《たてしな》に向かった。ここは私にとっては曾遊《そうゆう》の地で、前にきたときは蓼科山に登り明治温泉から増富鉱泉へ歩いて、左千夫を偲び、高原の秋を満喫したのだが、こんどは太宰を散歩に誘っても蛇がこわいといって、着いたきり宿に籠って酒、酒である。これでは蓼科に来た甲斐がない。この人にとって「自然」あるいは「風景」は、何なのだろう。おのれの心象風景の中にのみ生きているのだろうか——私は盲目の人と連れ立って旅しているような寂しさを感じた。六月に実家の母、妹と四人で東海に遊んだ。三保の灯台下の三保園は、私が以前来たとき大変よい印象を受けたので、皆を引っぱってきたのだが、太宰にも気に入って、この宿には後日また訪れている。

修善寺で一泊して三島に出ると小雨が降っていた。太宰は雨の中を先に立ってアヤメの咲いた町を歩きまわり、私は廉くてうまい店を探しているものとばかり思っていた。三島が太宰の老《アルト》ハイデルベルヒとは知る由もなかった。太宰が「老ハイデルベルヒ」を書く前のことである。

暑さの加わる頃から東京に移り住むことを考えるようになった。この家にも訪ねてくださる方はあったが、太宰はもっと心おきなく語り合い刺戟《しげき》し合う先輩や仲間が近くに欲しかったのだと思う。荻窪かいわいの馴染の店で気心知れた方々と飲み且《か》つ放談する雰囲気が恋いしくなってきたのだろう。二度上京して国分寺、三鷹へんを探し歩いたが、貸家札など全く見当たらず、貸家として建築中の家を予約する外ないため、二度めに三間で二十四円の貸家を予約して完成の知らせを待つことになった。当時の三鷹で広大な畑を所有している農家のなかに畑を耕すよりも貸家を建てる方が有利と考える人があったのである。太宰はこれまで家なり下宿なり、自分で探し歩いてきめたことなど無く、誰かが用意してくれたところに住んできたから、この家探しのとき気乗りしない迷惑気な様子で、家賃さえ廉ければよい、早くこんな雑事から脱れたい気持が見えて、私はさびしく頼りなかった。

作家にとって家は住居であるとともに仕事場でもある。仕事だけに専念して世俗的な用向きは一さい関わりたくないという、それは理想であるが、「家」のことともなれば、一家の主人としてもっと、関心をもち積極的に動いて欲しいと思ったのだが、彼の方は私や私の実家の力の無さに不満を持っていたのかもしれない。

三鷹の大家からの通知を待っているうちにこの北がふさがっている家は暑くてたまらなくなった。畳まであつくなったが、いま思えばトタン屋根だったのだろう。トタン葺きの平家では甲府盆地の夏は過ごし難いのである。やはり「六円五十銭」の家賃相応の家だったのだ。

暑い夏で終ったのだけれども、田舎ぐらしのようだった御崎町時代のことを後年太宰は「――幽かにでも休養のゆとりを感じた一時期――」と回想している。

三鷹

昭和十四年九月一日から太宰は東京府北多摩郡三鷹村下連雀の住民となった。六畳四畳半三畳の三部屋に、玄関、縁側、風呂場がついた十二坪半ほどの小さな借家ではあるが、新築なのと、日当りのよいことが取柄であった。太宰は菓子折の蓋を利用して、戸籍名と筆名とを毛筆で並べて書いて標札にして玄関の左の柱にうちつけた。門柱ぎわの百日紅《さるすべり》が枝さきにクレープペーパーで造ったような花をつけていた。

南側は庭につづいて遥か向こうの大家さんの家を囲む木立まで畑で、赤い唐辛子《とうがらし》や、風にゆれる芋の葉が印象的だった。西側も畠で夕陽は地平線すれすれに落ちるまで、三畳の茶の間とお勝手に容赦なく射し込んだ。

引越しの翌日太宰は荻窪に荷物のひきとりに行った。昨秋御坂に出発するとき、下宿にあった物を井伏家に預かっていただいて一年も経っていたし、丸屋質店の倉庫に入っているものもあった。持ち帰った行李《こうり》には毛布、ひとえもの二、三枚、卓上灯、硯箱などが入っていた。

三鷹に移ってからはもう御崎町時代のように酔って義太夫をうなることもなくなり、緊張度が高まったように思う。

まだこの新開地の環境にも家にもなじまない引越し早々、「善蔵を思う」「市井喧争」に書かれたような小事件があった。あるとき花の苗を売り歩く男が庭に入ってきた、生垣がざっと境界になっているだけで誰でも何時でも庭に入ってこれる。それは郊外でよく見かける行商人で、べつに贋《にせ》百姓というわけではないが、特有の強引さで売りつけて、まごまごしているとそこらに植えてしまいそうな勢である。太宰はまだこの一種の押し売りを相手にしたことがなかったのだろう。机に向かって余念ないとき、突然鼻先に、見知らぬ男が現われたので動転して、喧嘩を売られたような応答をしたので先方もやり返し、険悪な空気になった。結局六本のバラの苗を植えて男は立ち去り、この苗はちゃんと根付いたのであるが、このとき私は太宰という人の、新しい一面を見たと思った。来客との話は文学か、美術の世界に限られていて、隣人と天気の挨拶を交すことも不得手なのである。ましてこのような行商人との応酬など一番苦手で、出会いのはじめから平静を失っている。このとき不意討ちだったのもまずかった。気の弱い人の常で、人に先手をとられることをきらう。それでいつも人に先廻りばかりし取越苦労するという損な性分である。

私はその後、この一件を書いた小説を読んで、さらに驚いた。あのとき一部始終を私は近くで見聞きしていた。私にとっての事実と太宰の書いた内容とのくい違い、これはどういうことなのだろう。偽《いつわり》かまことかという人だ——と私は思った。

青森県出身在京芸術家の会に出席したときは、ザンザン降りの中を人力車で帰宅して、失敗談を語った。出席する前から、「郷里」にこだわり、「生家」にこだわり、心が波立っていた様子である。また太宰はほんとは「若様」のように、つききりで、みなりのこと、往復の乗り物のこと、一切世話してくれるお伴がほしいのだが、子供でも、老大家でもないから、ひとりで外出しなければならないのが不満らしかった。

この秋は禅林寺や深大寺方面を散策した。いま車の往来の絶間ない禅林寺門前もその頃は、所々に欅の大木が聳えていて、武蔵野の街道の俤《おもかげ》を残していた。ススキの白い穂はいつまでも立ち枯れて路傍や空地に残っていて、この年のくれ、私はそのススキの穂を束ねて煤払いをしようと思いつき、天井を一撫でしたら綿のような毛のようなものが部屋中散乱し失敗に終り、太宰は見ていて、ばかとは言わずにお前は詩人だ、などと批評した。

隣は都心の銀行に勤める物堅い一家で、朝はそのお宅よりは遅かったが、文筆業者としては早起きの方だったと思う。

午後三時前後で仕事はやめて、私の知る限り、夜執筆したことはない。〆切に追われての徹夜など、絶えてない。夜の方が静かで落ちついて書けるのに昼間仕事をするのは、私には健康のためだと言い、一日五枚が自分の限度なのだと言った（死の前年秋の某誌に載ったインタヴューでは、夜中はだれかがうしろにいてみつめているようでこわいから仕事しないと答えている）。

また、編集者が自分と同年輩になったので楽になったとも言っていた。来客ははじめのうちは、前からの知己だけだったのが、次第に作品を読んで訪ねてくる文学志望の方々や、学生が多くなってきた。その頃のわが家への訪問客は編集出版関係の方をはじめ、皆、一種特有の外見をもっていて、つまりきちんと背広を着た人はなく、風貌にも特徴があって、わが家を離れた路上で逢ってもそれとわかった。

電話がないから、いつでも来客があれば応対する。ふだんは客をよろこぶ太宰であるが、〆切が迫っているときは困るのではないかと聞いたら、「人の話なんか聞いていないよ」と言った。

家に十分酒肴の用意があり、気のおけない酒友と飲むのが、一番くつろいで飲めたと思う。酒が飽和点に達すると、くしゃみを連発した。そろそろ始まる頃だなと思っていると、会話を吹きとばすような大きなくしゃみ、続いてあとからあとから発作のように出る。これは酒が五体の隅々まで十分いきわたり、緊張がすっかり解けた合図のようなもので、この時点を越して痛飲すると客人のことはかまわずその場に倒れて眠ってしまう。顔の真上に電灯が煌々と輝いていても泥のような深い眠りに落ちている。その寝顔を見ると、このような、神経がすっかり麻痺した状態になりたいために飲む酒なのか――と思われた。太宰はいつも「酒がうまくて飲むのではない」と言う。酒飲みの心理は、わかるようなわからないような、味わうより酔うために飲むのだとの意味であろうか。

太宰の酒は一言で言うと、よい酒で、酒癖のわるい人、酒で乱れることをきらった。

とりつけの酒屋の主人は「奥さんがたいへんだ」と同情してくれたが、べつに米代を飲んでしまうわけではないし、勤め人の家庭と同じように考えて同情されるとかえって迷惑を感じた。けれども健康に障りはしないかと気遣われてそれを言うと、「酒を飲まなければ、クスリをのむことになるが、いいか」と言い、煙草が多過ぎることを言うと、「なに深くすいこまないから」と弁解した。弁解がたくみで、とうていかなわなかった。

自由に煙草が買えるときで金鵄《きんし》という一番安い煙草が一日五、六箱必要で、現金が乏しくなった場合、煙草銭と切手代だけは気をつけて残しておかなくてはならなかった。細長い右手の中指と人指し指の先は黄色く染まって、煙草の煙のせいか、書斎の障子のガラスを拭くと、煙草色の汚れがとれた。声まで少し黄色くて煙草の感じがした。

三鷹に来てから原稿の注文は次第に多くなって、十四年の十一、十二月には予定表を作って調整しなければならぬほどで、これは彼が作家として出発してから初めてのことだったと思う。この注文という語を太宰は頻《しき》りに使う。はじめのうち私は、呉服、染物などの商品の場合ならよいが「芸術作品」にはふさわしくない言葉のように感じていた。しかしこれは私の商売意識不足で、原稿商人に違いないのだから「注文」にてれる方が間違っている。

三鷹での十年間を回想すると、太宰のような人はもっと都心を離れた、気候のよい、暮らしやすい土地に住んでゆっくり書いてゆく方がよかった。当時の三鷹の新開地風の雰囲気はあまりにも荒々しかった。生垣なので、夏の夜など室内が外から丸見えである。駅まで十分、郵便局はもっと先で、近くに商店は一つもない。私は、いつまでもこの土地と家とに親しむことが出来なかった。道路はまだふみ固まって居らず、上水下水は原始に近く、耳に入るのは諸国のお国訛、生活の不便はこの上無く、新開地というより満州開拓地に住んでいる感じだった。泊り客のあった朝だけは、その客と共に井戸端に出るが、平素は含嗽《うがい》洗面の水をはじめ、使用する水一切を、一日何回となく運ばなくてはならない。ガスがないから、来客のたびに火を起こして湯を沸かす、一家を構えれば力仕事や、大工仕事など、女手に余る雑用が次々出てくるのに、主人はいっさい手を出さない。わかってはいても隣近所のまめな日那さんを羨ましく思うこともあった。私は心の中で、「金の卵を抱いている男」という渾名《あだな》を彼につけていた。いつもいくつかの小説の構想を、めんどりが卵をあたためているときのように、じっとかかえて、雑用にはけっして手を出さずただ小説を生み出すことばかり考えている彼の姿からの連想である。

小説集「東京八景」、文藻集「信天翁」が出版されて、私は昭和十二年以前に太宰が書いた小説や随筆を初めて読み、いくらか開眼したように思う。就中《なかんずく》“Human Lost”の「弱者をののしる文」では自分がののしられたように感じ、「――人おのおの天職あり。――」のところでは啓示を受けたように深い感銘を受けた。

昭和十五、六年頃はまだ戦争の影響もさほどでなく、太宰の身辺も平穏であった。

この頃は小旅行をよく試みた。そのうちで私が同行したのは、十六年の小正月の伊東への一泊旅行と、十五年七月の伊豆旅行の帰途とである。甲府には頻繁に行った。太宰は甲府市内はもちろん、勝沼の葡萄園、夏は月見草でうずまる笛吹川の河原や、甲運亭という川べりの古い料亭、酒折宮《さかおりのみや》や善光寺、湯村温泉、富士川沿いに南下して市川大門町などに足跡を残しているから、やはり郷里についでは甲州をよく歩いている。

伊東の旅行のときは、一度きめて入った宿なのに、気に入らずに出て、別の旅館に行ったり、帰りに寄った横浜の中華街では、安くてうまい店を探してさんざん歩きまわり結局つまらない店に当たったりして、この一泊旅行といい、八十八夜の旅といい、「東京八景」を書くため滞在した湯ケ野の宿といい、宿屋の選定、交渉などは全く駄目な人であった。結局それは旅行下手ということにもなるだろうと思う。誰でも初めての旅館の玄関に立つことには、ためらいを感ずるものではあるが。太宰の場合、郷里では旅先にそれぞれ定宿があり、生家の顔で特別待遇を受けてきた。生家の人みな顔の利かないところへは足をふみ入れない主義のようである。そして旅立ちするとなると、日程、切符の入手、手荷物の手配、服装に至るまで、いっさい整えられて身体だけ動かせばよいのだ。過保護に育ち、人任せの習慣が身についていた。その一方一度行ってよい印象を受けたところには、二度三度と訪れて、案内役のような形で先輩友人と同行している。三保灯台下の三保園、甲州の葡萄郷や甲府市街、湯村温泉、奥多摩などである。結局三島から西には旅行することなしに終ってしまったが、戦時中だったためにそういう結果になったままで旅行ぎらいではなかった。食堂車でビールを飲む楽しさを語ったことがあるから、長生きしていたら大いに旅行していたかもしれない。気が利いて何から何までやってくれるおともがいたらという条件つきであるが――。

十五年の七月初めに、太宰は大判の東京明細地図を携えて執筆のために伊豆の湯ケ野へ出発した。

出発のときの約束に従い十二日に私は滞在費を持って迎えに行った。その宿は、伊豆の今井浜から西へ入った、ほんとに温泉が湧いているというだけのとり所のない山の湯宿で、私が二階の座敷に通されたとき太宰は襖をさして、あの梅の枝に鶯が何羽止まっているか数えてごらんと言った。粗末な部屋であった。夕方散歩に出たが蟬が暑苦しく鳴き、宿の裏手は山腹まで畑で、南瓜《かぼちゃ》の蔓が道にのびていた。

翌日ここを発って谷津温泉の南豆荘に寄った。ここは井伏先生のお馴染の宿で、井伏先生は広々した涼しそうな座敷に滞在中であった。簾《すだれ》越しに眺められる庭は、縁どりに小松や咲き残りのくちなしとあじさいが植えてあるだけの自然の芝庭であった。

午後散歩に出ると、川沿いの道を釣師姿の亀井勝一郎氏が向こうからやって来た。

この宿で三人落ち合って釣と酒の清遊を楽しむ約束になっていた。そのころはどんよりしてはいたが、降ってはいなかったのに、夜半、洪水に急襲されたのである。夕食後、三人の先生方がしめし合わせて、どこかへ出かけた頃から降り出し、夜ふけて帰ってきたときには土砂降りだった。当時まだ使われていない言葉だが「集中豪雨」に見舞われたのであろう。玄関わきの私どもの部屋に裾端折《すそはしょ》りで太宰が帰ってきて寝入ってしばらく経ってから私は、奥の調理場と思われる方角からはげしい雨音に交って女の人が何ごとか叫ぶ声で目を覚まし、電灯をつけて縁側に出た。するとほんの二間ほど先から縁側の板の上を音もなく、ねずみのようにするすると、水が這い寄ってくるのが見えた。それから太宰を叩き起こしたのだが、泥酔しての寝入りばななので手間どってやっと起こして、枕もとの乱れ籠の衣類をとり上げると、一番下に入れておいた単《ひと》え帯に水がしみていた。もう畳の上まで浸水していたのである。井伏先生の部屋にまわり、先生とご一緒に二階の亀井さんの部屋に避難しようとしたときは、膝近くまで増水していて足もとが危いので、私の絞りの腰紐に順々に摑まって階段を上った。誰かが井伏先生はもう少しでおやすみになったまま蒲団ごとプカプカ流れ出すところだったと言って、皆笑い出した。そのころはまだ余裕があったのだが、やがて電灯が消えて真の闇の中、篠つく雨の勢は一向衰えず、だんだん恐ろしくなってきた。周囲の状況が全くわからないので、私はこの家が海へ流れ出たらどうしようか、まさかと思っているうちに死ぬ場合もあるのだろうなどと考えていた。このとき、亀井さんは積み重ねた蒲団の上に端座して、観音経を誦《ず》し、太宰は家内に向かって人間は死に際が大切だと説教していたとか、いろいろ伝説が伝わっている。井伏先生と亀井さんとが、こんな場合には子供のことを考えるね、と話し合って居られてまだ子供のなかった私は、親となればそういうものかと思って聞いていた。大体三氏とも、眼は覚めてはいたものの、酔が残っていて意識ははっきりしていなかったのではなかろうか。ほかの方はともかく、このときのことを、太宰はほとんど記憶していないことを後日知った。

一夜明けて翌日は昨夜の騒ぎが嘘のような好天であるが、南豆荘では階下全部冠水しておかみさんは悲嘆にくれていた。

私たち一行は谷津から三キロほど川上の峯温泉まで歩いて一泊し、バスが復旧するのをまって帰京した。

「黄金風景」と「続富嶽百景」のあと、「兄たち」「老《アルト》ハイデルベルヒ」「女の決闘」(一部)が口述筆記でできた。「駈込み訴え」の筆記をしたときが一番記憶に強く残っている。「中央公論」に発表されるということで太宰も私もとくに緊張したのであろう。昭和十五年の十月か十一月だったか、太宰は炬燵に当たって、盃をふくみながら全文、蚕が糸を吐くように口述し、淀みもなく、言い直しもなかった。ふだんと打って変わったきびしい彼の表情に威圧されて、私はただ機械的にペンを動かすだけだった。

長女が生まれた昭和十六年（一九四一）の十二月八日に太平洋戦争が始まった。その朝、真珠湾奇襲のニュースを聞いて大多数の国民は、昭和のはじめから中国で一向はっきりしない○○事件とか○○事変というのが続いていて、じりじりする思いだったのが、これでカラリとした、解決への道がついた、と無知というか無邪気というか、そしてまたじつに気の短い愚かしい感想を抱いたのではないだろうか。その点では太宰も大衆の中の一人であったように思う。この日の感懐を「天の岩戸開く」と表現した文壇の大家がいた。そして皆その名文句に感心していたのである。

それより一月ほど前に、太宰のところに出頭命令書が舞いこんで、本郷区役所に行くと文壇の人々が集まっていて、徴用のための身体検査を受けた。太宰の胸に聴診器を当てた軍医は即座に免除と決めたそうである。「肺浸潤」という病名であった。助かったという思いと、胸の疾患をはっきり指摘されたこととで私は複雑な気持であった。

そんな病気をもつ太宰も昭和十七、十八年と戦局の進展につれて奉公袋を用意し、丙種の点呼や、在郷軍人会の暁天動員《ぎようてん》にかり出された。暁天動員のときは朝四時に起きて、かなり離れた小学校校庭で訓練を受けた。出なくてもよい査閲に参加して思いもよらず上官から褒められたことを書いているが、それは事実あったことである。隣組を単位としてほとんどすべての生活必需物資が配給制になり、私たち主婦も動員されて藁布団《わらぶとん》を作ったり、タービン工場に乳児を負うて働きに出たりした。

太宰はずっと和服で通してきていたので、ズボン一つ持ち合わせが無く、いわゆる防空服装を整えるのに苦心した。戦時下にも時勢にふさわしいおしゃれはある。私は来訪される方々が、よい生地の国民服を着て、鉄カブトを背負ったりしているのを見ると、どこで調達されるのだろうかと羨ましかった。

昭和十九年の「津軽」取材の旅のときは、時候がよかったので粗末ながら何とか、一式でっち上げたけれども、その年末、仙台に「惜別」の資料蒐《あつ》めに行くときは、太宰には黙って郷里の嫂《あによめ》にSOSを発した。嫂は兄の山行きの服ですがと断わって黒ラシャ折襟の服と、オーバーとを送ってくれ、それが出発の日の朝届いた。このときは太宰が褒めてくれた。しかしこの服は防寒用としては最適だが、何分時代物で一種異様な印象を河北新報社の方々に与えたらしい。

食料は、三鷹の奥の新川や大沢の方の農家を歩き廻って、野菜や卵、鶏などを入手し乳母車に子供と一緒に積んで帰り、時にはもっと遠くへ買い出しに出かけるなどして、私は食料あつめであけくれていた。郷里の人々の好意にもすがった。食料、燃料、調味料、この三つが揃っていることは稀で、ついに林に入ってヤブ萱草《かんぞう》を採ってきて食べて腹こわししたり、道に落ちている木ぎれを拾うまでになった。

　太宰は体質のせいか肉魚卵などの乏しいのがこたえるようだった。ほんの僅かの魚や肉の配給を取るために長い時間立って待たねばならなかった。配給制になってから今まで煙草をのまなかった人がのむようになった話をきいたが、太宰が甘味に手をのばして砂糖もアルコールも体内に入れれば同じものだと言うのには驚いた。酒は苦心してたいてい毎日飲んではいたが、勿論不足だったと思う。

　終戦後、人に聞くと、手づるがあって食料にも衣料にもほとんど不自由しなかったという人、また適齢期の娘のために相手もきまらぬ先に早々婚礼衣裳や調度を整えたという人まであって、あらためて自分の戦時下の窮乏生活が顧みられたが、当時私たちは買いだめの余裕もない上、どうにかなると安易に考えて暮らしていて、毎日食べてゆくのが精一杯で、何より大切な防空対策や、疎開について全く無策であった。これは空襲、外敵侵入の体験を持たぬ国民一般に通じることでもあった。しかし用心深い人や、つてのある人は次々と地方に疎開して行った。私たちは、私の実家のある甲府市は三鷹よりも危く思われたし、太宰の生家には太宰から、大切な物だけを預かってもらいたいと依頼状を出したが、返事をもらうことが出来なかった。三鷹の家のまわりにはまだ林や畠が広々と残っていて、私たちはこのへんが、まさかねらわれることなどないだろうと、タカをくくっていた。そのころのはやり言葉の「希望的観測」の典型であった。防空演習に集まるようにと指令があったのが昭和十九年の初めであるが、指導者がいるわけでもなく、ただ近隣の主婦たちが集まって雑談しただけで、真剣に空襲のことを心配している様子は見えなかった。三鷹にも軍需工場がいくつもあって安全どころではなかったのに、空襲警報のサイレンが鳴り出すと私たちは家の前の空地に掘った申訳ばかりの防空壕に入って小さくなっていた。押入に首をつっこんで急場をしのいだこともある。ラジオがないので太宰は始終三畳間の窓から上半身をのり出して近隣のラジオの伝える情報に聞き入っていた。

昭和十九年の九月から子供が二人になった上に、隣組長と防火群長の番が廻ってきて、私の負担は一段と重くなり、一層緊張して動き廻った。近くの小学校分教場で隣組長の集会があって出席していたとき空襲警報が発令されて直ちに会は解散、家路を急ぐと、向こうから外出していた太宰がやはり急ぎ足で帰ってくるのと、ばったり出会って、家に帰ったからといってなにも安全なわけでもないのに、人間やはりこんな場合には家にひかれるものなのかと思ったことが忘れ難い。つまり戦争が太宰を家にしばっていたのである。

十九年十月十七日神嘗祭《かんなめさい》の日、亀井勝一郎さんが二番めの子の出産祝に来てくださった。生垣の間の道を、背の高い亀井さんが上半身をかがめて押して入っていらっしゃった乳母車には、コーライト（燃料）が積まれていた。疎開や出征で、知人が次第に東京を去って行ったが、よき隣人亀井さんが東京残留を決めていらっしゃるのが大変心強かった。亀井さんご夫妻にはその後もいろいろご厄介になった。

終戦の前年の昭和十九年、もはや日本軍の敗色は蔽うことができなくなり、窮乏生活も極に達した。その中で太宰はじつによく動き、よく書いた。「新釈諸国噺」と「津軽」とが、昭和十九年の労作であるが、前者に関しては別の項に書いたので、太宰が「津軽」を書いた夏のことをここに記したい。

小山書店から「新風土記叢書」第七編として「津軽」を書下し刊行することになり、太宰は五月、取材の旅に出た。このとき彼は数え年三十六歳、リュックサックを背に、弁当水筒持参で五月十二日自宅を出発し、予定よりも一週間延びて六月五日、二十五日間の旅行を終って日焼けして元気に帰宅した。

六月十五日に「津軽」を起稿し、同月二十一日から甲府市の私の実家に滞在して、二十五日には「津軽」を百枚書き上げて、午後井伏先生を、疎開先の市外甲運村に訪れた。六月末まで甲府で、七月は一日から二十日まで三鷹で書き、二十一日からまた甲府で、月末に三百枚を脱稿した。起稿から脱稿まで一月半ほどである。

三鷹の二十日間は自炊の不便を忍び、甲府では（夏向きに建てられた天井の高い家の、一番涼しい部屋に陣取っていたのではあるが）暑さに耐えての労作であった。私は第二子出産のためこの間ずっと実家に滞在し、毎朝早起きして煙草を買う行列に加わった。「津軽」のあと、「諸国噺」の続篇を書いて十月中旬に十二篇が揃った。その合間には「佳日」「津軽」の校正の仕事があった。

十二月末になって一年前からの宿題であった「惜別」の資料蒐めのため仙台に行き、慌しかったこの年も暮れた。

昭和二十年は「惜別」の執筆にとりかかり二月末に脱稿した。

三月十日夜、東京市中の大空襲があって、東の空が真赤に燃えるのを望見してから、私たちの気持も動揺し始めた。そこへ下谷の竜泉寺で罹災した小山清氏が太宰を頼って来て、妻子を甲府に疎開させることを強く勧められた。これまで甲府市中で、駅に近く三鷹よりずっと家の建てこんだ水門町の実家に疎開する気は全くなかったのに、空襲体験者である小山さんの勧めに従って、三月下旬私と二児とは太宰に送られて甲府に疎開することになった。

荷物をまとめているうちに私は衝動的に、タンスにしまってあった手紙やはがき――それは結婚前とり交した手紙を太宰がお守りにしようねといって紅白の紐で結んだ一束と、その後の旅信とであったが――をとり出して庭に持ち出し太宰と小山さんふたりの面前で、燃してしまった。その折の自分のことをふり返ってみると、この先どうなるかわからないのに、これらの私信を人の目に触れさせたくない気持もあったが、その裏にはこのような事態に当たって、家長である太宰は、何一つはっきりした判断も下さず、意見も出さず、小山さんの言うがままに進退をきめることになったのが、おもしろくなくて、仕事だけの人なのだから仕方がないとはいうものの、じつに頼りない。大体、気の弱い人の常として、第三者に気兼ねして家人をないがしろにする傾向がある。私と子供との甲府行は納得して決まったことではあるが、小山さんが狭いわが家に闖入《ちんにゅう》してきたために追い出されるような気もして、そのようなヒステリックな行動をとったらしい。

送ってきた太宰が三鷹に帰った直後、隣の鉄道員の奥さんから、三鷹下連雀が爆撃を受けたことを聞いて心配しているところへ、太宰が命からがら逃げ出してきた。太宰はおれをねらって爆撃したに相違ないと言っていたが、太宰と送ってきた小山さんの話、それに三鷹の旧宅に戻ってから見聞きしたことを総合すると、四月二日未明の下連雀の空襲は、空襲としては小規模のものだったが、わが家をほぼ中心に北と南とそれぞれ百メートルくらいの区域に、通りの西側だけに何個かの爆弾が落とされたのだから、太宰のような人が、自分をねらったのだと本気に考えたのも無理はない。一番ひどい被害を蒙ったのは、近くの小泉中将邸で、爆風と、土崩れのために防空壕に待避していた小泉さんの令息と、隣のF家の女の子が死に、小泉夫人らは重傷を負った。小泉家のお嬢さんが悲鳴をあげて助けを求め、死傷者が担架や戸板で運び出され、大騒ぎであったそうだ。わが家の庭先の南隣の家も、取り払われ、あちらこちらに歯が抜けたように空地ができていた。死傷者はほかにもあった由である。

わが家はまわり中に爆撃を受けたのだから、当夜はさぞ恐ろしかったことだろう。たまたま、この夜は田中英光氏が来合わせていて、太宰、小山氏、田中氏、三人の大男が、小さな壕で死と紙一重の恐怖を味わったわけである。高射砲の音にさえ胸の高鳴っていた小心の太宰などほとんど失神状態だったろうと思う。三鷹は軟らかい黒土の層に蔽われている上に、近年まで畑であったから被害が割合少なかったとも聞いたが、どうしてあのへんが爆撃されたのだろう。わが家の向こう側の南寄りに、阿南大将邸がある。その手前は夫人の令弟竹下参謀の邸で、小泉中将と三人、陸軍の将星の私邸があったけれども、私邸を狙い打ちしたとは思えない。軍需工場爆撃の狙いが少々ずれたのだろうか。

阿南大将が、終戦の日に自決されたとき、下の令息はまだご幼少だった。楚々とした夫人は小泉中将夫人同様、隣近所、といっても、我々借家族の間で評判のよい方であった。小泉中将は、米沢出身の陸軍の三羽烏とうたわれた方と聞いていたが、質実なお暮らしのようで、牛乳を井之頭公園をぬけて吉祥寺までとりに行かなくてはならなくなったとき、小泉さんと私の家ともう一軒組んで、交替で行くことになった。小泉さんではお嬢さんがその役を引き受けていて、その牛乳は体の弱い弟さんのためだと聞いていたが、壕でなくなったのはこの弟さんだったらしい。小泉中将も終戦後自決された。

全く違う畑の方だけれども、阿南さんといい、小泉さんといい、そのご家族の方々は、お立派だったたと思う。

小泉中将邸の少し先の角に島津さんの瀟洒《しょうしゃ》な邸があった。邸の女主人はかつて宮中に仕えておられた方ときいた。時々散歩姿を見かけるが、細かい男物のような大島のお対《つい》の和服を召して、真白な足袋が眩しいくらい、行手の何メートルか先の路上に視線を落として、中年の洋装の女性に附添われて歩を運ばれる姿はやはりただものではない。

太宰も道を行くとき、傍目をふらず、見るよりも見られることを常に意識している人であったが、この貴婦人のことは意識せずにいられなかった様子である。わが家の苗字と混同されて、それでも郵便物はこちらの方が多いらしくて、時々、島津さん宛のが誤配された。島津邸も爆撃のため取払われ、元女官長は郷里鹿児島に隠棲されたと聞いた。阿南、小泉、島津、この三家の方々のことは、太宰も関心をもっていたのでここに記した。

甲府から津軽へ

であったから。

甲府に疎開することについては、太宰にためらう気持もあったらしい。私の実家といっても既に母も死んで、軍務についている弟が当主であり、妹が留守宅を預かっている実状であったから。

また戦禍を避ける目的からいえば私たち一家は、水門町の家からさらに農山村に疎開すべきであった。太宰も私も、生家とはいえ、それぞれの兄弟の家を頼りにして安易なその日その日を送り、甲府では焼夷弾に見舞われる日を待っていたようなものである。

甲府にきてから周囲がのんびりしているので、しぜん緊張も弛み、生活が豊かで便利なのをよいことに、私は子供たちを連れて駅前の温泉に通って遊んでいた。三鷹の銭湯のことを考えると天地の相違だと喜んでいるうちに、その温泉で感染したらしく、子供たちが結膜炎に罹り、一時両眼が塞がるほどであったが、失明のおそれのあるような悪性の眼病ではなかった。太宰は眼のこととなると、とくべつ取越苦労をしたように思う。

奥の六畳を仕事部屋にして彼は「お伽草紙」を書き進めていた。東京からの来客も次々とあったし、買出しや、防空壕の修理などの雑用もあった。妹のつてで生葡萄酒が入手できて、この当時はむしろ煙草に不自由していた。

甲府の東の甲運村に疎開中の井伏先生のお宅には、前年の夏から、時々おたずねしていた。甲府の先生のお馴染の店で会飲することもあり、先生が水門町までお越しになったこともある。先生は家の外で、中学生のように「津島くん！」とやや高い声でお呼びになる。先生は登山服のような軍服のようなカーキ色の服に赤革の長靴をはいていらっしゃった。庭木戸からお入りになって、庭木のことなど話題にしておられたが、先生はなんとなくそわそわと落ちつかれない。あいにく太宰も煙草をきらしている。私は失礼かと思いつつ母が生前、太宰の滞在中、長いまま棄てる煙草を拾い集めて富山の赤天狗印の売薬の袋にいっぱいためていたのを持ち出した。

水門町の家には以前から若月さんという憲兵が休みの日に出入りしていた。若月さんは妹の婚約者Yの近衛師団時代からの戦友で、Yより先に内地に帰還して甲府憲兵隊に入り、遊びにきていたのだが、太宰が疎開してきてから、よき酒友がきたとばかり、憲兵の顔を利かせて方々飲めるところを案内してまわっていた。小説家と憲兵と、どんな顔をしてどんなところに行っていたのだろう。文学には全く無縁の、深川の米屋さんの息子ということだが、こういう人にも太宰は大変慕われた。何思ってか太宰は六月初旬の一日、甲運村の井伏先生の疎開先に彼を伴った。南方帰りの先生と、中国各地を転戦した若月さんとは大いに話がはずんで（先生が話を合わせてくださったのであろうが）、若月さんは面目を施して喜んだそうである。その帰り道、敵機がビラを撒布するのに出遭い、憲兵にはそのビラをできるだけ集める義務があるので、帰ってきた若月さんからそのうちの一枚を見せてもらった。日本髪の昔風の女性と、老人とを描いた上に、へんな活字で「戦争を早く止めないと、女と老人だけになってしまう」と印刷されてあった。これが直接「敵」と接触した初めである。不吉なものの迫ってくる足音を聞いたような気がした。大都市を数次に亘って襲って焦土化する戦術から、地方の中小都市を一回の空襲で潰滅させる戦術に移行してきたのである。

このような時期になっていても太宰のところには酒客が絶えず、六月末には田中英光さんが、お城に近い井伏先生お馴染の宿に陣取って二日間生葡萄酒を飲み続け、引き揚げ際に水門町の家の玄関で、近いうちに甲府が必ず焼けることを予言し、これからソ連に入りますからと宣告して立ち去ったのを筆頭に、人の魅力か、生葡萄酒の魅力か、次々と酒客の応接が続いて、七月六日の空襲の夜、たまたま太宰が家に居合わせたのは、奇蹟のようなものであった。

このごろのように接待が続いてはやりきれないと、夕食のとき太宰は私と妹とに愚痴をこぼし、蒸し暑い夜で寝苦しく、漸く眠りについた午後十一時過ぎ、警戒警報、続いて空襲警報、灯火管制のくらやみがにわかに、真夏のま昼どきのように明るくなったのは、市街の東の愛宕山に照明弾が落とされたのであるが、蚊帳《かや》を出てぼやぼやしている私に妹が「さ、お姉さん足袋《たび》をはいて」と声をかけてくれ、かねてきめていた手筈通り、私が下の乳児を、太宰が上の四つの長女を負い、手廻りの品を持って逃げ出した。隣の奥さんが大声で「としよりや子供は早く避難してください」と叫んでいた。太宰の方がほんのちょっと出るのがおくれたのは、その間に机上の書きかけの「お伽草紙」の原稿、預かり原稿、創作年表、万年筆、住所録等、大切な品々をまとめていたのである。あのさい、これらを無事持ち出したのはさすがであった。私たちは東の町はずれに向かって逃げた。のどがいりつくように乾いて苦しかった。

小学校の校庭に続く草原まで逃げて一息ついた。

市街はさかんに燃えていたが、この草原には同じような避難者が影のようにうごめいていた。太宰はしきりに草に落ちチョロチョロと燃え上がって消え、また燃え移る火を、蒲団でたたいて消していたが、この安全地帯で、小さな弱い火を気にして消そうとする人は、ほかになかった。

夜が明けて太宰が水門町の焼跡に行って妹と会い、妹が小学校の教室で休んでいる私たちのところへやってきた。全然消火活動もしなかったくせに、万一の僥倖をたのんでいたのだが、全焼であった。妹はあのとき、茶の間の前の小池に、ミシンを頭からつっこんだりなどしてから、ひとり蒲団をかぶって千代田村の親戚に向かったという。千代田村には荷物が預けてあったから行ったのだろうが、七キロの夜道を若い女一人でよくも辿ったものである。親戚でおむすびをもらってそれを私たちに届けてくれたのだった。この当時のことを回想すると私は良心がとがめる。とにかく妹ひとり置き去りにして私たち一家四人逸早く逃げ出したのであるから。私たちは婚約者が出征中で手のあいていることをよい倖にして、随分この妹の世話になり、生葡萄酒入りの一升瓶を何回も運ばせ、妹が栽培している椎茸を食べ、利用できるだけ利用してきた。その揚句である。

一夜乞食となった私たちは、宿無しというものがどんなに肩身の狭いものか実感した。おとなだけの家庭で協力して焼夷弾から守り抜いて焼け残った家の方々は罹災者に対して一様に寛容で、私たちは二日ほど妹の知人宅に泊めてもらったあと、新柳町の大内家のご好意に甘えて、金木に出発するまでの二十日ばかりも、ご厄介になった。大内さんは前に水門町に住んで居られて、私の実家と親しくしていた。そのお宅には、私たちの他に、もう一組、ご主人の同僚の山梨高工の教授夫妻も罹災して泊めてもらっていた。

その直後は、千代田村のKさんの助言もあり、焼跡に蕎麦《そば》でも蒔いて小屋を建てて仮住いすることなどを考えていたが、非力な私たちにはとうてい実行力のないことがわかり、といって半壊になったという三鷹の旧居に舞い戻ることもためらわれて、とうとう青森県金木町《かなぎまち》の長兄宛、太宰から一通の電報を発しただけで、押しかけの再疎開することにきめた。

酒飲みというものはふしぎなもので、こんな焼野原の、どこで飲んでくるのか、大内家にいる間も、毎夜酔って帰っていた。元気で動き廻ることができたのは、そのお蔭かと思う。憲兵の若月さんは、焼ける前から勝手口に塩鮭一尾だの、米一袋だの黙って投げこんで、私たちを驚かせていたが、このとき、私がコンロをおいて仮の炊事をしている縁先に自転車をわざと忘れて置いて行ってくれ、いろいろな手続のために太宰が市役所などを飛び廻るのに大助かりだった。太宰と妹とで、千代田村に預けてあった荷物をとりに行き、妹は嫁入り支度に用意してあった木綿のカッポウ着で、大内さんのミシンを借りて二児のために服を縫ってくれ、七月二十八日の朝、大内夫人と妹とに見送られて甲府を出発した。

この日も信州境の南アルプスを越えて侵入してくるB29の銀翼を駅前で見た。

半月後、終戦になるとは夢にも知らず、これが今生の別れかと思い、私は涙にくれて、別れの挨拶もできなかったが、甲府駅を出て、二つか三つめの駅のあたりで太宰は早くも昼食のおむすびをとり出した。お弁当が大好きで必ず飯どきをまたずに食べ始める人であったが、このとき私は、自分の気持から推し量って、酒を呷《あお》る代りに、ぱくついたのではないかと見たのだが、それは大変賢明なことだった。上野駅の改札口の前の行列に加わって弁当を開いたときには、もうおむすびは饐《す》えていたから。このとき旅客の弁当をねらって寄ってくる浮浪児を初めて見た。

子供連れではとうてい、急行列車には乗りこめないことがわかり、鈍行で乗り継いで行くことに決めて、その夜は改札口の外側でリュックサックを枕にごろ寝した。駅の拡声器は、ゆくさきの青森市が攻撃されて炎上中であることを告げていた。

三鷹で太宰が体験した爆撃と、甲府での罹災と、恐怖の点からいえば、三鷹での一夜の方がはるかに強かったと私は思う。甲府の場合、焼夷弾の雨を浴びたわけでもなく逸早く逃げ出して命の危険は全く感じなかった。それなのに何故、下連雀空襲のことは書かなかったのだろう。田中さんと競って酒を飲んでいた様子だから大酔して意識がはっきりしなかったのか。あるいは恐怖も極限に達すると小説の材料には不適なのだろうか。

それから甲府での罹災と再疎開の旅とを共にしたのであるが、なんと太宰の小説の内容と、私の記憶と違うことだろう。

太宰は事実の記録を書いているのではない。自己中心に、いわば身勝手な主観を書いているので、虚構や誇張がはなはだしく織り交ぜられていることを、特殊な戦時下の体験であるためあらためて痛感する。

七月末日私たち親子四人は裏口から太宰の生家《やまげん》に入った。《やまげん》の内部は二年半ほど前に来たときと、すっかり変わっていた。祖母は寝たきりになっており、数人の可憐な女中たちに代って、ふたりの、所帯を持った経験のあるらしい女中がいた。大仏壇は、文庫蔵に収蔵されていた。

金木町も半月ほど前に爆撃と機銃掃射を受けて、目と鼻の八幡様にも南台寺にも爆弾が投下され死傷者も出た由で、町の人たちの恐怖絶頂という矢先に、私たちが転がりこんだのである。源の大きな赤屋根が目標になり易いというので芦野湖に近い原野にアヤ（男衆）が避難小屋を建て始めていて、着いた翌日から太宰は弁当持ちでその手伝いに行き、やがて出来上がって女子供だけ小屋に移った。祖母は小屋に寝ていて枕もとに携帯用？の仏壇をおき、しきりに西方がどちらに当たるのかを気にしていた。山の中の湯治場に出かけるときのものと思われる朱塗りの炊事道具一式で二泊三日を過ごした小屋は、十畳ほどの一間で、嫂が気づまりだろうが非常時だからという意味のことを私に言ったが、私は疲れ果てていて、気づまりさえも感じていなかった。夜、入口に下げた蓆《むしろ》があおられて、降り出した雨が蒲団にかかったのを夢うつつに覚えている。

太宰はずっとふしぎなほど元気だった。

すべては家長の命令に従って、私たちはまた赤屋根の下に戻り、裏の畑の防空壕に出入りして過ごした。壕には当然のように、親戚縁者や近隣の人たちも入っていた。祖母は昔の鶏舎を清掃して移し、嫂が三度の食事を運んでいた。私は大家族の家長夫妻の負担の重いことを思った。

終戦の詔勅のラジオ放送は常居《じょうい》（居間）の電蓄で聞いたが、よく聞きとれず、太宰はただ「ばかばかしい」を連発していた。アヤが立ったまま泣いていた。

太宰はどのように予想していたかわからないが、私は金木にきて住もそれから食も本家の厄介《やっかい》になるとは考えていなかったが、奥の離れの一廓をあてがわれ、食事は本家の家族、といっても兄夫妻と小学生の二女、時々帰省する弘前中学生の長男の四人と、一緒に食膳に向かうことになった。兄にとって、弟一家を遇するのに、これ以外のことは考えられなかったろうと私はあとで気づいた。

何よりも嫂を困惑させたのは食料だったと思う。ちょうど米の端境期《はざかいき》に弟一家が転がりこんだのだから嫂の蒙った心労は一通りではなかったろう。その上、太宰のところには行く先ざきに、来訪者が多く、そのたび嫂に客膳の心配をかける。のちにはN旅館に案内することにきめたが、はじめのうちは泊り客であった。金木に着いて四日目、太宰が芦野に小屋を作る手伝いに出ているとき、私に来客との知らせで出てみると、田中英光さんが持ち前の人なつこい笑顔で立っていたのには驚いた。太宰は芦野へ行く途中の傘《やまはら》（姉の嫁ぎ先）で闇のウイスキーを調達してもてなすのが精一杯で、酔った田中さんが、文治兄に逢わせろと駄々をこねるので大男の田中さんをなだめるのに大骨折であった。

終戦後、米兵がこの町にもジープで時折やってきて、ある日二人の米兵が傘に入ってきた。応対のために太宰がよび出されて出てゆくのと入れちがいに「タミのアニ」とよばれている、大男の男衆が顔色を変えて、離れに駈けこんできたのはおかしかった。彼が外人を見たのは恐らくこれが最初だったのだろう。戻ってきた太宰から聞くと彼らはこの家を神社ではないかと言っていた由である。

太宰はまた和服姿になってサンルームに机を据えて来客にも応接し、寒くなると母屋に近い座敷を書斎にして文筆生活に戻った。

金木の小学校時代の旧友、弘前、木造《きづくり》あたりの若い文学好きの方々、東京からの来客もあった。遠来の客には

庾で酒を調えて芦野公園で歓談するのが慣例になった。

文治兄は長らく公職から遠ざかって母屋の二階の書斎に籠っていたが、終戦後最初の衆議院議員選挙に立候補することになり母屋はにわかに活気を呈してきた。二十一年のはじめから春にかけて、太宰も選挙運動の一環として近くは嘉瀬《かせ》、五所川原《ごしよがわら》、乗り換えて木造、弘前、黒石、鰺ケ沢等各地の会合に顔出しした。長兄お下がりのグレイの背広、紺のコートに長靴、リュックサックを背にした彼の姿を記憶している方もあると思うが、果してどの位役に立ったものやら、次兄英治は入院中であったから、その分まで働くべきところであったが、この愚弟はただ選挙に便乗して大酒をのんだだけだったかもしれない。

二月六日、母校青森中学に招かれて講演した。このときの講演の内容は、随筆「一つの

約束」に書いている灯台守と遭難者の話、日の丸の国旗と魚のハタハタとを幼い娘が勘ちがいした話、古典を読むことの勧めなどであったらしい。

選挙が終り、五月初めの芦野公園の観桜会は戦後の解放された空気を反映して盛んなものであった。

芥川比呂志氏が復員姿で「新ハムレット」上演の話のために来訪されたのは、このあとだった。芥川さんの来訪は、源の女性たちにセンセーションを捲き起こした。嫂も実姉も「芥川さんのご令息が！」と驚き、女中の一人は、「いい男だな」と言った。

新代議士は上京して母屋はまたひっそりとなり、離れへの来客が目立った。

疎開中の執筆あるいは、津軽を舞台にしているため、郷里では「親友交歓」や「母」の、いわゆるモデル論議が行なわれているらしい。われからモデルは自分だ、と名乗りを上げた人もある。犬の毛皮を背負った山人姿で訪れた旧友があった。その方は何か一言、過去のことで聞きたくない言葉を太宰に浴びせた。私にはよく聞きとれずその場の空気で察しただけであるが、その一言が「親友交歓」を書くきっかけになったのだと私は、ひとり決めしている。「母」の舞台なり、登場する青年なりについても、私の考えと全く別の場所や人物を想定している人もあるらしい。事実の記述ではなく、太宰の主観的事実がいくつか合成され、フィクションでふくらまされて小説になっているのだが、読者はそのま出る人まであるのは、どのような心理からだろう。

ま事実と受けとるばかりか、よく書かれてもいない人物のモデルは自分であると、名乗り

　二十一年の四月頃、太宰が、「創作年表」に書き入れた原稿依頼の表を見せた。この通りだと自慢して見せたのである。六月号への注文は小説が「文芸春秋」「光」「太平」等十三誌から、随筆は十二誌からきていて、もはやとうてい、応じ切れぬ数に上っていた。依頼のあった順に横書きに書き入れてゆき、そのうち執筆した一、二篇を残してことわった注文は抹消している。人気作家への階段を昇り始めている証拠で得意な気持が伝わってくる。

「冬の花火」「春の枯葉」の二つの戯曲は二十一年前半の収穫である。この頃太宰はよく兄の書棚から戯曲集を借りてきて読んでいた。この終戦翌年、東京など大都市はひどい食糧難で、食物の恨みから殺人事件が起こったり、米よこせデモが相次いでいたという。昨年不作だった上に、疎開、引揚げ、復員で人口は増加し青森県下でも米の遅配が続いていると新聞は報じていたが、私たちは母屋によりかかってなんの心配もなく安穏な日を送り、そのおかげで太宰は戯曲にまで、手をのばすことができた。その反面、一家の口をあずけ、大船に乗った気でうかうかと暮らしていわゆる疎開呆けして、太宰の人気急上昇に対処する構えの点では全く立ちおくれたことも確実である。

昭和二十一年の十一月半ば、一年四ヵ月の疎開生活をきりあげて、帰京することになった。太宰は京都とか、三島とか住みたい土地をあげていたが、適当な家を用意してくれる人がいるわけもなく、一旦三鷹の旧宅に戻るほかなかった。

十一月十一日出発ときまり、疎開中迷惑をかけ通しだったのに皆名残りを惜しんで、駅には十数名の人々が賑やかに見送ってくれた。太宰は例の折襟の兄のお下がりの黒服、私も長女も防空服装で、アヤが大きなリュックサックを負って川部駅まで見送ってくれた。当時は、金木、青森間と、青森、上野間と同じくらいの時間がかかった。上野行夜行に乗りこんだが、大変な混み方なので翌朝、仙台に途中下車して、河北新報社の方々のお世話になって一泊し、翌日の夜、上野着、フォームには小山さんが出迎えてくださった。上野駅の明るくきれいなこと、レールの本数の多いことなどに、お上りさんそのまま一驚したが、車窓やフォームから眺める街の灯は、まだ九時前というのに低く暗く谷間の灯のように思われた。

太宰は途中吉祥寺の、馴染の酒の店に寄って行くという。そこのおばさんとは私も親しい間柄であったが、その夜は寄り道せずに一刻も早くわが家に落ち着きたかった。けれども太宰に従って一同、店の奥の炬燵に当たらせてもらい、太宰はそこで大分ご機嫌になるまで飲んで、風の吹き荒れる夜更けの井之頭公園を抜けてやっと帰り着いた。生垣のヒバの匂がなつかしかった。

　下連雀の爆撃以後、太宰はこの家のことを「半壊だ」と言う。今まで気にかかるので何度も念を押して聞いたが「半壊だ」としか言わない。ところがいま眼前のわが家は、そして入って見廻したところは、大した変わりもないように見える。私はなんのことやらわからなくなって「これで半壊ですか」と言った。太宰は知らぬふりをし、小山さんはうす笑いを浮かべて、その表情で――だまされていればいいのですよ、と私に語っていた。

Ⅱ

書斎

北向きの玄関の障子をあけて入ると、とっつきの六畳間が太宰の書斎兼客間で、左手は一間の押入と一間の床の間、右手は襖で、家族の居間の四畳半としきられていた。南は三尺巾の縁側で、ささやかな庭に面している。

部屋の中央に花梨《かりん》の座卓、これは以前からの彼の持ちもの、三鷹に持ってきた唯一の家財で、前には書きものにも食卓にも使っていたらしいが、三鷹に来てからは接客専用にして、仕事のときは床の間と直角に、障子ぎわに据えた桜材の机に向かっていた。

机上の右手には、チェリーの空缶に千枚通しと、こより何本か、この二つは書き上げた原稿を綴じるために必須のもので、和紙をできるだけ細く長く、ピンと立つように固くよるのは、私の好きな仕事だった。

この外、卓上灯、掌中新辞典、ペン軸とアテナインク、硯箱など。

ペン軸は爬虫類の皮製で塩月さんの台湾土産なのだそうだ。大の蛇きらいの人なのに、このペン軸は平気なのかふしぎに思って聞いたら、太宰は軽くて大変使いよいのだ、と言った。それにGペンをつけて書いていたが、いつからか、私の万年筆を使うようになった。それはアメリカ土産にもらった品で、日本にはまだ出ていない透明軸であったが、国産品が当時はサイズも色も男女別に作られていたのに、これは黒い太い軸で、日本流にいうと男持だったので、私は使っていなかった。太宰が使っているうちに軸の工合がわるくなったが、いちいちインクをつけて書いていた。ペン先を取り替える手間だけは省けたわけである。「エヴァーシャープ」という商標であるが、十年、これ一本で書き続けることが出来たのは太宰が軽く字を書くからであったろう。

太宰は片膝立てて机に向かう癖で、そのためか、ざぶとんの皮がよく破れて、何回も縫ってとりかえた。この片膝立てる癖のために正座の姿勢よりも重みが余分にかかって、左股の方が太くなったと、彼から聞いたのは結婚後間もない頃だから、ずっと若いときからの癖だったのだろう。日本人としては珍しいくらい下肢の長い彼には、椅子の方が楽だったろうにと思われる。

硯箱は、古風な津軽塗で、青銅の水注《みずさし》が入っていた。原稿はペン書だけれども、毛筆で書くことが好きで得意で、「筆とればもの書かれ」る性の太宰にとって、硯箱一式は座右に欠かせぬ品であった。

このほか漢和中辞典、原稿入れの筥《はこ》、小物入れなどが机辺にあったが、文房具に凝るというような趣味は全くない。机もどこの、どんな机でも書けるし、筆を択ぶこともない。だから太宰と同じく三十代で逝った作家の凝った文房具の写真を見たり、大家が特注して好みの机を作らせたことなどを聞くと、ため息が出る。

冬には日当たりのよい縁側に机を持ち出して、仕事も応接もそこですることがあった。部屋に据えた大火鉢は、形も、濃い青が主調の釉《うわぐすり》の色合も、この書斎によく調和していたと思う。いつも煙草の吸殻が林立していたが、あの火鉢が懐かしいと、太宰歿後、しみじみ述懐した人もある。

灰皿は、はじめ太宰が夜店で買ったという鋳物《いもの》の、鉢のような形のものを使っていたが、太宰が「十銭で買ったのだ」など言ったものだから、雨蛙のような緑いろに着色してあるのが安っぽく思われて、いただき物の古瓦の灰皿などにとり代えてみたものの、割れたり、浅くて、すぐいっぱいになったりで、結局またこの夜店物に戻った。無趣味といえば無趣味な品であるが、灰皿として適当な厚みと重さと深さとをもつ夜店物が、一見高尚な趣味の品を負かした形である。小館善四郎氏がこの灰皿に目をとめて、これは船橋時代からあったものだ。もとは蓋がついていたと言った。乏しい太宰の遺品のなかで、愛用の品をといわれたら、万年筆とこの鋳物の灰皿を挙げなくてはならない。太宰の机の上に湯のみ茶碗がのっている写真があるが、この湯のみは某社から何かの記念に贈られた益子《ましこ》焼で、彼は執筆中あまりお茶を要求しなかったから、愛用品とは言い難い。

太宰はほんとに無趣味な人であった。趣味は遊びだ、逃避だ、と考えていたようだ。身のまわりに、あってもなくてもよいものをおくことがきらいで、必需品だけを、それも趣味よりも、機能で選んだ品だけを置いて簡素に暮らしたいらしかった。親しい先輩、知友には古美術に明るく、蒐集所蔵している方もあったのに、太宰はもちろん、美術に関心がないわけでも鑑賞眼を持たないのでもないが、中途半端がいやで、All or Nothing のNothing に徹する気持でいたのだろうか。蒐集ということは、所有欲のかたまりのようなものだとも言っていた。どんな品でも不用品があると、とかくそれに煩わされることになるる。他のことに一切煩わされず、生活を自分の仕事一筋に絞って生きることを考えていたのだと思う。

文筆業でありながら蔵書を持たず、従って書棚もなかった。仕事に必要な資料を買う場合でも、できるだけ文庫本によったくらいで、小型の軽い本を好んだ。

座右の本は、すぐ若い方に進呈してしまうので、始終入れ替わっていた。三鷹時代ずっとこの書斎にあったのは、辞典の外には、

「真宗在家勤行集」（彼の生家には、仏間にこの折本が何部も用意されていて、菩提寺の院主様が読経に見えると、集まった家族、縁者一同、その折本を手にして唱和する習わしだった。この経本と津軽塗の硯箱とは、郷里を出るとき持たされたという感じであった。）

「金木郷土史」（昭和十五年、青森県北津軽郡金木町役場発行、寄贈本。）
「文芸懇話会」（昭和十二年五月発行、佐藤春夫編集臨時特集号、近世文芸名家伝記資料として黙阿弥以降五十九名の物故作家の略伝と、肖像写真などを収載している。佐藤先生か井伏先生から頂いた雑誌ではないかと思う。特別、大切に保存していた。）

以上三部の特種の出版物ぐらいのものである。

聖書は、いつも手ずれのある、皮装の一冊を傍から離さなかった、ということなら、太宰とキリスト教との関わりを考える上で、都合がよいかもしれないけれども、事実はそういう彼の聖書はなかった。三鷹にきたときは持っていなくて、執筆上必要になると借りるか、買うかして、聖書は二度ほど入れ替わったと思う。

最後の机辺に遺されたのは次の本である。

「ルバイヤット」（堀井梁歩訳、昭和二十二年五月、南北書園発行。寄贈本。本文四行詩百一篇の他、堀井氏の、「日本に於ける『ルバイヤット』の書誌」新村出氏等の追悼文、その他を収めている。巻頭の堀井氏の肖像写真に、「生死からの自由の外に自由といふものはなし」「死ぬにきまつた此身也」「生まれたことがしまつたこと也」という堀井氏のペン書の筆蹟が添えてある。）
「レエルモントフ」（奥沢文朗、西谷能雄訳、昭和十四年九月、白水社発行。三鷹駅近くの古本屋で購入。レエルモントフの詩八篇と「レエルモントフ論」略年表その他収載。）

「左千夫歌集合評」（斎藤茂吉、土屋文明編、昭和十九年七月、開成館発行。前記古本屋で購入。）

「クレーヴの奥方」（生島遼一訳、昭和二十二年一月、世界文学社発行。寄贈本。）

「上田敏詩集」（昭和十年十二月、第一書房発行。古本屋で購入。）

「末摘花」（昭和二十二年七月、日本珍書研究会発行。復刻版。）

つぎに「女の決闘」と「清貧譚」「竹青」を書くとき拠った本を記す。

「鷗外全集」（第十六巻、大正十三年五月、鷗外全集刊行会発行。）

「聊斎志異」（公田連太郎註、田中貢太郎訳、昭和四年十一月、北隆堂書店発行。）

太宰が読書家で、何でも読んでいた、とは彼と親しかった方たちの間の定評である。私は、高校卒業くらいまでに東西の古典はほとんど読了したのだろうか、端座読書の姿を見ることはあまりないが、いつ読書するのだろう、早朝ひとり目覚めて、家族の起き出すまで床の中で読むのだろうか、などと本気で疑問に思っていた。結局、す早く本を選別し、選んだその一冊の精粋をつかんでしまうのではないか。手にとってパラパラ繰っている間に、もう何かを感得するたぐいの読書家ではなかったかと思う。

蔵書は持たないが、よその蔵書は遠慮なく利用した。近くの亀井勝一郎氏の御蔵書には随分恩恵を蒙った。昭和十六年頃、「鏡花全集」を次々借りてきていたが、白地の美しいが、汚れ易いような装幀だったから、亀井さんに済まない気持がした。郷里に疎開中は兄の書棚から戯曲集を、甲府では私の亡父の書棚から紀行、地誌、「科学知識」のバックナンバー、三省堂発行の日本百科大辞典、茶道、謡曲の本など、行く先々で目についた本を借覧した。

新聞は、朝日新聞だけを購読していたが、細かく読む方で、新聞記事はよく作品にとり入れていたと思う。常住坐臥、小説のことを考え、小説のタネはないかと考えていた様子である。

床の間の左手に、押入との間の壁に背を接して、女学生向きの本箱が置いてあった。これは私が古くから使っていたもので、三鷹に移転するとき、この本箱に収まるほどの本を持ってきた。この中の本は私のものだったからか又は両開きの扉がしまっていたせいか、進呈したり入れ替わったりしなかった。疎開先から三鷹の旧居に帰ったとき、私は久しぶりにこの本箱の中の懐かしい本に会うことを期待したのだが、開いてみたら、数冊を残してほとんど空っぽになっていた。当時の状況では、保存を期待する方がまちがっているのだけれども、太宰の著作の種本になったり、引用したり、揮毫《きごう》の語句を採った本などが交じっていたので残念だった。

本箱の上段に入っていた岩波文庫数冊は無事に残って、太宰が随筆「天狗」を書いたとき、歌仙の約束を復習したらしい書き入れのある「芭蕉七部集」は、その中の一冊である。

この本箱の下部には、ひき出しが二つついていた。このひき出しが太宰の機密文書を収めるところ、というと大仰になる。鍵がついているわけでもないが、保存の必要ありと考えたり、そのへんに放り出しておきたくない文書をここに入れていた。

太宰は書簡を保存する習慣を持たない。にもかかわらず、このひき出しの一つには、数人の女性からの手紙が入っていた。殁後、整理したら、T子さんからの来信が一番多かった。太宰の「メリイクリスマス」は、T子さんとその娘S子さんのイメージから書いた小説だが、「メリイクリスマス」を書いた頃、T子さんは病床に在った。太宰殁後、半年程のちに、T子さんはなくなり、S子さんが建てた墓が禅林寺にある。太宰は小説「メリイクリスマス」で、二年以上も前に、T子さんを死なせているのである。「メリイクリスマス」の中で、娘が口にする「アリエル」は、この本箱の中の一冊であった（アンドレ・モーロア著、山室静訳「P・B・シェリイの生涯」）。

昭和十年、この本が出版されて以来、私が十年愛蔵した本なのに、疎開先から帰ったとき、これも消えていたのでがっかりした。太宰が「メリイクリスマス」を書くとき、どうしてこの「アリエル」が浮かび出たのだろう。――また若くして水中に死んだ詩人の伝記が、この本箱の一冊であったことは、私には不吉な暗合のように思われて胸がいたむ。

もう一方のひき出しには、「太宰治」と毛筆で表書した大きなハトロン封筒が入っていた。内容は古い書類で、昭和二十一年十一月金木から帰京の途中、五所川原の中畑さんのお宅に挨拶のために立ち寄ったとき、玄関先で中畑さんが太宰に手渡したものである。中畑さんは僅か一年半ののち、太宰があのような死を遂げようとは夢にも思わず、太宰も四十近くなることだし、もう大丈夫と安心しきって、芝居気と俠気の入り交じった気持で、絶好の餞別として贈り、その処分を太宰自身に任せたのである。太宰の起こした事件記載の新聞、さまざまの古い書簡、通帳、領収書、約束書など、中畑さんと北さんとがかかわって処理してくださった事件の証拠書類ともいうべきものであった。

床の間は黒っぽい砂壁で、中央においてある花生《かしょう》は、三鷹に移って間もなく井伏先生から頂いた備前の壺である。母がこれはよいものだから大切に扱うようにと言ったが、私にはどこがどのようによいのか正直に言ってわからず、花を生けたいと思っても、なにが合うのかとまどうばかりであった。桃の枝と躑躅《つつじ》はよく合ったが、草花などはてんでうけつけないので、たいてい何も生けず壺だけ置いていた。高さ二十数センチ、寸胴の変型で、緻密な固くしまった肌はところどころ黄褐色に変じている。置いてあるだけで威圧感を受けるのは、先生からの拝領品という心理作用からであろうか。先生から頂いた品はもう一つある。左手の本箱の上の高さ十数センチの托鉢《たくはつ》姿の仏像で、先生が報道班員として南方に赴かれた折の記念品である。

床の間の掛軸は、何度も入れ替わった末、佐藤一斎の書幅に落ちついた。掛軸が替わるのは、酔って気が大きくなった主人公が客人に進呈するからである。三鷹に移って最初に、法隆寺にある子規の、「柿くへば鐘が鳴るなり——」の句碑の拓本の軸を掛けた。初秋だったし、借家の床の間にはふさわしいと思って私が掛けたのだが、まだ秋の終らないうちに、ある客に進呈してしまった。あっと思ったとき既におそく、客人の前で口争いするわけにもいかず、これきりだろうからと楽観して次の軸に変える。またそれをあげてしまう。そのような繰り返しが三回ほどあった。愚かなことと思われるだろうが、床の間があって何も掛けてないのは宜しくないことと、私は律義に思いこんでいたのである。牧水の「幾山河越えさり行かば——」と、丸っこい字で書かれた軸が消えたとき、それが姉の遺品であったし、度々のことでもあり、私は強く抗議した。軸だけでなく、私の大事にしている、それは少女趣味のおもちゃのようなものだったが、ある人に愛想よくあげてしまったこともあって、とにかく事前に一言のことわりも相談もないことを責めたのだが、太宰は一向平気で、おもしろそうに私を見て笑っているだけだった。

昭和十六年ごろ、井伏先生がお見えになったある夜、先生が揮毫してくださることになって、先生は「なだれと題す」詩を書いてくださった。大分御酩酊の先生は、「——そのなだれに熊が乗っているあぐらをかき安閑と莨《たばこ》をすうような」で筆をとめて、「恰好の恰はどんな字だったかね。木偏かね」とおたずねになったが、酒は先生が一番お強いのであって、太宰も、同座していた塩月さんも、もう背骨を立てているのがやっとの状態で、顔を見合わせるばかり、はっきりお答ができず、結局先生は「格好」とお書きになった。このご揮毫も表装して掛けて間もなく、郷里のKさんに上げてしまった。しかしKさんは井伏先生とも面識あり、青森の人らしく物を大切にする方だから、この貴重な軸はきっと今でも無事にKさんが所蔵して居られることだろう。

床の間の掛軸のことを回想すると、次々に太宰が軸をはずして人に上げたのは、ただ酔って気が大きくなっての結果だったのだろうか、疑わしくなってくる。だれの書にせよ、自分の書斎に人の揮毫を掲げること自体、好ましくなかったのではないか――もし、そうだったのなら、書斎の主の揮毫を表装して黙って掛けて成行をみればよかった――なくなっても、すぐ補充がついたのに――。

隣の四畳半の壁に、能面の本からきりとった「雪の小面《こおもて》」の写真版と、自分の写真とを並べてピンで留めたことがあったくらいの人だから、ひとの書いたものを私が掛けるのがおもしろくなくて、その潜在意識が大酔すると、はずして呉れてしまうという衝動になって現れたのかもしれない。

佐藤一斎の書幅も、勿論好んで掛けていたわけではない。昭和十八年頃、甲府で、なんのきっかけからか、母と私たちと妹と弟とで、妹の嫁入り道具の一式で茶会のまねごとをしたことがある。茶会には不似合な掛軸であるが、掛け替えもせず、床の間に掛けてあったのを、その会のあとで母がくれたので、元来亡父の遺品である。純粋の明治人である父にとって、一斎は敬慕の的だったのだろう。茶渋色の唐紙に「寒暑栄枯天地之呼吸也苦楽寵」「辱人生之呼吸也在達者何必驚其遽至哉」と二行、急湍《きゆうたん》のような筆勢で書きくだし、「一斎老人」と、「愛日」「八十翁」という落款が入っている。

偶然から、この固い漢文の書が掛けられるようになったが、こんどは今までのようなことがなくて、最後まで床の間に掛けられていた。

この軸を甲府でもらったときに、太宰はじめ若いもの誰も読みくだせなかったくらいだから、三鷹の客人たちも、多分読み難かったのだろう。また自宅でゆっくり飲んで酔って遊ぶことも時勢で少なくなっていた。それでも太宰は、この軸のことを「林房雄にやろうと思うんだ」と言っていた。

鷗外の書斎には一斎の書の扁額が掲げてあったそうで、それを中村哲氏が台北の森於菟邸で拝見されたこと、鷗外が史伝では一斎にはほとんど触れていないにもかかわらず、その書斎に一斎の書を掲げていたことにかえって興味をひかれたことなどを書いておられる（昭和四十四年四月二十九日付朝日新聞「ほんとうの教育者はと問われて」23）。

影響力の強い儒者であったらしいが、上記のような径路で、偶然この書斎に入ってきたのであって、太宰は一斎の業績や人物について興味もなかったのではないだろうか。ともあれ長い間、かけているうちに、この書と書斎の主人公とが、すっかり馴染んで、おさむらいだ、昔の人だなどと、近所の子供たちに言われた彼の風貌が、この軸とぴったり合うようにさえ思われてきたのだから、ふしぎなものである。

書斎の柱などに、時々自分で、画集の中の一枚をピンで留めていた。レオナルド・ダ・ヴィンチの習作、イタリーの古壁画の部分、また伝道風の継色紙《つぎしきし》を選んで貼っていたこともある。みなもらい物か何かで、買ったのではない。

昭和十六年夏、佐藤春夫先生が長女の誕生祝に、桃の色紙をくださった。桃の実を一つ大きく描き、その上部に「ももとせもいのちのべよと」と賛してある。お使者は、キビラのひとえを裾短かに着た西郷さんそっくりの小林倉三郎さんである。この色紙は色紙懸けがないので額に入れて、欄間に掲げていた。疎開先から帰ったとき、これが消えているのに気がついた。戦争末期の一夜、太宰が吉祥寺の行きつけの酒の店にこの色紙を持参し、金だけではなかなか飲ませてもらえなくなっていたので、この色紙を女主人におしつけたのだそうで、のちに返していただいたときは、大分汚損していた。

「君にあげよう」とこの色紙のことを、あるとき、太宰が言った。言われた方は欲しかったが、大先輩からの祝の色紙のことゆえ辞退した。太宰は一瞬、意外なという表情をみせたが（それはこれまで辞退した人が皆無だったから）、「それではこれをカタに飲もう」

と、色紙をはずして懐中し、その店に同行したのだそうである。

昭和四十三年、毎日新聞社主催で、歿後二十年太宰治展が催された。三鷹の書斎の復原をということで、机、文房具、本箱などを出品した。床の間の掛軸は、一斎の書が一番長い期間、それも最後まで掛けられていて、記憶している人もあるだろうし、晩年の肖像写真のバックとしても写っているので、ほんとの復原ならばこれを掛けるべきなのだが、一斎を敬慕して掲げていたような誤解を招くおそれがあるので、この銀座松坂屋七階の催事場に復原された床の間には、太宰自身の揮毫を掛けた。

初めて金木に行ったとき

昭和十七年の秋、私は初めて太宰の生まれ故郷の金木に行った。母が重態なので生前に修治とその妻子を対面させておきたいと、北、中畑両氏がはからってくださったのである。これが十月の下旬で、十二月十日に母は死んだから、いま思えばまことに時を得た配慮であった。私としても夫の母なる人に会わず仕舞では心残りだったと思う。なんといっても苦労人の両氏は有難い存在であった。

出発までの一週間というもの、準備に追われた。私の妹が手伝いに来て留守番もひき受けてくれた。一日三越に行って、わが家始まって以来の、そして太宰の大きらいな買物をした。郷里の女性たちには年齢に合わせて色ちがいの帯締五円の品を何本も買い、私は九十五円也の駒撚《こまよ》りお召《めし》を買ってもらった。まだ駒撚りの出始めで呉服売場でもそれは高級品の部類であった。それから流行の黒いハンドバッグも。

私が太宰に着物その他身につける品を買ってもらったのは、あとにもさきにもこのとき一度だけである。「私」を「女性」と置き換えても恐らく通ずることだろう。太宰は結婚後、自分の得た金で（中畑さんを煩わさずに）それまでに何枚か着物を作っていたが、一緒に買物に行っても、けっして「お前にも何か」とは言ってくれず、婦人ものの売場の前は大急ぎで通過してしまう。以前のように中畑さんから届いた衣類をすぐ質入れして飲み代に換えることは絶えてなくなり、自分で自分の着物を買う気になっただけでも喜ばなくてはならなかったのだが、私にはやはりそれが不平だったので、このときとばかり高級品を買わせて鬱憤をはらしたのである。

上野駅まで妹が一歳四ヵ月の長女を負うて送ってくれ、北さんと落ち合って出発し、翌日のひる近く五所川原に着き、中畑さんのお宅で着換えさせてもらって津軽鉄道に乗り込んだ。初めて見る津軽鉄道の機関車は「弁慶号」というような時代ものだったから、私はおもしろくて同行の人々の顔を見たが、誰も機関車などに目もくれず、太宰などは緊張のあまりこわい顔をしている。この鉄道は兄が敷設したのだと太宰がかねがね大変自慢していたので、いま「弁慶号」のようなのを目前にして私は意外に思ったのである。

中畑さんを先頭に一行は裏口から太宰の生家《やまげん》に入った（駅とゆききするには近道なのでだれも裏の畑を抜けて裏口から出入りする）。広いタタキが表まで通っていて右側に板の間や座敷が並んでいる。顔の合った人に挨拶しようとする私を北さんは手で制してずんずん奥へ入って行く。私は狐につままれたような気持で随《したが》った。奥座敷に入って嫂らしい人が黙ったまま床の間の左手の唐紙を開くと、一間四方の金色燦然たる大仏壇が現われた。この家では家族への挨拶より先に仏様を拝むしきたりだと知った。そのあと広い板の間から一段上の座敷で控えていると、板の間をいったり来たりする人々の姿が目に入る。そのなかで太宰によく肖《に》た人、というよりも太宰の諸特徴を一まわりずつ増大したような和服の人を、私はこの家の主人とばかり思って待機していた。そこに和服に前垂れをしめて一見まるで太宰に肖ていない人が前屈みにふいと入ってきて、入り際に会釈した。それが太宰の長兄で、私が長兄と思っていたのは次兄であった。私は少なからずどぎまぎ、へどもどしてしまって傍の太宰の不機嫌を感じ、来る早々失敗したことを悔やんだ。

しかしそれまで写真を見たこともないのに、知っているのが当然だというのは無理である。私は太宰が頭の上がらない長兄と聞いていたので、太宰の特徴を上まわる人にちがいないと単純に考えていたのである。初対面のもの同士を紹介しないのもよくない。そのためにこのとき私のことを怒った太宰であるが、昭和十九年の津軽旅行のときには自分の生まれた家で初対面の人から「あなたは誰ですか」と問われて、したたかしょげるはめになったのだ。

北さんも中畑さんもどこかへ姿を消して心細くなっていると、祖母が奥から現われて、立ったままはっきりした声で「よく来たな、めごいわらしだ」とよちよち歩きまわっている園子にまで愛想をふりまいた。

母は離れの座敷のベッドに寝ていた。蒼みがかった頰、黒い大きな眼、濃い長い睫《まつげ》、美しい人であった。次の間には火鉢を中に叔母、次兄の嫂、姉、カネマルのあっちゃとよばれている中年のおばさんらが集まっていた。五所川原の叔母もやさしいきれいな人で、ほんの少ししか唇を動かさないで何かと話しかけてくれた。

私たちは二、三時間見舞してすぐ五所川原に引き上げるつもりでいたのだが、兄と、北、中畑両氏の間でどういう話になったのか、夕食の知らせで仏間の隣座敷に入ると、五所川原の分家の主で歯科医院を開業しているので先生とよばれているモーニングの人が来ていて、北さんも加わり夕食を共にした。「先生」は一番大切な分家の当主として親戚を代表して、修治の妻子を伴っての見舞のための帰郷を、略式ながら公認するために急遽よばれて駈けつけたらしかった。兄と北さんの間では、立場とか体面とか難しい話もあったらしいが、嫂がなんのこだわりもなく、引き廻してくれるので助かった。夕食後嫂は母屋の一番表通りに近い座敷に案内して、便所が近くて便利だからここに泊まるようにと言った。太宰が子供のころ勉強部屋だったというその八畳間は、窓の外はすぐ煉瓦塀の裏側に面し、隣室はリノリュウムを敷き隅に金庫を据え、カウンターがあって事務所風で、小作人との交渉の行われる部屋のようであった。

その翌日から母の病室で大部分の時を過ごした。母は静かな病人で蠟燭が燃えつきるようにじりじりと生命力が消えてゆくように見えたが、意識ははっきりしていて、時々話しかけてくれるのだが、聞きとり難かった。

ある夜、看護婦が体温のことか何かを病人に聞いた。「それはお前たちがわきまえているべきことではないか」。母の言葉は静かだがきびしく、看護婦は二人ともしゅんとしてうなだれ、私もうなだれ、胸にその、母が看護婦を責めた言葉だけがはっきり残った。もっと母と話を交せたらよかったのに――。ふつうの嫁、姑《しゅうとめ》の間柄ではなかったけれども、会っていながら言葉による交情のほとんどなかったことはさびしい。

祖母が真夜中に杖にすがってこの病室まで見舞に来たことを、ある朝、嫂が皆に話していた。祖母の足では渡り廊下づたいにかなりの道のりで段々もある。九十近くなって七十の娘を見舞う祖母の心境はどんなものだろうと皆で語り合っていた。私は嫂が昼間は医師や見舞客への応接に追われ、夜中みなが寝入る時間に病人の看護に当たるのかとつくづく感心した。滞在の予定ではなかったので、私はふだん着は持ってきていない。カネマルのあっちゃが私の羽織をちょっと貸してくれといって持って行って、それから僅かの間に嫂の紫地の銘仙《めいせん》の絞りの羽織を私の寸法に仕立直してくれて、文庫蔵の二階で縫ったのだと言った。あっちゃの早わざと、嫂の配慮に感心した。

服装については私は初めての土地とはいえ、失敗していた。新調のお召は道中に着て、初対面のときには小紋の上に黒の紋付羽織を重ねていたのだが、その薄色の小紋はこの北国に来てみると寒々しく白々しくまるで周囲にそぐわなかったし、園子も寒い土地ではあり、年寄りの気に入るようにと綿入れを新しく作って着せていたが、着ぶくれて恰好わるく洋服でよかったのだった。失敗だらけだ――と私は悔やんだ。田舎とはいえ、この家の方が三鷹よりいろいろの点で進んでいた。

夜、あてがわれた部屋にひきとってから太宰は、私のこの家の初印象を聞きたがり、その気持をくんで讃辞を並べたのだけれども、彼はなお不満の様子だった。

それまで生家についていては、太宰からいろいろ聞いていていたが、ただ、広い、大きい、立派だ、てんで比較するものがないといった自慢のくり返しばかりで、少しも具体的ではなかったし、「思ひ出」の舞台として強く印象に残るのは文庫蔵の前の廊下、台所の囲炉裏ばたくらいで、あとは戸外である。太宰の熱のこもった北国の大きな生家の話を聞いているうちに、愚かな私の空想ははてしなく拡がっていって、小公子が祖父の公爵の城に迎えの馬車で乗りこむ。城門を通過してからも鹿や兎の遊ぶ並木道を何マイルも走ってやっと玄関に着く、その情景を連想したことがあった。大変ロマンチックに田園調に想像していたのである。

また誰でもかつて自分が見たり聞いたりしたものが想像の核心になるのが普通であるが、私が以前見た地方の豪家は、その家の歴史についてはよく知らないが、東西、南北とも四、五十間（約八十メートル）の土塀と環溝《かんごう》をめぐらした堂々たるものであった。それ程でないまでも道路から奥まって長屋門を構え、その奥にさらに広く深い前庭をおいて書院造の玄関、塀越しに形よく刈りこまれた庭木や土蔵の屋根と白壁が望まれるのが、私の頭の中に先入観としてあった地主や山持ちの邸の定石で、母屋は厚い瓦をのせた平家建ばかりである。

ところが𪷽源は全く私の想像外で、まず二階建で、田園の旧家風ではなく下町の商家風の構えである。子供のころ、その家の娘が級友なので姉に連れられて行ったことのある甲州の製糸王と謳われた下町のＹ家が一番感じが似ていると思った。太宰の生家のあたりは町の中心部で役場も近いし、警察署、銀行支店、郵便局などが並んでいてけっして農村ではない、また積雪期の長いこの土地で前庭などあったらかえって困るだろう。表から裏まで巾二間半はありそうなタタキが十何間と続いていて、三鷹の家などこのタタキのほんの一部に入ってしまいそうだが、ここが冬期、前庭の役を果す場らしかった。

来て見なくてはわからない——そして、生活のすべてに「雪」が、あるいは「冬期」が支配的なのではないかと、私は思った。

明治末から大正にかけて建てられた住宅は、客間に重点をおいて子供たちは個室を持たず子供部屋に兄弟机を並べ、茶の間を北側におくことなどが多かったようだ。𪷽源の茶の間も厨房《ちゆうぼう》も北向きでうす暗く、家全体来客向きに設計されていて、客の種類によって応接する場所が、台所の炉端から二階の客間まで何段階にも区別されるらしい。地主で政治家を兼ねる人の住居はこういうものかと感心した。

茶の間は裏階段の横から入る十畳間で、食事どきには食卓を二つ三つ続けて並べて一同両側に坐った。次兄夫婦、帳場さんもお昼は一緒に食事した。祖母だけひとり床の間を背に脚つきの膳に向かっていた。太宰の子供のころはきっとひとりひとりの膳で食事したのだろう。

この茶の間は薄暗くはあったが、古めかしい一種の情緒が漂っていた。床の間には明治調の美人画がかけてあって、落ちついた、秩序のある、よい雰囲気であった。家族以外の食客？が必ず何人かいたし、父は留守がちで、祖母の躾《しつけ》はきびしく、いまの子供中心の核家族の食卓風景とは大分異なるものではあったろうが、太宰にとってけっして暗いいやな思い出の茶の間ではなかったと思う。何年ぶりかでこの茶の間に坐るというのに、太宰はずっとこの家での生活が続いていたかのような顔をして箸を動かしていた。

この部屋の出入り口に祖母の大きな写真が掲げてある。この写真と実在の祖母の姿とを見ているうちに、この祖母からあの美しくやさしい母と叔母の姉妹が生まれたことがふしぎに思われてきて夜、太宰に語った。ところが太宰はさっそくその翌日、みち子がこんなことを言ったと、伝えて皆を笑わせた。この大家族の中では九十近い祖母が緩衝《かんしょう》地帯のような存在になっている。祖母の言動が始終話題になり、笑いの種にもなっていた。大家族が円満にやってゆくには、このような老人とか子供などがぜひ必要なのだろう。常居（居間）の台所際に坐るとこの家への人の出入りや家族、奉公人の動向が居ながらにして眼に入る。祖母はひるまはよくこの位置に坐って、もぐもぐと下あごを動かしていた。女中がおつかいに出る姿を見て前掛をはずして行けと注意したりしていた。ある夜、台所の炉端で祖母は回りの若いものたちに昔の話を始めた。長兄文治が少年の頃、眼を患い祖母がつきそって東京の病院に入院したとき、祖母の看病が至れり尽くせりで院長から「看護婦の博士」とほめられたという自慢話、姪たちはまた始まったという表情で顔を見合わせた。須磨、明石と名所を訪れ、永平寺に詣でたときの思い出話、このときは祖母の言うイーフェイジが永平寺とわかるのに何秒か私には必要であった。その話しぶりや、炉端で火に当たっている姿などから闊達な、積極性をもつ人柄のような印象を受けた。

ある日、園子の手をひいて祖母の起居している小座敷の前を通りかかると障子があけ放されていて、祖母はひとり床の間の前の小さい炉のわきでこちら向きに坐って、白足袋のつくろいをしていた。私はふいと子供を連れてその部屋に入って傍に坐り挨拶した。床の間にセピア色に焼き付けた少年の大きな肖像写真が額縁に入れて立て掛けてある。禮治さんだ！　と思ったが祖母に問いかけた。

「ああ、あれか。あれはお前たちの父さんの弟だった人だ」。祖母の答は明快で、私は満足して立ち上がった。写真の主をわかっていながら聞くとは無礼であるが、このとき祖母と何か話を交したくてもほかに適当な話題がなかったし、初めて来た日に快く迎えてくれてはいたが、この家に生まれた修治とちがって、突然現われた私たち母子のことを果して祖母がはっきりわかってくれているのかという懸念も潜在していたのである。ほんとに九十近くになってもはっきりした人であった。禮治が臨終のとき苦しんで、祖母がお念仏を唱えるように言ったという太宰からきいた話が思い出され、夭折した愛孫の写真をいまだに傍におく祖母の胸中が思われた。

次兄夫妻は近くの分家から毎日勤めのように通ってくる。朝、台所の炉端に祖母を坐らせて、古風な洗面結髪の用具で次兄の嫂が念入りに祖母の髪を結って上げている姿など、過ぎし昔の絵巻のようであった。姉も毎日顔を見せるし、叔母もずっと滞在している。女性たちは言い合わせたように鹿の子絞りの半襟をかけて三十代から六十代まで年齢に応じて紫、茶、鼠と色変わりにして、それが色白の肌によくうつって、なんともいえない暖かい上品な色気をこのくすんだ大きな屋台骨の下にかもし出している。私の白羽二重の半襟のなんと色気がないことか。それは東京ではあたり前の風俗だったけれども北国では白はもちろん寒色の衣料や塗らない木地のままのものなど敬遠されるらしいのである。

女中たちは小学校を卒業したばかりにみえるのから二十歳くらいまで五、六人いて、みな色白の下り眉、撫子《なでしこ》のように可憐であった。木綿の着物を裾短かに着てモンペをはかず、防寒とおしゃれを兼ねて毛糸編みの袖口とストッキングとをのぞかせ、藁草履を履いて働いていた。彼女らは裏口に近い、タタキの向う側の坊主畳の広い部屋に寝起きしていて、朝の仕事を終ると下の流しで笑いさざめきながら洗面し、柱鏡で髪をとかしている。

のびのびと楽し気で、東京の山の手のお邸の女中の方がよほど封建的な型にはめられているように感じた。

女中たちのほかに体格のよい中年の女性がアパとよばれ、通いできていて、畠仕事その他若い女中のできない仕事をひき受けていた。アパの弟がアヤで通いの男衆であるが、この姉弟は大変有能な上に十分馴れていて、源にとって大切な裏方さんであるらしかった。食事は台所の一隅にゴザを敷いて、奉公人たちはそこで一緒に食べていた。

滞在中に月が変わり十一月初めのある日、小作人の女房らしい白い布を頭に被った人たちが、ぞくぞくと包みを提げて裏口から入ってきた。収穫を祝って新米で搗《つ》いた餅を配る日なのだった。嫂は餅の包みを受けとると文庫蔵にまっすぐ入って餅を置き、代りに瀬戸ものか何かを女房に渡す。この日嫂は台所の上り口と文庫蔵の間を何回往復したことだろう。出入りが一段落すると、台所の炉端でアヤを相手に秋餅の荷作りが始まる。アヤがかねて用意の木箱に丸い餅をつめ、嫂は荷札を書く。三鷹に毎秋届いた秋餅の送り出される過程を私は初めて見た。

冬籠りの支度も今や酣《たけなわ》となり、アパは漬物の仕込みに大童《おおわらわ》である。やがてアパは裏の畑の一隅から貝細工や千日紅、鶏頭などを抱えてきて、叔母は炉端で一本一本、それをていねいに揃え、いくつかの花束にして文庫蔵の横手の渡り廊下の腰羽目《こしばめ》の釘に花を下にして懸け並べ、これで冬中の仏さまのお花の用意も出来たと安堵のおももちである。仏花を絶やさぬために自然のドライフラワーを用意して来春まで使いのばすのである。仏さまのお花までもと私は驚いてしまった。

表通りの向こうの畠の葡萄棚から葡萄も一度に採りこまれ、嫂がていねいに選別していた。それは黒い西洋種の葡萄だった。

母の容態に急変もなさそうで明日帰京ときまった日の午後、太宰がいいところへ連れて行ってやる、遠いから園子はおぶって行く方がよいと言った。太宰が散歩に誘い出してくれるとは珍しい、嫂からねんねこ半天を借りて、私はどこへ向かうのかも知らず、いそいそと従った。

親戚の経師屋《きょうじや》の角を曲がって、その隣が〓《やまいち》の印刷所、「青んぼ」（太宰が中学生のとき、三兄圭治が中心となって発行した同人誌）はここで刷ったのだそうだ。「高橋ヴァイオリンの家だ」と通り過ぎたのは土蔵のある、間口の広い呉服店で、この高元呉服店のおじの高橋さんは太宰の小学校以来の旧友のヴァイオリニストである。境遇に共通するところがあるのか、よく三鷹に訪ねてきてしんみりと話していた。

高元のさきの南台寺の前を通り過ぎ右へ折れたあたりで、太宰は足をとめて「エビナの馬場だ」と言った。二、三百坪程の広さに一面クローバーが茂り、紅花サルビアが楕円形に植えこまれその対照が美しく、童話的な眺めである。

このへんはもう町はずれで左手の奥まった平家に、太宰はつかつか入って行った。

「あれ、修ちゃ、園ちゃんも」

土間の鶴の丸の定紋を染め抜いたのれんを掲げて、姉が笑顔を見せた。すらりとした姉は、女形の舞台姿を見るようである。上がってゆくように勧められたが辞退して出て、さらに北へ向かった。

もう人家がとぎれて道の両側にはアカシアに似た灌木が茂り、たんぼの間をまっすぐ北に通っているこの道はどうも新道らしく思われる。農家らしいのもあるが、武蔵野の農家には必ずといってよい位、竹藪ややしき林があって厚い草葺屋根と相俟ってその背戸《せど》は陰気な、むさ苦しい印象なのに、この道に沿った農家にはその暗さが無く、まるで北海道の開拓地を歩いているような気分である。

道は爪先上がりになって右手の一段高いところに、金木小学校の二階建の校舎が見えた。校門の前を通り過ぎてやがて松林に入った。ここが今日の目的の「芦野公園」であった。前からこの名勝のこと、芦野湖とよばれる大きな溜池のこと、上野駅の出札口でねばってとうとう、津軽鉄道の「芦野公園駅」行の切符を入手した金木の名士の逸事のことなど太宰からは聞いて知っていたが、松林の中に建っている記念碑によって、この時初めて、この地が太宰が一年学んだ明治高等小学校の、ひいては「思ひ出」の故地でもあることを私は知った。

廃校されてから既に久しく、碑文にある通り、松風が空しく在りし日の少年たちの声を伝えているのみである。

五月初めの観桜会、夏のボート遊びに賑わうというこの公園も、十一月の午後、全く人影がなく、太宰も私も口少なになってしまった。松と桜の林の奥に大きな溜池が静まり返っていた。一隻ボートがつながれている。その池の堤に腰をおろしてしばらく休んだ。

引き返して斜陽館の玄関を入ったときには、もうたそがれ近くなっていた。

白湯と梅干

太宰は箸の使い方が大変上手な人だった。長い指で長い箸のさきだけ使って、ことに魚の食べ方がきれいだった。箸をつけたらきれいに平げ、箸をつけない皿はそのまま残した。あれほど箸づかいのすっきりした人は少ないと思う。

幼い時から祖母のきびしい躾を受けて、文字通り箸の上げ下ろしにも小言を言われたそうだし、肉よりも魚の方がよく食膳に上ったらしいから、生まれつき器用な上に訓練が加わって、あのようにうまく皿の上の魚を平げることができるようになったのだろう。しかし小骨の多い魚はせっかちで面倒がりやの彼にはじつは苦手であった。「鰊《にしん》もいいが、とげが多くてなあー」と愚痴をこぼしていた。

太宰の郷里の家で暮らしていたとき、台所の一隅にござを敷いて食事をしている使用人たちが「あのマグロの赤いのをみると気味が悪い」と話し合っていたので、あとで女中に、サンマやサバを知っているか、食べたことがあるか、聞いてみたら、「知っているが好きでない」と言った。鱈、鮭、鰊、アオバ（ヒラメ）、サメ、エイ、ホタテ、蟹など北海の魚介が津軽の人たちに好まれるのは当然である。

太宰はうまいものなら何でもの流儀なので、マグロのトロでも、サンマのワタでもよく食べてはいたが、食べて育った魚、食べ馴れた郷里の味覚には、特別の情熱を抱き、いつもそれらを渇望していた様子である。けれども東京、次第に戦時色の濃くなる東京では、とうてい満足することができない。しぜん、東京の食生活に対する罵倒の言葉を始終聞いた。

東京の魚屋では魚を薄い切り身にして並べている。あれがまず第一に彼の気に入らない。東京の貧しい食生活のシムボルのようだ。切り身にしても斜めに包丁を入れるのがよくないという。なるほど郷里の家では鮭の切り身の皮に直角に包丁を入れ、骨が多く肉の薄い腹の部分は切り落としてあった。

祖母が朝食の膳にも鮭の一皿がつかないと機嫌が悪かった、とも聞いたが、交通不便だったかつての彼の郷里では、アキアジ（鮭）は高級魚で一般の人々は塩鱒でがまんしたのだそうだから、切り身のことと言い、祖母のことと言い、太宰は富める家での口の奢りを私に聞かせたのだと思う。

郷里の町で雪道を女たちが大きな腹のふくれた真鱈を荒縄かけてひきずって帰る光景を見かけたが、丸のままの一尾を買って切り分けるのでなくては鱈の郷土料理はできない。

太宰に限らず他郷に在る津軽人が冬、最も恋うのは鱈のジャパ汁である。鱈に限らず白身の魚のよい身をとった残りの頭、骨、ハラコ、キモを昆布の出し汁に入れ、葱、大根、凍豆腐などを加えて味つけは塩、醤油、味噌、好みでよく、熱いところを吹きながら食べる。手軽であたたまって栄養満点の代表的津軽料理であるが、ジャパ汁どころか戦争が進んで今まで見たこともない魚が出てくるようになって、スケトウ鱈が配給されたとき「こんなもの、津軽では誰も食べはしない」と嘆いた。

東京では来客のとき出前を利用することがある。これも太宰の気に入らぬことの一つで、彼の生家ではどんな客が何人あっても、また突然であろうとも、嫂があわてず騒がず、客膳をちゃんと調えていた。一般に家庭で饗応するから津軽の女性は料理上手である。それも鶏一羽、魚一尾を前にして包丁でさばくほんとの料理上手で、省みて私は恥ずかしかった。

太宰の食物についての言い分を聞いていると結局、うまいものはすべて津軽のもの、材料も料理法も津軽風に限るということになる。たまに郷里から好物が届くと、大の男が有頂天になって喜ぶ。甲府で所帯を持ってその春、陸奥湾に面する蟹田の旧友中村さんが手籠一ぱい毛蟹を送ってくださった。私が津軽の味を味わった最初で、食べ方、雌雄の見分け方などをこのとき彼に教えてもらった。蟹は第一の好物であった。

昭和十九年頃、青森から上京した旧知の、太宰が「タモちゃん」とよぶ方が鮭をくださった。

「こんな風に、すっと、大きく身が剝がれるような鮭でなくちゃ駄目なんだ。こういうのをあっちではブナケといってね。なぜかねえ。ブラックの訛りかな。皮が黒いから」

その鮭の身はいわゆるサーモンピンクではなく、もっと淡い色合で、濡れたような黒い皮との対照が、美しくノーブルである。太宰は木目状に重なった身を一ひらずつ剝がしては口に入れ、一口ごとに酒を飲み、間断なくしゃべり、合間に煙草をのみ、実に忙しい。

「当分、たのしめるなあ——タモちゃんはいいやつだなあ。——井伏さんたら、鮭なら黄色い塩をふいた、カチカチの鮭を茶漬で食べるのが一番うまいなんて言うんだよ。こういう鮭を知らないんだから——いかにも山家《やまが》育ちの感じじゃないか。おかしいだろう。なんだ、お前も山国育ちで、その口か——でも少しだけ食べてごらん」

そんなことを言うけれども甘えっ子の坊やと同じで独占を楽しみたい気持がありありと見えている。

「荷風は女中が塩鮭で御飯食べているのを見て、何か物を投げつけたそうだね。ほんとかね」

荷風が何かに書いているのか、荷風にまつわるゴシップの一つなのか、それとも彼の妄想だったのだろうか。

あの地方では、馬が多く飼われていて、牛や豚は少なく、馬肉を食べる人もあるが、一般の農家では、四つ足、といえば馬肉のことになるが、これを敬遠し、近年まで男だけ食べたり、調理器具を別にしたり、屋外で食べたりしたそうで、古い日本の因習が長く残っていたらしい。従って魚以外では鶏が重要な蛋白源であった。

太宰の生家では養鶏を一時盛んにやっていて、住み込みの養鶏係だったTさんから、のちに聞いた話では、長兄はただ個人的な趣味からではなく、二十七歳で町長に就任してから疲弊した農村の副業として養鶏を普及させようとして、アメリカから原種を輸入して本格的にとり組んだのだということである。その名残りの鶏舎が裏の空地に二棟、空屋になって残っていた。源では鶏をしめて、血を抜き、羽毛をとり去るまではアヤ（下男）の仕事、あとは主婦がひき受けて、次兄の嫂がタスキ掛けで丸鶏をおろすのを見たが、鮮かなものだった。こういう環境で育った太宰にとっては鶏肉が、肉類では一ばん馴染のものだった。戦争中、三鷹の農家で鶏一羽、売ってくれることがあって、それが最高の御馳走であったが、農家も出征兵を出していて男手不足なので、おばあさんか、お嫁さんが庭さきに放し飼いされている鶏をつかまえ、バタバタするのをおさえつけて、そのまま渡してくれることもある。木綿ふろしきでくるんで乳母車に子供や野菜と一緒に積みこんで帰ると、主人自ら手をくだすほかないので、酒の勢を借りて、あの虫も殺さぬ優しい人が、えいッとばかりひねってしまう。そのあとの始末を私がやって、流しの俎《まないた》の上におくとこれからが本番、じつは、太宰には鶏の解剖という隠れた趣味がある。頼んでもやりそうもない人なのに、これぱかりは自分の仕事にきめている。但し、いたって大ざっぱな自己流で、肉は骨つきのままぶつ切りに、内臓は捨てるべきものを取り去るだけで、このとき必ず「『トリは食ってもドリ食うな』と言ってね」というせりふが出る（ドリというのは臓物の一部分で食べてはいけないとされていた）。私のカッポウ着を着てその仕事を楽しんでいる最中、来客があって、私に目顔、手まねで合図して居留守をつかってお帰ししたことがある。流しの前と玄関の戸口とほんの僅かしか離れていないので声が出せなかったのだ。

鶏は大てい水たきか鍋にした。鍋ものが好きで、小皿に少しずつ腹にたまらぬ酒の肴を並べてチビチビやるのでなく、書生流に大いに飲みかつ喰う方だった。

体質からか、頭を使う仕事のせいか肉、魚、内臓などを特別欲したので、私は三鷹では毎日食料集めに奔走した。マーケットの女主人に、毎日卵を買いにくるといって罵られたことがあった。思いがけない到来物のことも忘れ難い。亀井勝一郎夫人がお福分してくださった神戸肉、人力車で伊勢海老を届けてくださった病身の女性愛読者のことなど――。

わるい時代に生きて、仕事して、死んで、衣食住すべて、いま思えばつましい限りであった。

その頃の配給米には、籾やしいなや、赤い筋のついた米粒などがよく交っていた。太宰はいちいちそういう粒を箸さきで拾い出して、けっしてかきこんでしまいなどしなかった。戦争末期に雑炊の配給があるとのことで隣近所みな容れ物を持って出かけたとき、太宰はまじめな顔で、それは止めろと言った。地主の家に生まれただけに米や飯の評価についてはきびしかったと思う。

お弁当が好きで、外食が不自由な時代ではあり弁当持参でよく外出した。外で飲んで帰りが遅くなるときは、おむすびを作って枕もとにおくことにしていた。炊きたての飯をワカオイという薄い昆布の間にはさんで両掌でヒタヒタおさえて、プツッとワカオイをかみきって食べるその歯ごたえ、自然の塩味、これが彼にとって最高の津軽風おむすびであった。

食後、私がいれたほうじ茶か番茶かを飲みながら、「食後の白湯《さゆ》というものはうまいものだ」と言うのを再三聞いたが、なんのことか謎のようで私は真意を解しかねていた。三鷹の借家の井戸水は鉄分が強く、手押しポンプの口に下げたさらし木綿の袋がすぐ赤くなる。井伏先生がお見えになってお帰り際にふと井戸端にお寄りになって掌で受けて一口含み、すぐ吐き出されて、これはいけないとおっしゃった井戸水である。それをアルミニウムの薬罐《やかん》で沸かしたお湯でいれたお茶を、ただ食後の習慣として飲んでいた。郷里で暮らして初めてわかったのだが、太宰のいう「うまい白湯」は郷里の家での食後の白湯のことだった。三鷹の借家の井戸水など白湯でのめるものではない。

　湶では（あるいは津軽では）お茶は来客の接待用で、食後にお茶をのむとか、朝起きてまずお茶をという習慣はない。だから他家から入った嫁など、自分が主婦の座について来客を迎えるときまで何年もお茶はのめないわけである。私が郷里の習わしを知らずに食後のお茶をいれるたびに太宰は苦々しい思いをして、食後の白湯はうまいという反語的な言葉が出てきたのだった。

　一体いつ頃から日本の家庭の茶の間で食後お茶をのむようになったのだろう。それほど古いことではないような気がする。食後は白湯をのみ、お茶はお茶としてべつに甘味を添えて味わうのが古い形で、お茶の産地に遠い上に万事保守的なこの地方には古い形がそのまま残っているのであろう。おかげで私は疎開中、茶断ちの辛さと白湯のうまさとをしみじみ味わった。

　疎開した年の秋、私は初めて湶の上水の水源を見た。

　前に来たときには台所（広い板の間）の奥の厨《くりや》は北向きで暗く陰気だった。入り口の右手の壁になくなった近親の戒名と命日の表が貼ってあり、その日は精進で味噌汁のだし魚も使わない。三鷹では手不足であまり用のないすり鉢が、ここでは始終ゴロゴロ鳴っていた。五、六人いる女中の役割はそれぞれきまっていて最古参の人が飯炊き係だった。茶の間と離れている上、段差もあるので、三度、三度、大勢の食事を上げ下げするだけでも大変である。終戦後、昔の女中部屋が厨に改造されてその続きに新しい茶の間が出来た。台所からタタキを長い踏み板で渡ってゆくのであるが、南向きで明るく暖かく便利になった。

ある晴れた秋の昼過ぎ、私は新しい厨の南側の戸をあけて外に出てみた。隣家との間の空地に思いがけず泉があってびっくりした。玉のような水がきらめきながら、こんこんと噴き上り噴きこぼれて流れになっていて、これがこの家の水源の掘り抜き井戸だった。厨の一隅の電動ポンプで屋内に給水し、余分の水（その方が使用量よりはるかに多いようだ）は、小池に一たん流れ入り池から表の道路沿いの溝に導かれている。なんという豊かな眺めだろう。父さんはずい分自分の生まれたこの家のことを自慢したが、この掘り抜き井戸のことには一言もふれなかった。こんな宝ものがあったのに——三鷹の借家の共同井戸がひどすぎるせいもあって、この井戸は源最高のものと思われた。昼夜不断に湧き出る深井の水を長年使いこんだ南部鉄瓶で沸かした白湯だからうまい筈である。米どころは水もよいと何かで読んだ。それは熊本平野のことだったが、太宰の生地もそうなのか——と思っているうちに、もう一つの井戸をのぞく機会があった。この方はボーリングした上水用の掘り抜き井戸と違って素掘りで、母屋から裏の畠に出る途中の裏木戸の傍に在り、アパが畠にやる水をつるべでくみ上げていた。あるとき、ふとこの井戸をのぞいてみたら驚くほど水面が近かった。それを見てから私はこのへんでは水が豊かなことを誇るよりも水害の恐れの方が強いのではなかろうかと聞く人もいないまま自問自答した。昔は十三湖がずっと南の方まで延びて太宰の生地一帯は渺々《びょうびょう》たる大湖であったとか。それがやがてカヤの生い茂る荒野となり、入植した人々の粒々辛苦の末、十六世紀の終り、秀吉から徳川家に治世が移る頃から、水田と村落が次第に形成されたのだそうだが、その後も冷害、虫害に脅かされる上に、豪雨のあとや融雪期には洪水に見舞われ、田畑の冠水、家畜の溺死、甚大な被害の記録は近年に及んでいるという。水害の恐ろしさが先立って人々は水に恵まれているなどとは考えなかったのであろう。

　水が良いと食物の味もちがう。その上手間を惜しまず念入りに作るから、ありふれた豆腐、油揚、納豆、味噌などの味が三鷹へんのものと比べものにならないのに感心して私は初めて金木にきて帰京するとき嫂に所望して三角形の生揚と納豆とを沢山土産にもらって近所に配った。豆腐も納豆も太宰の好物、ことに彼の喜ぶひき割り納豆はその頃東京には無かった。台所の前の釜場でアパがこの手のかかる納豆を作る、また水飴や甘酒も作る。味噌はアヤの手作りである。
「味噌があれば乞食はせぬ」といい、味噌をカデモノ（副食物）の首位におき、津軽人は味噌に信仰に近い気持を抱いているようだ。樽の蓋に印をつけておいて三年味噌から食べていくきまりで、十分熟成しない味噌を食べる家は用意がわるいと嘲られたそうだ。
ある日朝食の卓で嫂と、向かい合った席の太宰との間に、
「かまりさねべし」(かおりがしないでしょう)
「んだニサ」(そうですね)
という会話が交わされるのを聞いた。新しい樽の蓋をあけたときだったのだろう。「味噌の味噌くさきは味噌に非ず」。イヤになるほど太宰から聞かされたせりふと同じ意味で、若い味噌はよくないことを言ったのである。
自家製の三年味噌の汁を朝夕のんで育った人にとって、私の作る味噌汁はさぞかし味気なかったろうが、三鷹では毎朝の味噌汁を欠かさないだけで精一ぱいだった。とりつけの酒屋に頼んで配給以外に味噌を時々分けてもらった。「酒の実績があるから――」と好意を見せてくれた酒屋夫妻がなつかしい。
山菜やキノコに津軽の人たちが寄せる情熱もなかなかのものである。太宰の生地は田も広いが山にも近い。里を離れて山に入ると国有林の生い茂る下の山菜やキノコは採り放題(といってもみつけるのにコツとかカンが必要だそうだが)。山菜では春、シドミがまっ先に食膳にのぼった。次にアザミ、山ウド、ワラビ、ゼンマイ、ソデ、フキ、タラの芽、初

夏に入って筍、ミズ。野生の筍は孟宗竹の筍と違い、アスパラガスくらいの太さでこれが一山、台所の床の上に置かれたのを一本一本切ったり剝《む》いたり、私も教わりながら手伝ったが、その手数のかかること大変で、女手の揃っている家でなければと思った。この筍と新若布《わかめ》と、採れる時期が一致する合性のよい二つを実にした若たけ汁も太宰の好物だった。春から夏にかけて様々の山菜が食膳に上ったが、私は食べ馴れないせいか、山菜の淡い滋味を十分賞味することができなかった。

手数をかけた食品では源の梅干が横綱格ではないだろうか。その梅干は一つずつ種を抜き、また果肉を合わせて、固い筋をとった紫蘇《しそ》の葉できちっと巻いてある。梅干の種や茹《ゆ》で卵のカラの始末は困るもので、それ一つで食卓の品が下がってしまう。この高級梅干を初めて見たのは、太宰が芦野に避難小屋を建てる手伝いに行く朝、嫂がお弁当を作ってくれた時で、梨子地《なしじ》の二重弁当箱には、こういう上品な梅干でなくては——と感心して見ている私に嫂がこの梅干を案出したのは祖母ということになっていると笑いながら言った。金木には名菓「甘露梅」があるし、江戸の昔の吉原の「甘露梅」は有名だし、ほかにも梅の産地では種を抜いた紫蘇巻が作られている筈で、源のおばさ（おばあさん）が全国の紫蘇巻梅干の元祖とは信じ兼ねる。大根のナタ漬、鯣《するめ》と昆布の塩干、ハタハタのすし、うまいものはみんな自分の発明と称しているのだと太宰からも聞いた。祖母が元気だったときは食物、とくに保存食物のすしや、漬物作りに熱心で、なかなかうるさかったそうだ。漬物は白菜、大根、タカナ、赤蕪、胡瓜《きゆうり》、茄子《なす》など、それぞれ塩のほかに麹、昆布、身欠鰊《みがきにしん》を加え、美しい色を保つように工夫をこらして樽に仕込む。沢庵は薄塩、中塩、濃塩と三通り漬けて年が明けて薄塩から食べ始める。祖母は朝食に間に合うように、鉢に漬物を盛ったのを隣近所に配らせた。〈源の味をどうぞという自慢と、おつきあいを大切にする心からであったそうだ。漬物蔵は母屋に一番近い位置に味噌蔵と隣り合って建っていて、それぞれ二階は空樽置き場で、蔵のなかはいつもひんやりし、そして整然としていた。漬物はアパの分担で、津軽では味噌と漬物、この二つさえあればという風に見えた。

秋から春さきまで私は早朝餅搗きの音で何度も目を覚ました。やがて女たちが中蔵へ通ずる板の間でにぎやかに大福餅を作る。一緒にまるめながら私はとし姉にこのへんでは、醤油をおとした大根おろしで搗き立ての餅を食べないかと聞いてみた。消化がよくあと口もよいあのからみ餅のことを、姉は知らない、食べたことがないと言った。ここでは甘いものや、軟らかいもの、ねばねばしたものがとくに好まれているような気がした。

料理の方法で感心したことは、魚を焼くのに魚に金串を通して炉の火のまわりの灰にさして焼く。こんがりと何本も一度にきれいに焼き上がる。それから帆立の貝焼、大きめの帆立貝の貝殻に短い柄をつけて鍋の代りに使い、そのまま食べる。じつにうまいアイディアである。

三鷹で我が家の暮らしを太宰は「その日暮らし」だと言う。その日暮らしとは、明日の米塩の資にも事欠く生活のことで、それ程でもないのにと常々思っていたが、郷里の家で暮らしてみると、なる程、三鷹の生活は「その日暮らし」に違いないと実感した。米をはじめとして農作物を収穫期に一年分の需要を見積って用意し貯え、計画的に食べてゆく。従って貯蔵、保存ということをまず考える。きびしい自然とたたかい、きゅうくつな社会制度のもとに生きてきた津軽の人たちは無計画なその日暮らしを死につながるものとして避けているように思われた。

それから、津軽ではなんにでもきまりがあって枠の中で暮らしているような気がした。「なければならぬ」ことが非常に多い。そのことを「食」に関して、特に感じた。たとえば豆腐は味噌汁の実には三角に切る。清汁《すましじる》には拍子木に切るものときめて、変えようとはしない。醬油が貴重だった（醬油は自家製造できないから）昔なら知らず、大根おろしでからみ餅も試みればよいのに試みようとはしないらしい。このような固定的な生活様式の枠の中で育つと、郷里に在る間はよいが、一旦他郷に出た場合、その子弟はひどい違和感に苦しむことになるのではないかと考えられた。結局太宰にとって東京は異郷で、東京生活を通して食後の白湯に代表される郷里の（生家の）食を恋うて過ごしていたのである。

私たち一家の帰京が近づいた昭和二十一年の十月末、祖母の葬式が営まれた。前日からぞくぞくと手伝いの女性たちが参集し、通夜の読経と夜食に始まり三日間仏事と饗応の連続だったが、誰が指揮するでもないのに何の混乱も無く精進料理が出来上がって文庫蔵に組立てた膳棚から次々に客膳が運び出され、四つの座敷の襖を取り払った六十畳の広間にコの字型に居並んだ弔問客の前に据えられた。当時のメモが残っているので書き写してみよう。

十月二十六日㈯　晴　通夜の夜食膳

本膳

うどん

こわ飯

香の物

二の膳

ひじき、人参、生揚の煮物

ほうれん草、山芋、黄菊の三杯酢

十月二十七日(日)　雨、朝雷鳴、時々あられ

本膳

味噌汁――ナメコ、豆腐

清汁――卵豆腐

煮物――筍、人参、じゃがいも、椎茸、さやえんどう

なます――ナメコ・大根おろし、えご天の三杯酢

和《あ》え物――ぜんまいとほうれん草の黒ごま和え

中国風甘酢あんかけ（じゃがいもと人参）

リンゴ甘煮とカンヅメの杏《あんず》

栗きんとん

二の膳

茶碗蒸し

揚げ物――さつまいもと人参

のりまきずし

いも羊羹

野菜サラダ

カンヅメの桃

秋の津軽の精進料理のすべてという感じでその当時は数に圧倒されて大ご馳走と思ったが、いまみると、こんなものだったかとも思う。

葬式の三日目はとりこしの法事で朝から二度、寺に詣ったあと、四時頃女性一同も膳につき、そのあと夜なべで膳碗を片づけ、夜食に甘酒や餅を招《よ》ばれて、星の下で三度目の寺詣りをして漸《ようや》く終った。

それから間もなくこの家は人手に渡ったから、これが愈さいごの饗宴であった。

千代田村ほか

千代田村

千代田村は峡谷美で名高い甲州の御岳昇仙峡の入口近くにある山村で、いまは甲府市に編入されている。千代田湖という人造湖が造られ、観光自動車道が開通しているそうで、村の有様も人々の生活も一変したことであろうが、戦前は交通不便な山里であった。

昭和二十年の春から甲府市水門町に疎開していた私たちは、この村のU部落のK家に荷物をあずかってもらうことになった。

東京の住民の多くは家をたたんで地方へ疎開したが、甲府の人たちは、町に住んだままで家財道具だけを郡部のしるべに預かってもらう方針の人が多かった。天然の険を信頼していたのか、甲府の人たちは一般に空襲に対してのんびりしていた。

もう私の実家でも下町の叔母の家でも、馬力で千代田村に荷物を運んだということだった。

荷物疎開だけでなく、UのK家と、私の実家とは食料のことで、この頃交渉が多い様子であった。祖父母が死に、父母も死んで次第に疎遠になる傾向だったのに、食料欲しさにつきあいを復活するようで気恥ずかしかったが、先方では案外、町の人たちとの取引、物々交換を歓迎しているようであった。千代田村だけでなく他の農村とも縁故を辿って衣料と食料の交換をしていたが、まだ袖を通していない小紋の羽織が、小麦粉一斗（十八リットル缶一つ分）くらいだった。私と妹とは義侠的なことでもするかのように競って衣料を出したが、派手な妹のものよりも私の衣料の方が農村では歓迎されるので、妹は済まながっていた。

荷物疎開といっても、私たちはタンス、鏡台、机、瀬戸物類など、梱包の難しいものは三鷹に置いてきていたから、太宰のこれまでの著書を収めた木箱と行李とフトン包くらいの荷物なので、大八車で間に合うのだが、それが容易に借りられず、やっと同じ町内に住んでいた村上芳雄氏（「中部文学」同人）夫人のお骨折で借りることができたのは、五月末かもう六月に入っていたかもしれない。

千代田村までは、甲府から北西に七キロ程の距離であるが、山あいの村で、市街よりは百メートル程高く、往きは上り一方なので、荷物を運ぶには、早朝暗いうちに起きぬけで行って、昼までに帰ってくると暑い日中の上りが避けられて、一番楽だという。経験者の言うことに従って、私たちも短夜のまだ明けきらぬうちに出発して、千代田村へ向かった。

亭主が梶棒の間に入って体でひき、女房があと押しする。こんな姿は、戦後三十年の今では町でも村でも見られない。大八車を知らない人も多いだろうが戦時中の当時は町中でも珍しくない光景であった。三鷹は半農村なので、前からよくこのような光景を見かけていた。

太宰は釘をうったり縄かけしたりなどは、全然面倒がってやらないし、防空壕掘りのような力仕事も駄目、細い腕、細く長い指はペンを持つだけのものだったが、上半身に比して下肢が発達していて、足を使うことにはそれほど抵抗を感じないらしかった。若いとき喧嘩が始まったとみると逃げ出して、その逃げ足の早さに、「隼の銀」といわれたものだ、と言っていたが、歩くことも割合よく歩いたし、この朝、荷車をひくことにも、全く難色を示さず、それどころか、眠くてぐずぐずしている私よりもさきに起きて、身仕度を調えて、私を促すほど積極的だった。

市街を西に出はずれると、通称塩部《しおべ》田圃《たんぼ》というまっすぐ信州に向かってのびた往還で、ここは木蔭一つなく、路傍の草も田の稲もまっ白に埃を浴びて、夏も冬もゆききの人にとっての難所である。右手は山裾まで四十九連隊の射的場と練兵場がつづき、左手は田圃で中央線の列車が一キロ程さきを時折小さく走っている。

やがて山の鼻がぐっと街道に迫って、その山かげにある湯村温泉へ行く道が分かれている。湯村には温泉宿が軒を並べていて、太宰は執筆のために以前来たことがあり、東京からの客や家族と遊びにもきた。毎年二月の村の厄除地蔵のお祭には、作中人物「黄村先生」が山椒魚の見世物を見たことになっている。

千代田村はもう一つ、湯村山の先につき出た、もっと大きくて高い、山のかげにあるので、荒川に架かった橋の手前で、本街道と分かれて、荒川に沿って北へ向かう。道はゆるやかな上りで、やがて山の鼻と荒川とすれすれのところまできて、太宰は車を止めて、めしにしようと声をかけて、川岸の岩の上に上った。このへんまでくると、白っぽい大小の岩石がごろごろして、川水が蒼く淀んだり、奔流したりして、花崗岩風景の特色を現わしている。

朝食は、前夜用意しておいたおむすびで、食料難の折でもこのような場合には、たっぷりとっておきの材料をつかって作るので、出発のときからの楽しみであった。

昇仙峡は、この渓流と山の間の狭い道をまっすぐ北に行くのだが、U部落に行くには、その途中から右に折れて、かなりの急坂を上らなければならない。坂の下で私たちは立ち止まって相談して、車も荷物もこのままここに置いて、K家に行って手を借りることにきめた。坂を上りきった左手に、Kの本家がある。この家に、私の大伯母が嫁いできている縁故で、子供のころ祖父に連れられてきたことがある。長屋門の構えは、その頃と少しも変わっていないように思われた。私たちが荷物を預かってもらうのは、その隣のKの新家《しんや》で、新家にはこのとき初めて来たのだが、門も塀もない、見るからに気楽そうな分家で、道路ぎわの前庭の一隅に、山の水をひいて、小さい池が作られ、夏の草花が咲いている。よんでも誰も出て来ないので、朝陽のいっぱい当たっている縁側に、背に負うてきた子をおろしてまた引き返した。戦争も知らぬ気な、こののんびりした村が羨ましく思われた。

道々、太宰が「ひどい山村じゃないか。畑なんてどこにもないじゃないか」と言った。ほんとに、どこにも畑は見当たらない。どこか離れて山畑が作られているのだろうか、食料が有り余って衣料と交換したわけではなく、貴重な食料ではあるが、娘可愛さに、または有利な取引と考えて、衣料と交換したのであろうか。村人の生活のことはよくわからないけれども、満目《まんもく》の稲田の中にある太宰の生地に比べたら、一見何を食べて生きているのだろうと不審に思うのが当然のような山村である。

坂の下から荷車をひいたり押したり、途中まで上がったとき、「おーい、水門町の！」と、下から呼び声が聞こえて、ふり返ると、K家のMさんが笑い顔で、手を挙げていた。Mさんは父の従兄の息子で、頰に大きな黒子《ほくろ》のある昔のままの風貌である。ゲートルを巻き、手拭を首にかけ、水源地の見廻りに行った帰りらしい。Mさんの力で、なんの苦もなく荷車はMさんの家に運びこまれた。

おばさんも家に帰っていて、Mさんが私たちの荷物をおろして、二階に運び上げてくれている間に、お盆にコハク色の液体を充した小さなグラスを二つのせて、私たちの前において、またすぐ引き返して、カマドを焚きつけて湯を沸かし始めた。太宰は自分のグラスをのみほすと素早く私の前のグラスに手をのばした。

　Mさんによばれて二階に上がってみると、もとは蚕室に使っていたのだそうで、天井はやや低いが、広々した明るい部屋で、叔母の家や、叔母の小姑の婚家の家財道具、私の妹の嫁入り道具などが、家紋を染めぬいた油単《ゆたん》や、鏡台掛けを掛けて、整然と並んでいた。私は自分たちの荷物が、いかにも貧し気なのが恥ずかしかった。どんな場合にも、見栄がつきまとうものらしい。

　下の座敷でおばさんのもてなしを受けながら、Mさんの話を聞いた。

「千代田村は水源地だから、敵機にねらわれる、なんていう人もいるが、こんな山家まで爆撃されるようでは、日本もおしまいだ」

　U部落の少し北に荒川の取水堰があり、U部落に、その川水を澄ませたり濾したりする池が設けられていて、甲府市民と市外の兵営とに供給する上水の源になっていた。Mさんの先代は、水車小屋を持っていたが、Mさんの代になってから、市の水道局に依嘱されて水源地の管理をやっている。水車小屋での精米製粉も、水源地の管理も、信用がなくてはできないことだし、生きてゆくのに欠かせぬ大切な仕事だからと、これは、新家のMさんの誇りなのである。

「土蔵は火事には強いが、空襲のときは上から落とされるのだから頼みにならない。焼夷弾が土蔵の屋根を抜けて落ちたのに、気付くのがおくれて、蔵の中のものいっさい蒸し焼きになったという話があるそうだ」

もとの蚕室に荷物を預かったことについて、土蔵をもたぬMさんは言った。

隣のK本家には大きな土蔵がある。旦那は事業家で、村の山かげの室《むろ》に池の氷を貯蔵しておき、暑くなると馬力で運んで、甲府の繁華街の店で売り出していた。「Kの天然氷」といって、電気製氷が盛んになるまで繁昌していた。叔母がMさんと親しくしているので、こんどの荷物疎開もK本家でなく、Mさんの新家に頼むことになったのである。

部屋の隅に立て廻してある大きな屏風を、Mさんは見て笑いながら、「この屏風は、昔、米のカタに、石原から預かったものだ」と古い話を持ち出した。漢詩の屏風である。いつのことか知らないが食料に困ると、私の実家ではこの山里を頼ったらしいのである。

太宰は聞いているのか、いないのか、黙然としていた。先程の梅酒のことでも考えているのだろう。私は母の遺品の帯を、土産とも保管の礼ともつかず置いて、帰途についた。

急坂の上までくると、太宰は私に荷車に乗れ、と言い出した。私は一瞬、耳を疑ったが、から車はかえって曳きにくいんだ、と、経験があるように言うので、背の赤子をおろして抱いて、荷台に坐り、あとは楽々と町にくだった。

市内に入って、白木町の角近くにくると、何やら人垣ができて、警官が整理している。遠眼の利く私が車をとめてと言うのに、近視の太宰はかまわず進んで、人垣の端についたとたん、高級車が二台、前を通り過ぎて、若い軍服姿の皇族が見えた。それは、二年程前、内親王と結婚して、度々、新聞紙上で見た方であった。聯隊司令部か、甲府中学に疎開している陸軍大学に行く途中だったのだろう。太宰は、そこですかさず、宮さまが女房孝行の男がいる、とおれの方を見て笑っていたよ、と、冗談を言った。

太宰の死後、二、三年経って、甲府の叔母に逢ったとき、甲府空襲のこと、千代田村のこと、Mさんのことなどが話に出た。叔母は言った。「太宰は、あのころは坊主刈りにして、颯爽《さっそう》としていたのにね——」

叔母と太宰とは、昭和十三年の私どもの婚約披露のときが初対面で、もうひとりの叔母よりもこの目白の女子大学出身の叔母の方が、若く美しく社交的で、太宰の気に入っているように見えていたが、叔母には戦争末期の元気な彼の姿が、最後の印象として強く残っていて、甲府空襲からわずか三年後の、太宰のあのような死にかたが、腑におちない様子だった。「ほんとに、お坊っちゃんは困るねえ」とも言った。

「太宰がNに行ったとき、腰にまっさらの（ま新しい）手拭をさげていて、Nのおばさんはとてもそれが羨ましかったそうよ」手拭一筋が貴重な時代だったのだ。

荒川の下流に沿った甲府の下町で、水泳プールや貸ボート屋を経営していたNは、千代田村のK家の親戚で、叔母に紹介されて、闇のタバコを求めるために太宰と行ったことがあったのを、私は思い出したが、太宰の腰の新しい手拭のことはすっかり忘れていた。

深浦

一夜で焦土と化した甲府を出てから三日目のお昼頃、私たち一家は奥羽線の列車で秋田県の日本海べりを北に向かっていた。

新庄で乗り換えてからは敵機来襲でおびやかされることもなく、川部でもう一度乗り換えれば今日中に五所川原まで、あるいは連絡がうまくゆけば金木に着くことも出来そうだったのだが、太宰が能代で五能線に乗り換えて、今夜は深浦泊りにしようと言い出した。前夜もその前夜も駅の構内でごろ寝して、暑いさ中の乳幼児をかかえての旅で私は疲れきっていた。一刻も早く目的地に着きたいとも思わないが、まわり道したくはなかった。しかし太宰の深浦泊りの目的が何にあるのかが察しがつくので仕方なく同意して能代で降りた。日暮れまでには深浦に着けると思っていた。ところが連絡がわるくて五能線の発車まで長い時間待ったため、深浦駅に降りたときは夜になっていた。灯火管制の上、月もなく、足もとも見えぬ闇夜である。旅館は駅のすぐ前にあるものと、ひとりぎめしていたところが、まだかまだかというほど遠い。家並も見えぬ暗い夜道を、太宰は、同じ列車から降りた中年の人と道連れになって、元気よく先立って歩いてゆくが、そのあとに赤ん坊を背負い、四つの子の手をひいてとぼとぼ従いながら、私は次第に恨みがましい気持になってきた。

やっと左側のめざす旅館に着いたが、出入り口は固く閉ざされていて、太宰は懸命に、その戸をたたき郷里の言葉で金木の生家の屋号と、昨年の五月泊めてもらったことを告げて、やっと二階の一間に通してもらうことができた。大分経ってから夕食の膳を二つ出してくれたが、この家のあるじらしい人は姿を見せず、十七、八歳の娘さんが給仕してくれた。前年の「津軽」の旅のとき、主人から特別のもてなしを受け、源《やまげん》の勢力がここまで及んでいることを感じたことを太宰は記しているが、その主人は現われない筈、長患いの床に就いているとのことであった。娘さんはまた自分の在籍している学校（青森師範といったと思う）が、七月二十八日夜、青森市の空襲で焼失したこと、これから一体どうなるのだろうと、興奮気味に語り、窓も電灯も遮光幕で蔽って、手もとが僅かに見えるほどの暗い部屋で、とうてい、お銚子をと言い出すことが出来なくて、あてにして来た太宰が気の毒であった。甲府で罹災して以後も毎夜焼跡で飲んできていたが、甲府出発以来アルコールが全く切れていた。これではなんのためにまわり道して、深浦に泊ったのかわからない。

翌日は晴天で、窓をあけてみると空地に網や漁具が干してあって、漁港に泊ったことを実感した。宿に頼んでワカメを土産用に買って駅に向かった。

このとき初めてわかったのだが、深浦という港は半円状に湾曲していて、宿屋のある町並と駅舎の間には、半円周以上の隔たりがあったのである。道の片側には、きり立ったように山が迫っていて、海沿いの平地が乏しいために駅の位置が限定されたらしい。

夕方までに金木へ着けばよいので、のんびりした気持で駅で発車の時間をたしかめてから、足はしぜんに海べに向かった。

朝の海は凪いでいて大小様々の岩が点在し、磯遊びには絶好であった。四つの長女はまだ海を見たことがない。一家で子供中心の行楽の旅に出たこともなかったから、私たちははしゃいで、しばらく海べでのまどいを楽しんだ。

時間がきて改札口に並んだとき、私のすぐ前に山行きのみなりをした男が青々した植物の束を斜に背負って立っていた。目の前のその束の、根に近い茎の下部は赤くて、ほうれん草とよくにているので、私は思わず「まあ、大きなほうれん草！」と口走った。太宰は「ばか！　ほうれん草じゃないよ。ミズというもんだ」と苦々し気に言った。ミズがこの地方の山菜の代表的なものであることを、金木に行ってから知った。

太宰が金木で書いた「海」というコントがある。

海を指して教えても川と海の区別ができない子、居眠りしながら子の言葉にうなずく母――海というと私に浮かぶのは、あの深浦の朝の楽しかった家庭団欒の一ときである。「浦島さんの海だよ、ほら小さいお魚が泳いでいるよ」とはしゃいだのはだれだろう。太宰自身ではないか。なぜ家庭団欒を書いてはいけないのか――私は「海」を読んでやり切れない気持であった。

喜良市

太宰は疎開中、津軽半島のあちらこちらを歩いていたが、私はどこにも行くことができなかった。

一年余暮らしていると、金木町の中の、不動林《ふどうばやし》、蒔田、神原《かんばら》などの字《あざ》の名や、嘉瀬、喜《き》良市《らいち》、中里など隣村の名が、しぜん耳に入って、行ってみたかった。住んでいるのが町の中心部で町暮らしなので、ほんとに北津軽の田舎らしい農村、山村を知りたかった。けれども当時、疎開者の女子供が、かくべつの用事もないのに、ぶらぶら歩きするなど考えられないことだった。

その中で私が隣の喜良市村に行ったのは、たった一つの例外の遠歩きで、雪に埋もれた二月末のことだから、村のたたずまいも何も見ることが出来なかったのは残念であるが、私にとっては貴重な思い出である。

太宰が喜良市の鹿ノ子川上流の溜池や滝に、兄夫妻、姪夫妻と、アヤをお伴に行ったのは、郭公が鳴き、藤の花が咲く、津軽で一番よい時候のときだった。それにひきかえ、私の喜良市行きは、雪道を辿って、村の桶屋さんに盥《たらい》を作ってもらうという、たいへん実用的な目的のためである。

金木の町にも桶屋さんはあったろうし、一途に盥を作らなくてはと、思い込んだわけでもない。隣村まで出かけるための一つの口実であるが、全然、口実だけでもない、というのは金木の盥がよいのである。昔風に厚く、ていねいに作られていて、両側に手がついている。三鷹の家の隣は仙台出身の方であったが、共同井戸で隣の奥さんの使っていたのがこの手のついた盥で、私は初めてそのような盥を見た。金木にきてみると、洗濯用の盥がやはり珍しい手付きであるだけでなく、もっと古風な感じの洗足専用の盥も使われていた。もう歌舞伎の小道具で見るほかないような道具がまだ活きて残っていた。なるほど足を洗うには、底のすぼまったバケツよりも、ずっとこのすすぎ盥の方が使いよい。三鷹のわが家には津軽産のものといっては津軽塗の硯箱くらいで、前にはあったのかもしれないが、いまは心さびしい有様である。

太宰は郷里を愛しているようであるが、自己中心の愛し方で、民俗的信仰にはそっぽを向いているし、民芸風な手作りの品などになんの興味も愛着も持たない。生家の人たちも、ずっと東京に目を向けて暮らしてきた感じで、文庫蔵には東京からとり寄せた品々が充満しているらしい。金木にきてから町でワッパ（ヒバの曲《ま》げ物）を作っている店をみつけて私は小さいワッパを一つ求めていたが、こんどは津軽の盥を、と欲望がふくらんだ。津軽の土から生まれたものを身近におきたかったのである。

太宰は兄の選挙の前哨戦に加わって、方々に出かけて留守勝ちであった。

一日中ふぶいて、火鉢の傍を離れることが出来ない日もあるが、青空がのぞいて軒端の雨だれを聞いて過ごす、おだやかな日もある。私は毎日、離れで子守りしながら、針仕事などして暮らしていた。

町の床屋に二児を連れて行った帰りに、顔の表通りで白い布を頭にかぶり、角巻《かくまき》を着たおばさん二人連れに出遇った。角巻の裾から荒縄でからげた新しい盥が見えている。知らない人であるが、話しかけて、喜良市の西村正二郎という桶屋さんの名を知ることができた。

その翌々日、二月二十六日は風が止んで珍しく朝日が輝いている。チャンスとばかり、私は朝食後すぐ、喜良市指して出かけた。喜良市は金木の東、山寄りにある。町のいわば上流に属する女性たちは、雪下駄を履くようで、私にも嫂から貰ったのがあるが、喜良市までは雪下駄では無理と思い、自分も四つの長女も藁靴を履き、下の子を負うた上から借用の角巻を羽織った。

津軽鉄道の線路を横切って金木の町を出はずれたあたり、道の左手にぽつんと一軒、雪に埋もれんばかりの小屋があった。入口に下げた蓆のカーテンの前に、こちらに背を向けて、つっ立って新聞を読んでいる男、朝日を浴びている紺の印半天の背に染め抜きの鶴の丸の紋。顔は見えないが、それは紛れもなく顔のアヤであった。

アヤは通いの男衆で、疎開してきて以来、私たちは毎日顔を合わせ、何かと厄介になっているが、住居は知らなかった。ここがアヤの家か——多少の感慨があった。その家の外観は率直に言って、見るかげもないとしか言いようがない。何でも出来て㵎の旦那の信任厚く、重宝《ちょうほう》がられているアヤ。きっとこの家もアヤの手作りであろう。終戦前、芦野に避難小屋をほとんどひとりで作ったアヤであるから。

この小屋がアヤの家と知ったときは驚いたが、外観に比べて、一歩内部に入ると意外なほど、あずましく（居心地よく、快適に）ととのえられているのが、この地方の民家の常であるから、アヤの家も内部はもっとよいのであろう。アヤはこのところ毎日、裏手の木小屋で、マキ作りに精出している。私が時折、その小気味よい仕事ぶりを見物していても、邪魔にせず、子供たちに愛想よく言葉をかけてくれる。しかし、この朝はなんとなくアヤとの問答が煩わしく思われて、私は黙ってその横を通り過ぎた。

それからは一本道の右も左も雪に厚く被われた田圃で、一面、朝日に輝いて眩しい。行き逢う人も馬もなく、右手に雑木林が一ヵ所あったきりで、始終、離れの縁から眺めている梵珠《ぼんじゅ》山脈が近づいて喜良市村に入った。

西村桶屋さんの家の出入り口には、やはり蓆のカーテンが垂れ下がっていた。中はかなり広い仕事場で、材料の散乱した中で、まだ若い桶屋さんが仕事をしていた。大、中二つの盥と、ツルの付いた水桶とを注文し、内金を払って、品物と引き換えに残金を払う約束をして帰った。往復七キロ程の雪道を長女は辷ったり転んだりしながら、よく歩いて楽しい半日の遠足であった。

家に着いて間もなく、父さんが黒石方面からお帰り、きのうは猛吹雪で帰宅できず、五所川原の叔母の家に泊った由。

私が喜良市行きのことを話すと、太宰は大仰に驚き呆れ、ショックを受けたように見えた。

それはもう予想される事で、事後承諾のつもりでいた。家財道具などを買いこむことが大きらいで、所帯を持って以来新しく加わった道具といったら、炭切り鋸くらい。これを太宰がお勝手の一隅に初めて見つけたときのことを思い出すとおかしくてならない。これ買ったのか、いくらだったと聞くので、五十五銭でしたと答えたら、そうか、割合安いものだね、と、やっと顔がほぐれて、あとはてれかくしの笑いだった。

太宰には、私の喜良市行きの心情が全く理解できない様子で、いささか形勢不穏になっているところへ、Yさんがやってきた。Yさんは目下しきりに太宰のところに出入りして、闇の品々を供給している。太宰は早速、盥の一件を持ち出した。Yさんは茫洋としていつも遠くを見ているような人である。「盥だば、東京になんぼでもあるべし」と、東京の空を見やるような表情で、しかし、はっきりと太宰の味方であることを言明した。太宰の話では、山気の多い彼は、今までいろいろ商売を試みたがうまくゆかず、いま戦後の混乱に乗じて、東京にゆききして闇取引で一山当てたいと願望しているのだそうだ。

Yさんと太宰とは、そのあと密談をやっていたが、それでは仕方がないから、あした喜良市に行って、盥の残金を旧円で払って来い、ということで折合がついた。Yさんへの支払いの都合があったのだと思う。はっきり記憶してはいないが、二月半ば資金封鎖令が敷かれて、三月以降は小さい証紙を貼った新円でなくては通用しなくなり、また自分の預金でも、月に払い戻しできる金額の枠が定められることになっていたのである。

翌日は、うって変った酷しい寒さで、角巻を通して風がつき刺さるようだった。桶屋さんは快く旧円で残金を受けとった。そして翌日二月末で、旧円とお別れした。

三月八日、郵便局のあきちゃん（あい姉の遺児）の橇《そり》を借りて、往きは長女を乗せ、帰りは出来上がっていた三品を橇につけてひいて帰った。大盥（尺八）八十五円、中盥（尺四）五十円、水桶四十円、竹のたがの代りに（多分北国では太い竹は生育しないから）、番線で、がっちりとしめてあった。

〆源の裏口から入ると、折から昼飯どきで、居合わせたアパとふたりの女中が寄って来て、Y夫人である太宰の姉もそこへ来合わせて、口々によい盥だ、どこで作った、いくらしたか、と賑やかな評定になった。

中盥だけ流しにおろして使っていたが、五所川原の叔母がきたとき新しい水桶に目をつけて、仏さまに供えるお花の花桶にちょうどよいから貸すようにと言った。男性とちがい女性たちはみな生活の道具に関心と愛着とを持っていた。

翌年三月末に三鷹で二女が生まれたとき、新しい大きいヒバのかおりのする喜良市の盥で産湯をつかわせて私は満足だったが、その娘が成長するにつれて、盥も桶も古び、いたんでやがて使用に耐えなくなった。

嘉瀬

津軽鉄道で五所川原から北に向かうと、金木の一つ手前の駅が嘉瀬である。長部日出雄氏の「津軽世去れ節」の主人公「嘉瀬の桃太郎」の出生地で、芸能を大切にする土地のように聞いている。

曾祖父の惣助がこの村に生まれて金木村に聟《むこ》入りしてきた人であり、太宰にとっては幼時からたいへん馴染み深い隣り村である。疎開中太宰は、村の顔役で青森中学の後輩のK氏に招かれて度々嘉瀬に行った。

終戦直後のこのころ、日本中の町村の例に洩れず嘉瀬でも、戦地から運よく無事に帰還したものの若者たちは生きる指標を失って何も手につかない有様だった。その中の文学好きなグループが、虚脱から立ち上がろうとしてK氏をリーダーに「灯」という雑誌を発行し始めた。

リンゴの花咲く頃から太宰は嘉瀬に行って、そのグループの方たち相手に新作の朗読をして聞かせたり、怪気焔で煙に巻いたりした。得意の揮毫もした。紙のない時代であったから誰かが持参した巾二十五センチ程の感光紙に書いた。集まった所はリンゴ畑の小屋、青年学校の教室、観音山、K家などである。K家の濁酒、それは「澄明な濁酒」というふしぎな酒であるが、その正体はもと醸造家であったK家秘蔵の自家用酒であるから結構この上もなく、太宰はほんとの文化とはこれだ、文化酒と呼ぼうと言った。その上、肴は鶏や蛇、畑から抜いてきた野菜など、ヴォリュウム十分な野戦料理風のものであったから、太宰はよろこんだ。

地方で文壇外の人々と同座する場合、太宰は自分が絶対者でなくては承知できない。現存の作家の名を誰かが口に上せただけでもご機嫌斜めになる。ユダ不在の使徒や信者たちに囲まれたキリストの如くでありたいのである。

その点でも嘉瀬で受けた接待は満点であった。

帰りは金木まで三キロの夜道を下駄履きで、Kさんに送られて歩いて帰った。嘉瀬村の北端をよぎる小田川、「石コ流れて木の葉コ沈む」と古謡にうたわれる川を渡ると、右も左も広々とした稲田で、稲穂の匂う夜風を酔顔に受け、蛙の大合唱を聞きながら金木町にさしかかると、左手に点々と見えるのは金木病院の灯である。母屋をさわがすことを憚《はばか》って裏口から離れに入り襖をあけて、ぬっとつき出したその顔はご機嫌そのものであった。

嘉瀬ではこうして心おきなく楽しい時を過ごさせていただいた。その年の晩秋、帰京してからは渦に巻き込まれたようで、一日としてこんなゆとりのある時はもてなかった。

太宰の曾祖父惣助は嘉瀬の山中家に生まれた人で、太宰の生まれる四年前に死んでいるが、祖父が若死して、惣助から太宰ら兄弟の父に家督が譲られたから、曾祖父とは言え、祖父同然である。惣助は津島家の財産を大きく殖した功労者として崇められ、旛の二階の洋間に大きな肖像画が掲げられていた。

「思ひ出」のはじめの方に幼いとき叔母に連れられて近くの村の親類に行き滝を眺めたこと、社《やしろ》の絵馬を見たこと、大人たちが毛氈《もうせん》を敷いた上で騒いでいたことなどの思い出が綴られているが、その滝が「藤ノ滝」であることは前から地元の方に聞いていた。「村の親類」は、私は惣助の生家かと思っていたが、K氏によれば惣助の甥の山中賢作家に違いないとのことである。嘉瀬村に旛の所有する田が四十町歩余あった。その田と山林との差配を賢作に委ねていた関係で、賢作の家とは山中本家よりもつきあいが長く続いて今日に到っている由。親戚というだけでなく地主と差配という主従に近い、そして実質的なつながりがあったから、叔母も気易く幼児を連れて泊りがけの行楽に出かけたのであろう。滝の北に湯ノ沢という窪地があって硫黄泉が湧出し地蔵堂が祀られている。地蔵様の縁日の旧暦三月二十五日は、近在からの参詣と行楽を兼ねた客で賑わうという。太宰の記憶の第一頁に残り、「思ひ出」の冒頭に書いたのも、その縁日のことであったかと思われる。

「ロマネスク」に津軽の国、神梛木《かなぎ》村の庄屋惣助とその一子、太郎が登場する。太郎が三つのとき発見されたとしてある「湯流山《ゆながれやま》」は上記の「湯ノ沢」と金木の北東の「高流山《たかながれ》」とを合成した地名のような気がする。

惣助の生まれた嘉瀬の山中家は「乃久《のつきゆう》」（あるいは「能久」）と屋号でよばれる、村で屈指の大百姓であった。屋号をもつこと自体、暮らしの楽な百姓の証拠で、食うや食わずの水のみ百姓は屋号など持っていない。大正期の嘉瀬村の学童にとって「乃久」は、活動写真（映画）を観た思い出と直結する。村の中央にあって広大な乃久は村の集会場の役を引き受けていた。

惣助は天保年間にこの家の二男として生まれ金木に聟《むこ》入りした。聟入りの場合の通例に従えば、縁組当時の津島家（姓は公認前であるが）は嘉瀬の乃久を上まわる資産家であったろう。惣助は三十二歳で家督相続し、その翌年が明治元年で、相続したものを核にして維新後の経済変動の波にうまく乗って雪ダルマを転がすように資産を増大し、金木村での資産家に過ぎなかった「津惣」は、三十年ほどの間についに多額納税者の貴族院議員有資格者に仲間入りするまでに躍進した。その方法は別に惣助独特のものではなかったろうが、手固くしかも否応無く財産が殖えてゆくやり方で、私がきいた一例を記すと、八月の端境期に飯米の尽きた小作人が米を借りにくると、そのものの作っている田の作柄を十分当たってみた上で、二倍の新米で返す約束で古米を貸したのだそうだ。貯えることすなわち財産をふやすことになるのだから、惣助時代の家憲は、「勤倹貯蓄」に尽きたであろう。端境期、凶作、貯えのないものが困るときが、地主の肥る時であった。

　金木の生まれで県下一の富豪となり他県にまでその名を知られた五所川原の布嘉《ぬのか》こと佐々木嘉太郎氏も養子で、惣助とその次代の源右衛門にとって布嘉は生きた手本であったと思われる。何事にもとうてい、津惣（のちの源）は布嘉に及ばなかったが、嘉瀬村内で津惣の所有する水田が悉く一等田であるのにひきかえ、布嘉の嘉瀬の田は多くはヤチ（不良田）でこればかりは布嘉も津惣に一目置かねばならなかった。嘉瀬生まれの惣助の大きな誇りであったろう。

　この曾祖父のことを太宰は「――実に田舎くさいまさしく百姓姿の写真を、紳士録で見た」と書いている。二階の惣助の肖像画のことは、圭治兄らとさんざん悪口を言ったものだ。田舎の田吾作爺さん丸出しだ。頭のてっぺんが薄いので自分たちもいまにあんなになるのかと思って閉口した、と語って笑わせていたが、私の記憶しているその肖像は眉秀で鼻筋通り、福耳の堂々たる風采で乃久は顔のよいマキ（一族）として通っていたそうだが、惣助もさすがその一族の出である。

　太宰は一流の諧謔と逆説とを交ぜてこの嘉瀬生まれの曾祖父のことを語り且つ書いているが、やはりこの曾祖父を、他の肉親同様愛し、誇りにしていたと思う。「思ひ出」の滝も、「魚服記」の滝も「藤ノ滝」を想定して書かれていると地元の方たちは言う。

「自転車に乗って青葉の滝」「滝の如く飛躍せよ」「『華厳』とは、よくつけた」「ナイアガラ」「清姫滝」など、太宰はよく「滝」を書いている。

津軽半島の分水嶺の梵珠山脈の欝蒼と茂る国有林には、今日でもカモシカや猿が棲息しているそうだが、その樹々の根もとをくぐり抜けて次第に集まって大きくなった川が、西へ流れ下る途中、「藤ノ滝」「鹿ノ子ノ滝」「不動ノ滝」などの滝をかけている。その中で滝らしい滝は「藤ノ滝」だけだということである。その「藤ノ滝」が高さ十五メートル程の由だから、国内の滝の中で、規模が大きい方とは言えない。しかし幼い日、叔母に連れられて嘉瀬に行き、肩車に乗って生まれて初めて見た「藤ノ滝」の印象はよほど強烈に脳裡に焼きついたらしく、この「滝」という自然の一つの相《すがた》は、それからのち太宰から離れぬ原風景となった。

昭和四十年、金木の芦野湖畔で太宰治の文学碑の除幕式が行われた。そのあと中学校のホールで、金木の荒馬《あらま》踊と嘉瀬の奴踊と、二つの郷土芸能が披露された。

このとき舞台で「嘉瀬と金木の間の川コ――」という民謡に合わせて踊っている嘉瀬の踊り手の法被《はっぴ》、あれは三縞こぎんというのではないだろうか、かなり時代ものらしく黄ばんだ麻地の肩に太い三本の仕切り縞を刺した、離れて見ばえのする、じつに斬新なデザインのこぎんであった。

津軽言葉

「北への憧れ」はどのような心情から生まれるのだろう。「北の〇〇」という似たような題の歌謡曲が次々に生まれ流行している。私も若いときに級友と「おくの細道」を歩いて辿りたいと熱心に語り合ったことがある。それはついに実現できず夢に終ったが、その夢のクライマックスは高館から北上川を望み見るあたりにあった。

南部から流れる大河、北上川も見たかったが、私はもっと北の浅瀬石《あせし》川にも憧れていた。牧水の「雪消水岸に溢れてすゝ霞む浅瀬石川の鱒とりの群」が愛誦歌の一つで、好きな歌からひいてはその歌の生まれた風土にも強くひかれていた。

太宰と相知って間もないある日、御坂峠から降りてきた彼と甲府の街を歩きながら私はこの憧れの浅瀬石川のことを聞いた。彼は軽く——あ、アセシ川——と私の問いをひきとって独特な発音で言い直し、——あれは南津軽の黒石の方の川だ——と言った。太宰が「アセシ川」と言い直すのを聞いた瞬間、私は外人教師に発音を正されたような気がした。活字で現わせない、また到底まねのできない差違があった。これが私の初めて意識して聞いた純粋の津軽言葉である。

当時私は太宰のはからいで砂子屋書房から送ってきた「晩年」を読んでいる最中だったので、津軽の言葉で書かれている「雀こ」のふしぎな語尾「——一羽来てとまったずおん」「——わらはの遊びごとだおん」のこと、「わらは」「まなくこ」「右り」などの古語が入っていておもしろいと思うことなど言った。太宰は「はにやす」「たかまど」「あちこちゆ」など、ニュアンスを出すために入れたので、必ずしもいまの津軽の言葉そのままでないことを語った。

そのころの私にとって太宰の郷里北津軽は遠い遠い存在で、なまの津軽言葉をまわり中に聞くことがあろうとは思っていなかった。

御坂を降りて寿館に下宿していた頃、太宰は私の実家にきて酒をのみながらこんな話をして皆を笑わせた。

小学校六年生のとき学芸会に選ばれてひとりで「鎌倉」を暗誦することになった。「七里が浜のいそ伝い」——「えそ伝い」ではない、「いそ」だと練習のとき何度も先生に直していただいて、もう大丈夫と思っていた。ところが当日壇上に立ったら緊張のあまり、練習のかいもなく見事に「えそ伝い」とやってしまったと。

「い」と「え」、ひいては「い」の段と「え」の段とを、はっきり区別して発音することが彼には一ばん難しかったらしい。結婚後私のことを「おい、おい」と呼んで自分では、「おい」と言っているつもりなのだろうが、「おえ」ときこえるのである。「い」でもなく「え」でもなく、日本語の母音にない音だが、「い」よりも「え」に近い音で、「おえ、おえ」としきりに呼び立てたから、三鷹通いをした方の中にはこの「おえ」を記憶している方もあると思う。「ヒ」と「へ」の発音も妙だった。彼が世相を罵って「ジリ貧だ、ジリ貧だ」というその「ヒン」は「ヒン」でも「ヘン」でもない。色紙に「巧笑倩兮。美目盼兮。」と難しい漢字を揮毫したとき、私が何と読むのか、何に出ている語句か聞いたら、――「論語」だ、「コウシヨウセンタリ、ビモクヘンタリ」と読むのだ、「センタリ」だ「ヘンタリ」だ――と何度も繰り返して読んで教えてくれたが、そのヘンタリのヘンが「ジリ貧」の「ヒン」と同様、特殊な音で、私は口には出さなかったけれども馬のいななきを連想しておかしかった。ひどいことを、という人があるかもしれないが、きっと息の出し方の関係で、しぜんにそのような連想が浮かんだのだと思う。

「ち」と「つ」はどうかというと、津軽で私のことを「みつコ」とよんだ人があって、そのとき太宰が――こっちでは「ち」も「つ」も同じなのだ――と言ったが、彼が第三者に私のことを言うとき幸いにも「みち子」で「みっ子」ではなかった。「ち」と「つ」、「し」と「す」は、区別して発音することがそれほど難しくなかったらしい。

昭和十七年とその翌年行ったとき、郷里の祖母はまだ元気で気が向くと台所の炉端に出てきて若いものを相手に昔話をした。

——正月がくると、ハネモドつけて——と祖母が明かるい口調で言う。

「『ハネモド』？　何だべ？」と姪ふたりは論議して「わかった！　『リボン』だ」炉辺に笑い声が上がった。祖母は安政生まれ、ハリスが下田に着任した年に生まれて、曾孫に当たる娘たちとは六十何年かの年の開きがある。この間に「ハネモド」のように消えた言葉、変化した言葉がいくつかあるようだ。「ハネモド」というのは、「羽根元結《もとゆい》」の略語ではないだろうか。「リボン」を「羽根元結」と訳すとは古風でおもしろい。畠仕事をひき受けているアパは「キャベツ」といわず、「玉菜」と言っていたが、「リボン」「キャベツ」に限らず外来語はそのままでは口にのせず、納得のいく語に訳してから使ったのであろう。

この祖母は終戦前後にはもう寝たきりになっていて、ふたりの女中の名を繰り返し繰り返し呼んでいた。寝ていて声は出し難いものだが、九十歳近くまで長生きした人だから、発声機能が強いらしく、広い家のかなり離れたところまでそれが聞こえて、べつに用事があって呼ぶわけではないので嫂と女中たちは当惑していたが、祖母のよぶ「たみコ」は私には「たみクォ」と聞こえ、「きんコ」は「クィンクォ」と聞こえる。「コ」は「クォ」、

「キ」は「クィ」と聞こえるのである。古い津軽言葉では、カ行がクヮクィクェクォと発音されたらしい。

また祖母は時々「きんコ」を「クィンチャクォ」とよぶ。「きんコ、たみコ、きんチャコ」という風に呼ぶ。「きんチャコ」といって「きんコチャン」とは言わない。それをきいている間に「きんコ」の「コ」は、津軽で名詞すべてにつける接尾語の「コ」だから、一ばんおしまいにつけなくてはならないのだということを私は知った。

四歳の長女は一日中、広い母屋の方で遊んでいたが、言葉を覚えるさかりなので、早々と津軽言葉をものにして、――おれよりうまいじゃないか――と父を感心させていたが、母屋の大人たちにからかわれて「ワイハア、ドッテンシタバ！」（まあ、びっくりしちゃった！）と両親のいる離れにかけこんでくる。この娘も「園ちゃん」とよばれて、「園子ちゃん」という人はなかった。父は「園」とよんで「子」はつけなかった。

太宰の「雀こ」には「広い」が「ふろい」、「魚服記」には「山人」に「やまふと」とルビがふってある。古い日本の五十音ではハ行がファ行に近い発音であった。それが東北や出雲に今も残っているということを津軽に来て思い出した。祖母が「永平寺」を「イーフェイジ」と発音したことは前に書いた。ほかにもファ音が残っているかと思ったが、祖母の外に「ヘ」を「フェ」と発音する人は私のきいた範囲内にはいなかった。お勝手で女中は「ヘラ」（飯杓子）と言い、「フェラ」とは言わなかった。太宰の幼少年時代にはハ行をファ行に発音する人が多かったのか、あるいは意識して「雀こ」や「魚服記」には古音をとったのかもしれない。古音も古語も国語の歴史からみれば貴い遺物なのだけれども時勢の波に流されて自然と消えてゆく運命にあるらしい。

それでもまだ中央ではとうに廃《すた》れた古語がいくつか津軽には残っていた。

夏のある日、嫂が台所の床下の冷蔵室に降りて行ったかと思うと、鶏肉を盛った皿をさし上げて「ワイハア、うだで！」と叫んだ。肉がいたんでいたのだ。「うたて」がまだ活きている、とおもしろく聞いた。

津軽で中庭のことを「つぼ」というのは「桐壺」「梅壺」が連想されてうれしい。「ニワ」といえば母屋に接した作業場を指すが、「ニワ」はもともと観賞用の庭園だけを意味してはいなかったのだから、津軽の方が古意にかなっている。ほかにまだ助詞「は」と「が」、「に」と「を」のつかい方など、おかしい方言などと片づけてしまうことのできない言葉が活きて残っていることを床しく思う一方、あまりにも甚しい訛りにとまどうことも度々あった。「ギター」ときいたのが「下駄」で、「ウエ」、つまり「上級酒」かと思ったのが「ウイスキー」、「シラク」が「柄杓」、「ハキ」が「箒」、「タナ」が「背負い紐」。まごついているうちにだんだんわかってきたが、あるとき「ジェンコケルハンデ、ジャンボカッテ来《き》へ」という会話の前半はわかったが、「ジャンボ」がわからず、太宰にきいて

「銭をくれるから、散髪して来い」の意味と知った。

私が一ばん難しいと思ったのは人のよび方で、一家のうちの中年、高年の女性が、嫂だけは「姉《あね》さ」で別格だけれども、あとは「かっちゃ」「がちゃ」「あっちゃ」、また「かあさん」とよばれる人もあって、その区別はついに判らず仕舞だった。私は皆（おもに雇い人たち）から「おばさん」とよばれた。「おばさん」は私の語感では、親しみはこもっているが一段低くみての呼称なので、はじめおもしろくなかった。けれどものちには、太宰が「おじ」なのだから、私は「おば」が当然と知り、「さん」までつけてよぶようにはからってくれた嫂に感謝した。

この家の当主、太宰の長兄をなんとよべばよいのかわからなくて困った。「姉さ」に対して「あんさま」でよいわけだが、どうしてか、そのようによぶ人はいない。源右衛門の時代の屋号から「〈源さま」とよぶのもおかしい。口まねして言葉を覚える幼児がいるのだから、その子が口まねすることを意識して「伯父さま」とよびたいところだけれども、津軽で「おじ」といえば、二、三男以下の、養子に行くか、または四十近くなってやっと分家させてもらえるかの運命をもって生まれた人をさすのだから、大へん失礼に当たりそうで、結局うやむやにごまかし通してしまった。太宰は兄姉のことを名前で「文治さん」「京さん」という風によんでいた。津軽では「〇〇兄《にい》さん」「〇子姉《ねえ》さん」という呼称は無い。昔文法の時間に「みんないい言葉のつもりで『おにいさま』『おねえさま』などと言っているが、正しくは『おあにさま』『おあねさま』で、略すなら『あにさま』『あねさま』というべきである」と教わったが、津軽ではまさにその通り正しく言われている。但し、弟に対する兄、妹に対する姉の意味は全く無く、家督相続権を持っているか否かで、「あに」か、「おじ」か区別してよぶのだから、使い方からいうとこの地方独特の呼称でいわば「差別語」でもある。「あれは『おじ』か、『あに』か」という会話や、幼い男の子をその祖父に当たる人が「あんさま」とよぶのを聞いて私は津軽の家族制度の根強さを考えさせられた。

同じ邸内に住んでいて毎日顔を合わせる十代の兄妹がいたが、妹は兄の名を「カズヨシ」と呼び棄てにしている。はじめは奇異に感じたが、始終聞いているうちに、兄弟姉妹や友人同士なら名前呼び棄てでも、欧米流でさっぱりしてよいと思うようになった。けれどもある日医院の待合室で三、四歳の男の子が父親らしい中年男のことを「タケゾウ、タケゾウ」と呼び棄てにするのを聞いて、父親の名を呼び棄てにさせておく家があるのだろうか、目上の相手の場合、名の呼び棄てはよくないがと、私は考えてしまった。体工合がわるいからか泣きわめく子をなだめすかす男の様子、ふたりのみなり、父子にちがいないのだが——私はこんな風に推察した。あの子の家では祖父がまだ横座（炉端の家長の座）に座っていて、息子か聟か、多分聟だろうが、あの子の父の名を呼び棄てにしていて、それをあの子がまねしてよんで誰もとがめないのではなかろうかと。これが当たっているとすると「あに」と「おじ」という語と同様、津軽での家督権の重さを物語る一例といえるだろう。

それでいて津軽では敬語があまり行われない。もと主従関係だったふたりの中年婦人がお盆で顔を合わせたときの会話を傍で聞いたが、全く対等に話して、会話を聞いただけでは同輩としか思われない話しぶりだった。

津軽の女性は老女も若い女も、口を大きく開かず、もの言えば唇寒し何とやらという句を連想せずにおれないほど唇をあまり動かさず、抑揚ゆたかにものを言う。そのために歯切れはわるいけれどもじつにやさしく情愛深げにひびく。都会の口先だけの上すべりした、そして敬語過多の社交語とちがって、余韻があって一度聞いたら長く忘れられない感じである。私は我が子にかけられた言葉にそれを感じたのだが、相手が子供でなく相愛の異性の場合だったらどんなに情緒纏綿《てんめん》となるだろうかと想像せずには居れなかった。

よい陽気になって道端に香具師《やし》が店をひろげて道行く人々の足をとどめていた。流れものの彼らのしゃべる、いわゆる標準語は津軽の土の上、風の中で聞くとひどい違和感をおこさせるものだった。

終生、生国の訛から完全には脱け出せなかった太宰は日常会話だけでなく、文章の上でも津軽風と思われるところがあって、それが太宰独特の文体を作り出す要素の一つになっている。そしてそれは言語、文章、つまり表現だけのことでなく、表現の一歩奥の発想まで津軽の風土から生まれたものがあるように思う。太宰が中学受験の補習のとき綴った「胃の失敗」という題の作文は国語読本の「胃と身体」の内容を、胃と他の諸器官と立場を逆にして作りかえた文で、これは自由作文か、課題を与えられて書いたものかはっきりしないけれども、思いきった奇抜な着想である。

後年の太宰に「逆行」という小説があり、また「修身、斉家、治国、平天下、の順序には固くこだわる必要はない。——むしろ順序を逆にしてみると、爽快である。——」と小説の中に書いている。ここで連想されるのが有名な世去れ節の「嘉瀬と金木の間の川コ石コ流れて木の葉コ沈む」という古謡で、津軽にこのような、既成観念をご破算にして、対立する二者の位置をひっくり返し、または動かぬものとされてきた順序を逆にしてみる精神が伝統的に伝わっていて、それと共通するものが太宰の作家精神にも一脈流れているのではないかと思う。

税金

新書版の太宰治全集が刊行されて、その書簡集に新しく収められた何通かの書簡を拾い読みしているうちに、昭和十九年の夏、郷里の嫂に宛てて出したはがきのところで、目が止まった。それは仕送りの書留郵便が届いたについて受取と礼を兼ねて書いたはがきで、「ことしは税だの何だの、ヒドク高くて、ヒカンを致しましたが、でもお酒をつつしめば――」と、太宰が前年よりもずっと高い税を課されたように書いているので、少々驚いたのである。もちろん義弟のことを知りぬいている嫂のことだから、彼が酒をつつしんでまでも高い税金を払う気でいるなどと信じはしなかったろうが――。

生前を通して、死の前後に至るまで税金を納めた記憶がない。一戸構えていて最低額の住民税くらいは納めていた筈なのだが、思い出せない。戦争中、仇討貯金などいうものを徴収されたこと、貯金や保険は絶対しない主義だと言明していながら、私の留守中勧誘にきた外交員に、断われなくて仕方なくであったろうが、子供の名の保険に加入していて、私が憤慨したことなどあったが、税金については全く記憶していないところをみると、納めていたにせよ、ほんの僅かの金額だったのだろう。

　太宰はずっと国もとから月額九十円の仕送りを受けていた。三鷹時代の始めまでは、荻窪の井伏先生方、津島修治宛として、三十円ずつ三回に分けて届くのを、日を見計らって伺って渡して頂くこともあったが、たいていは井伏先生の奥様が転送してくださっていて、太宰は御坂峠の天下茶屋、甲府市西竪町、御崎町、三鷹と移転したのだから、大変なお手数をおかけしたものである。郷里にはそれだけの信用しかなかったのが、昭和十六年頃、やっと直接、一回にまとめて届くようになった。書留郵便の宛名はいつも次兄の筆蹟で、太宰はそれを手にするたびに何か便りが添えられていないか、期待する様子だったが、小為替が入っているだけだった。

　大学出の初任給が七、八十円の時代であるから、九十円で一家を支えている人も多かったわけで、恵まれていたのだが、太宰は早く仕送りが止まっても困らないようにならなければ、と言うかと思えば、自分がいくら金を遣ったといっても、長兄の遣った金の方がずっと大きいのだ、などとも言い、仕送りを辞退して立派なところを見せたくもあるものの、やはりペン一本に頼る生活には不安な様子であった。

　太宰が武蔵野病院を退院した日の約束では、九十円の仕送りは昭和十四年の十月で打ち切られる筈であったが、期限を過ぎても届いていたし、それ以外の金品の授受はいっさい禁止、という約束書を作製した当の中畑さんが衣類を送ってくれたりしていた。

北さん、中畑さんは三鷹に来るたびに、「いつ来て見ても何一つ家財道具がふえていない。心掛けがわるい。仕送りはいつまでも続きはしない」と小言を言った。しかしお二人とも、この頃はもう太宰の生活信条はわかっていて、小言のための小言を言っているように聞こえた。お二人の訪問も次第に間遠になった。もう自分たちでやれ、ということだったろう。

太宰は富裕な地主の家で育って、自分のかせぎで得た金で生活してゆくべきだとは、考えていなかったと思う。戦前、二人の兄は職についたこともあるが、名誉職のようなもので、報酬を生活費に充てるための「職」ではない。太宰が自分の天分を生かして得た金を特別輝かしいものに考え、これは全部自分の自由に遣ってよい小遣だ、と考えていたのも育ちからいって当然で、これが彼の経済観念のもとになっている。

書けば必ず売れ、印税も時折入るようになってから、太宰は自分の財産は作品だ、と言い、すべてはよい作品を生み出すことに目標をおき、私もそれに盲従して生活してきた。

戦争中はそれでよかったのだが、終戦という大変動期に際会し、仕送りが終止し、地主階級が没落し、彼自身の文筆収入が急増したとき、もっと真剣に今後の生活設計をすべきであった。

戦後の物凄いインフレの進行で、仕送りの九十円はヤミ酒一本の価に下落していた。一家四人、厄介になっていることではあり、太宰から辞退を申出て、長年の仕送りは終った。

　終戦翌年の六月、税金そのものではないが、所得の証明願を税務署に出さねばならなくなった。ある日太宰が一枚の紙片をひらひらさせて、得意顔で私に示した。

　それは「津島修治、筆名太宰治」が、「五所川原税務署長」宛に提出してあった文書である。

　　乙種事業所得による
　　　所得金額　五〇〇〇円
　　　職業名　　著述
　　右ノ通決定アリタルコトヲ御証明相成度候也

「右証明ス」と署長印を捺《お》して六月三十日付で返ってきたその文書はザラ紙に孔版刷《こうはんずり》の紙片で、彼が得意になっているのは自分が記入した「五千円」という数字である。

　これは所得税の申告書ではないから、頭を悩ますことはなさそうだが、証明された金額によって自分が遣うことの出来る金額がきまるのである。銀行預金がいくらあっても封鎖されていて、月に払戻できる金額は証明された金額によってきめられる（太宰の場合、この書類の上欄に、このあと七月から十一月まで、毎月五百円ずつ払戻したことを銀行支店が記入している）。くわしいことは知らないけれども、戦後のひどいインフレを抑えるためにとられた「金融緊急措置」であった。太宰の場合、闇の高価なウイスキーや外国煙草を買い入れるために十分な小遣は欲しいし、そうかといって、あまり所得金額を多く書き入れても税務署の目が光るようで、原稿書く合間に狡智を働かせて、五千円という金額を自分で決めて記入して、母屋の帳場さんに提出してもらった。証明願を出すのも、受けとるのも直接自分が税務署に行ったのではなく、本家を通してである。それが無事に通ってこれから毎月五百円ずつは自由にできる保証を得たのだから、安心して嬉しくて私に見せたのである。所得五千円‼ と私は笑って、調子を合わせはしたものの、胸中わだかまりがあって心から同調することはできなかった。彼は本家の威光をまだ信じている、役人くらい——と軽薄に考えている——これが私にまず浮かんだことである。

一体この頃、どの位収入があるのだろう、私には全く知らされていないのだ。五千円以上であろうとは、私の仕事である検印紙の枚数からもおよそ想像できるけれども、結局それは右から左に闇商人の手に渡ってしまうのである。終戦後にわかに人気作家の列に入って、原稿の依頼も出版の申込も倍増している。出版は新しい選集、戦前の選集の重版と次々申込があって部数もふえ、三千部くらいの検印を一つ一つ入念に捺していた以前と、まるで変わってしまった。商売繁昌は結構なのだけれども、さきの生活への見通しは少しもないし、こうして親子四人、兄の家に寄食して安楽に過ごさせてもらっているが、その本家も、いまや農地を失ってぐらついているし、といってこの戦後の混乱期にどうすればよいのかわからない。ただ漠然とした不安が拡がるばかりである。

井伏家での結婚式の席上、北、中畑両氏は、以前の家庭生活の破綻は、経済生活の破綻であるという観点に立って、こもごも、太宰の金と物への思慮のなさを非難し、こきおろし、今後、財布は家内に渡すようにと主張して彼に約束させた。こもごもといっても、北さんの方が、くどかったが、それは北さんが酒飲みである上に、船橋の家の後始末いっさいをさせられたからである。甲府へ帰る車中で、太宰は赤皮の三徳をとり出して私に渡した。けれども、その後私が全部の出納を握っていたわけではない。不定収入の上に、方々に不義理が残っていて、それをまず整理しなくてはならないことがわかったから。

そして二年半後、長女が生まれて、産褥《さんじょく》に就いているとき、ごく自然に、財布はとり上げられ、それからずっとそのままになった。北さんとの約束をもち出して、抗議したが、とり合ってもらえなかった。

世間には、財布を渡さない夫が珍しくないし、大きい家ではこの儱もそうだが、帳場さんが出納を扱っている。仕事も仕事だし、などと考えるのだけれども、必要の都度、言い出して、「もうないのか」といわれるのはじつに屈辱的で、いやなものだ。小学生でもお小遣は一月分位ずつ、まとめて渡してもらうではないか。私がもっとやりきれないのは、太宰がいかにも財布は女房が握っているように書いていることで、全然それは反対なのだし、まして「印税が届いて女房が大喜び」などいうことは、一度もないのである。しかし原則は原則として例外もあり、所帯を持って以来、生活費に窮したことも、質屋に走ったこともない。以前でこりているらしく、掛買いはいっさいせず、貯金はないが借金もないのだから、北さんの忠告はやはり守られていたわけで、私も亭主の方針に甘んじて従っていた。

あまり売れない作家のうちはそれですんでいたのであるが、終戦後、人気上昇とともに収入も多くなり、もともと重心が高いところにある人が、フワフワと浮わついて昇り始めたようで、この人に百パーセント同調していたら、ともども足が地を離れてフワフワどこかへ飛んでいきそうで、しらずしらず彼の重石役になっているような「私」を感じる。銀行も、郵便局も、金の用事はぜんぶ自分でとりしきり、始終、闇商人が出入りして、闇の品を買い入れて、離れの洋間の戸棚にしまいこんだりして、一家四人寄食していながら、感心できないことと私は思うのだけれども、彼は当然と考えているらしい。

疎開生活をきりあげてどこに住むかについても太宰はいろいろ案は出すが、自分で動くわけでなし、結局、旧居に戻るほかなく、それが、昭和二十一年の晩秋のことで、二十二年はまる一年、三鷹に住んで仕事をして、その二十二年度分の、所得税の通知書が、二十三年の二月我が家に舞いこんだ。今まで所得税のことなど考えたことがなかったので、ショックが大きかった。

武蔵野税務署から、昭和二十三年二月二十五日付で、前年の所得金額を二十一万円と決定したという通知書と、それにかかる所得税額十一万七千余円、納期限三月二十五日限という告知書が届いたのである。二十一万の所得に対して半分以上の税額とはひどいが、申告しなかったために出た数字であろうか。

太宰死後、ある雑誌の座談会で、「月収二十万もありながら、雨漏りする陋屋《ろうおく》に住んで云々」と、生前、比較的親しかった方々が話し合っているのを読んだとき、とっさに私は、その二十万は武蔵野税務署の告知書から出た数字かと思った。デタラメな、根拠もない数字を、文壇の先生方が発言する筈がないという先入観があったから——。しかし一方は年収、一方は月収で、金額は同じでも無関係で、座談会での発言は某新聞のデタラメ記事に拠ったのであることが、のちにわかった。はっきりした数字をあげることは自説を裏書する有力な方法であるし、どこから出た数字か、などとせんさくする新聞の社会面や座談会の読者はいない。また雨漏りは頼んだ職人がなかなか来てくれなかっただけのことで、本来、収入とは何の関係もないのだが、たまたま梅雨の時季に当たって恰好の話題になったのが、こちらの不運である。

数字だけを比べると、二十一年の六月に太宰が自分で記入した五千円は控えめの額ではあったが、インフレを考慮しても、二十二年の所得はその四十倍に査定されたのだから、あのとき郷里で五千円と書き入れて得意であった太宰は周章狼狽した。

彼の身辺には当時難問題が起こって金の必要も切迫していた。前年の夏、全集の出版を契約した社から、いくらかまとまった金を前払いしてもらって住宅資金に当てたいと、私は切望していたのだが、太宰がうかつに選んだその社からは、前払いどころか二十二年の年末から月々一万円ぐらいを受けとっているだけだった。太宰の周囲にはいつも人がいて、なかなか税金のことについて話し合う時がない。通知書を受けとって一月以内なら、審査の請求ができると注意書にあるのだが、彼は税金のことを放置したまま長篇を書くため熱海に行ってしまって、帰京したときは、審査請求の期限がきれていた。ともかく武蔵野税務署に行ってみる方がよいのでは、と私は勧めた。初めてのことで、太宰本人でなくてはいけないとふたりとも思っていた。太宰は税務署からの通知書を前にして泣いた。そのころ、心身ともによほど弱っていたのだと思う。正月にも、井伏先生のお宅に年始に伺って、それもしぶっているのを毎年の例だからと、押し出すようにしたのだが、帰ってから茶の間で泣いた。みんなが寄ってたかって自分をいじめる、といって泣いた。その泣き方は彼自身が形容している通り、メソメソという泣き方で、坊っちゃんが外で腕白共にいじめられて泣いて訴えているのと同じで、正月にはなんとかなだめて力づけて元気を回復したように見えた。が、税金のこととなると、ふだんいくら入って、どのように消費されているのか知らないのだから、私も途方にくれるばかりである。

自分のように毎日、酒と煙草で莫大な税金を納めている者が、この上、税金を納めることはない、と駄々ッ子のように言う太宰に私はもうあきらめて、それでは何か書いてくだされば、それを持って行きますからと言った。太宰は原稿用紙に書いた。

審査請求書

明治四十二年六月十九日生
太宰治（著述業）
都下三鷹町下連雀一一三

さきに納税額の通知書を受取りましたが、別紙の如く、調査費の支出（たとえば、旅行、探訪、資料入手等のための支出）おびただしき上に、昨年は病気ばかりして、茅屋に子供たくさん、悲惨の日常生活をしてまいりまして、とても、納入の可能性ございません、よろしく茅屋に御出張の上、再審査のほど願い上げます。
所得金額
拾万円也、
内、原稿料、三万円也
著書印税、七万円也
旅行、探訪、参考書、資料集め、等の著述業に必ずつきまとう諸支出の残りの、昨年昭和二十二年の全所得、右の通りである事を保証します。
昭和二十三年四月一日
武蔵野税務署長殿

自分で保証します、というのもへんだが、太宰という人はそういう人なのである。いろいろ税務署に泣き言を並べているが、弱虫の太宰がこの当時ほど弱っていたことはない。前の年の三月末、二女が生まれた。この頃まではぴんとしていた。出生届に元気よく役場に出かけた姿が目に残る。その姿勢が崩れ始めたのは五月頃からである。被害妄想が昂じて、むやみに人を恐れたり、住所をくらましたりする日常になっていた。

私は太宰の書いた「審査請求書」を武蔵野税務署に持参して、用件を話したが、金の出入りを具体的に細かく書いてくるようにとのことで、四月五日に再び行った。長女の入学式の日だった。学校から帰り、大映に用件があって出かける太宰を送り出してから申告を書いたが、自分が関わっていない金のことなので、記入に苦しみ、乳母車に下の歩けない子二人を乗せて、吉祥寺の奥の税務署に着いたのはもう役所の閉まる間際であったが、このときたいへん親切に受理してもらえてホッとしたことを覚えている。けれどもこれで終ったわけではなくて、税金はこのあと国税局へ廻って五月末に呼び出し状が届いた。

その前、四月二十四日「審査請求中でも税金の徴収は猶予致しません」という通知書の注意書に従って税務署員が来訪し、私は太宰の留守中に届いていた印税から二千円を支払った。延滞金がその日までに二千円になっていた。

五月二十九日私は国税局へ行った。千代田区代官町という所だったと思う。九段からお濠を渡って田安門から入って、いま日本武道館が建っている右手あたりではなかったろうか。臨時の旧兵舎か何かのような古びた木造二階建であった。係の役人から、収支明細書を書き直してくるように言われてその日は帰った。相談しようにも外泊して帰宅しないから、三十一日の朝、自分で書いて計算して、また国税局に行った。係の方と面談したのは昼近くである。鋭く衝かれるが、もともと推察だけで書きこんだ数字だから、しどろもどろである。答に窮して苦しい何分間かの面談がやっと打ちきられて、椅子から立ち上がり、出入り口に向かおうとしたとき、初老の和服の方が私の次の順番を待っていたらしく、壁と机の間に立っていた。私はその方の前の狭い空間を、上半身を屈めてすり抜けた。鉄無地の夏羽織に袴を召した、肥った立派な方であった。

廊下のベンチで、赤子に乳をのませて負い直して帰途についた。

飯田橋駅に向かって、富士見町の商店街の坂道をくだりながら、誕生過ぎの背の子はぐっすり寝入り、初夏のような強い陽ざしに袷《あわせ》の背は気味わるく汗ばんだ。連日の寝不足と気疲れが一度に押し寄せてきて、半ば朦朧となった私に、子供のとき観たアメリカ映画の名女優が演じた底無し沼に足を踏みこんで、あがけばあがくほど、ずるずる沈んでしまう恐怖の一シーンが浮かんだ。

六月二日の昼、国税局の係の方が来訪したので太宰の行きつけの酒の店「千草」に案内した。六月に入ってから雨つづきで、ひどいぬかるみの道であった。このとき係の方と太宰との間に、どんな話し合いがあったか私は知らない。未解決の問題をいくつか残して十四日に太宰は死んだ。国税局の方々も驚いたことだろう。しかしこの税金のことが、死の原因の一つになっているとは思われない。税金のことは私に一任したと考えていたと思う。

文壇の方たちが集まれば太宰の死が話題になっていた頃、太宰についての直接の話の種を提供できる人は、みな得意でそれをしゃべり一座の中心となっていたらしい。あるとき某氏から、ある会合で久保田万太郎氏が国税局で太宰の家内を見かけたと言っていたことを聞いた。文士の写真があまり紹介されない時代だったので、私はあの和服の方が、高名な久保田氏とは知らなかった。久保田氏は私の次に着席してから、机上に残っていた呼び出し状か何かで、太宰の名を承知されたのであろう。

何年か経って、大河歴史小説を新聞紙上に連載して、文壇高額所得者の五指に入ると言われているY氏が、ある雑誌にご自分の無名時代を回顧して書いている随筆を読んだら、税務署から初めてY氏の文筆収入に対する所得税の書類が届いたとき、Y氏の母堂はそれを神棚にあげて拝まれたとのことであった。

アヤメの帯
——たけさんのこと

たけさんに私が初めて会ったのは終戦翌年の四月末である。文治兄の選挙がまずまずめでたい結果で終って、桜はまだ蕾であるが四月二十日過ぎともなればさすがに北津軽の野も春めく。たけさんは当選祝の挨拶や、祖母の見舞や、また疎開中の修治にも会いたく、小泊《こどまり》から金木の実家に出てきて、〓《やまげん》を訪れたのであろう。

知らせがあって離れの奥座敷から出て行くと、母屋に一番近い座敷の外側の廊下で、たけさんが七つか八つくらいの女の子を連れてやってくるのと出逢った。

案外、若い人——と思った。今までなんとなくたけさんのことをお婆さんのように考えていたが、目の前にいるたけさんは、店番でも畠仕事でもなんでも出来そうな中年過ぎのおばさんであった。その筈で太宰より十一歳くらい年長のたけさんは、そのときまだ五十前だったのだ。

昭和十三年に、太宰を知ると同時に、私は太宰の作中人物としてたけさんのことを読んで知り、また太宰からも始終たけさんのことを聞いていたが、そのころ私にとってたけさんは遠い国の、遥か昔の人であって、昭和十五年に、ラジオ放送「郷土に寄せる言葉」で、太宰が「思ひ出」の一節を朗読して、それはたけさんに呼びかけたのだと聞いたときも夢のような話と思い、応答を期待する太宰がふしぎに思われた。けれども太宰にとっては現実のたけさんに本気で呼びかけたのであり、同じ狭い土地に定着して住んで親子代々のつきあいを続ける太宰の郷里での人間関係は私の想像を超える濃密なものだったのだ。昭和十九年に、「津軽」の旅で太宰はたけさんに再会し、それ以来、小泊と文通や小包のやりとりをするようになり、戦地の息子さん宛に慰問文を送ったこともある。

たけさんと私とが廊下で立ったまま挨拶していると、傍の障子をあけて、書斎にいた太宰が出てきた。そして私にほんの二こと三こと言葉をかけると、匆々《そうそう》に母屋の方に立ち去った。たけさんに、「よくきたな」ともいわず、笑顔も見せず——意外に思っていると、たけさんは太宰のうしろ姿を目で追いながら、「修治さんは心の狭いのが欠点だ」と、これまた突拍子もないことを言い、それから中庭におりる階段に腰をおろした。たけさんの声が、も少し大きかったら、太宰の耳に入ったか、というほどの間《ま》であった。私は解せぬ気持のまま、たけさんの横に並んで腰かけて、しばらく話をした。たけさんはまだ復員しない、ひとり息子の身の上をしきりに案じていた。太宰はそれきり姿を見せなかった。

これだけのことなのだけれども、そのとき抱いた不審がはれずに残って、時間にしたらほんの僅かの間の場面、太宰が久留米の羽織の裾を翻して座敷の角を曲がって消えたその姿や、たけさんのいやにはっきりした言葉が忘れられず、何度もあのとき見聞きしたことをとり出しては考えた。太宰の生前、彼の一族の人々、私の実家のもの、つまり身内のものはみな彼をいたわり傷にふれないように気をつかって接し、彼を批判する言葉を私はそのときまでただ一度も聞いたことが無い（北、中畑両氏はもともと小言をいうための目付役である）。また太宰の話だけで「たけ」のイメージを作っていた私にはこの日、初めて聞いた彼女の修治批判の一言が恐ろしく強くひびいたのである。

まず、自分は現実と小説とをごっちゃにしているかたむきがあるという反省。「たけさん現わる」ときき、「津軽」の終りの、劇的場面が再現されるようなばかな期待を抱いたのではないか。あのときは久々の対面であり太宰の脚色も加わっている。そのことを忘れていた。それにここは僦の奥座敷。みすぼらしい姿で「三鷹の自分の借家よりずっと立派なたけさんの家」に厄介になったときと違って、昔の主従関係がおのずから復活するのではないか。以前の奉公人への応待など家内に任せればよいことだ。しかし母屋の旦那は愛想よく誰にでも言葉をかけているし、あんなに今までたけさんのことを慕って話したり、書いたりしていたのに、たずねてきた人にあまりにも素気ない太宰の態度ではないか。

たけさんの方は、というと彼女がずらずらしゃべると、まるで私にはわからないのに、あのときはことさら標準語で言ったのではないだろうが、訛がなくて、まるで用意してあって、とり出したかのようなはっきりした発言であったが――もしかすると、あの言葉は彼女の修治に対する人物評として胸底にずっと蟠《わだかま》っていて、口外されるチャンスをまっていたのではないだろうか。

では人物評としてどうかというと、やはりというか、さすがというか、正に的を射ている（もちろん彼女は太宰を常識人としてみて言っているのであるが）。そして太宰は素早くその「人物評」が女房の前で、とり出されるのを予感して逃げたのだ。事前に一瞬の差で逃げ去った太宰も太宰だが、たけさんもよく彼の「人」を見ぬいている。

太宰は皮をむかれて赤裸の因幡の白兎のような人で、できればいつも蒲《がま》の穂綿のようなほかほかの言葉に包まれていたいのである。結婚直後、「かげで舌を出してもよいから、うわべはいい顔を見せてくれ」と言われて、唖然とした。また彼がとくに好まないことの一つは女房の前で何か苦言をあびることである。郷里に疎開してからは過去を知っている旧知が多いので、よけい気をつかっている様子であった。

たけさんは太宰の性格をよく知っている。甘やかせばキリのない愛情飢餓症であることと、きびしい顔も見せなくてはいけない子であることを知っている。一方、たけさんの率直な、粗野な飾り気のない性格から、いつ耳に痛い言葉が飛び出すかわからないことを太宰は知っている。「思ひ出」と「津軽」に、たけさんが太宰に言った言葉として、「油断大敵でせえ」「たけは、本を読むことは教えたが、酒だの煙草だのは教えねきゃなう」と記されている。育てた人は強い、と私は思う。こんなことが言えるのだから。もちろんこれは小説のことではあるがたけさんの人柄は、私は後日接して知ったのだが、表と裏と使い分けできる、演出のうまい型でないことはたしかである。率直よりも演出を好む太宰は「逃げるに如かず」と直感して逃げたのであるが、もしたけさんが「心が狭いのが云々」と言ったのを、太宰が聞いていたら、あれだけの人物評でもきっと「真向唐竹割《まっこうからたけわ》りにやられた」と感じたであろう。針でさされたのを、鉄棒でなぐられたと感ずる人なのだ。うまく逃げて聞かなかったのは、かえってよかったのかもしれない。

たけさんは母屋の茶の間に、小泊名産のワカオイやスルメなどの土産を届けていた。「たけさんは修治さんの人だ——」。∧源の人たちみなこのように言う。嫂は義理固く、小泊土産を食卓に上せてくれるのだった。

たけさんは金木の生まれである。その夏のある日、∧源の表口に立っていると、ひとりの郵便屋さんが、二、三軒下手の郵便局から出てきて、∧源の前の通りの向う側を北に向かって通り過ぎた。傍にいた女中が「あれはたけさんの兄」と私に教えた。小肥りの長年勤続という感じの人だった。郵便配達するには字がよく読めなくては——すると、たけさんもその兄も割合読み書きの好きな統なのかもしれない。そんなことを思いながら、私は鞄かけたうしろ姿を見送った。

池から落とされる清らかな水が﨤の煉瓦塀の外側の溝を絶えず流れていて、向かいの明治調の洋風木造の銀行の入口には、ねむの木の花が夢のように咲いていて、その前を「つる」ならぬ、たけさんの肉親の郵便屋さんが通ってゆく。現実の目前の光景と、「新樹の言葉」に描かれた「私」の郷里のイメージが二重写しになって見えた。

次に、たけさんに逢ったのは、その年の夏である。金木の夏は二度目であるが、前年の、終戦の八月十五日を中心として思い出す昭和二十年の夏は戦争で緊張していたのか、暑さに苦しんだ記憶が薄いのに終戦翌年のこの夏は、異常に暑かった。人々は「ぬぐい、ぬぐい」（暑いの意）と言い交し、﨤では風通しのよい文庫蔵の前の廊下に、昼だけ食卓を移していた。この暑かった夏のシムボルは黄色い蛾である。濃い黄色の毒蛾が異常発生して皆に恐れられていた。五所川原の叔母が滞在していたが、叔母は曲がった腰でわざわざ母屋から離れにやってきて、ふたりの幼児がいるから毒蛾によく気をつけるようにとやさしい口つきで世話をやいた。

たけさんが来たのは八月はじめだったと思う。朝からどんよりして全く風がなく、重い瓦屋根のために建付けが狂ってあけ放しのできない離れの座敷から、私たち一家は中庭におりて涼んでいた。そこへ黒板塀の木戸を押して、たけさんが入ってきた。この朝、たけさんは母屋に顔出しせず、直接離れにきたらしい。勝手知った簓のこと、外から廻って修ちゃのところへ、ふらりと立ち寄ったという風に見えた。

そして梅の木の下にいた太宰に、いきなり「ゆうべは賽《さい》ノ川原で野宿した」と言ったので、私はびっくりした。太宰は露骨にいやな顔をして「野宿したって――ばかな――いい年して」と吐き出すように言い、たけさんは「だって――」という感じで太宰を見返した。たけさんの大きな眼に、甘えのようなものを感じた。その朝の記憶はそれだけである。

真夏とはいえ、北国の明け方は冷えるだろうに、帰ろうと思えば帰って泊る実家が近くにあるたけさんが、なぜ野宿などしたのだろう。

その前日の夕方、太宰は帳場（会計係）のN老人に誘われて、賽ノ川原の地蔵様のお祭に出かけた。帰ってきたふたりを出迎えて「どんなでした」と聞いたが、太宰はただ、例の独特な口調で、「いやはや、じつになんとも形容すべからざるものであった」と言うばかり、Nさんもあいまいに笑って何も話してくれなかった。太宰の好まざる光景であったことはたしかであるが、具体的にどんな光景が展開されていたのかと疑問に思っていた。そこに、たけさんが行って、野宿したという。お祭、野宿、私はきっとこれは性につながりのあることだろうと想像した。かがい、歌垣、盆踊などに共通する、若い男女に許された年一回の夜遊び、性の解放の一夜なのではないかと考えた。常々「人間の言動はすべて性に結びつけて考えるべきだ」という太宰の持論を冗談と聞いているうちに、知らず知らず感化されていたのであろう。

当時、恐山も賽ノ川原の祭もイタコの口寄せも、全く一般には知られていなかった。その日からあと、私が次第に知った金木町川倉、通称賽ノ川原の地蔵様の祭はやはり性と無縁ではなく、かつてはその夜に限り既に嫁いだ女でも幼な馴染とデイトすることが公認されていたという。陰暦六月二十三、四日、真夏、農閑期、月のない夜、このような条件が、この祭典を永続させた。しかし闇夜を利用しての逢引は附随的に発生したことで元来、大勢の男女が参集するのは地蔵様にお詣りし、お供え物をして、イタコの口寄せを聞くためらしい。盲目の巫女の口から、あの世にいる、あるいは消息不明の近親の話しかけを聞いて涙をしぼったあと、お堂の内外で踊ったり歌ったり飲んだり、疲れれば横になってまどろみ、また起きてさわぎを繰り返す、そのうちに夏の短い夜が明けて賽ノ川原で野宿したということになるらしい。

下北の恐山と、金木の賽ノ川原の、イタコの口寄せを中心とする祭の光景が、テレビや文学紀行の類で紹介されて解ってみれば、太宰が「形容すべからざるもの」としか言い様がなかったことが理解できる。

西海岸の高山稲荷も多数の信者を持ち、イタコ同様、民俗学研究の好対象の由であるが、太宰は高山への遠足の思い出を書いても「そこのお稲荷さんは有名なものだそうであるが」とだけで、それ以上の言及を避けている。イタコも、稲荷信仰も、太宰のロマンチシズムとはとうてい相容れぬ、向こう岸のものであったのだ。

　昭和四十年の三月、たけさんは生まれて初めて上京して私の家を訪れた。∧源で会って以来、十九年の歳月が経って、たけさんは腰の曲がったお婆さんになり、あのとき連れてきた末娘がいま東京近くに住んでいて案内してきたのだが、娘の娘、たけさんからいえば孫娘が、ちょうどその母がたけさんに伴われて∧源にきたときと年齢も頬の赤い丸顔もそっくりで、世代の交替をはっきりと感じさせられた。

　たけさんは私宅にしばらく滞在して、東京見物をしたが、大変元気で、好奇心もあり、まだまだ長生きしそうに思われた。小泊では畑仕事を引き受け、一家の蔬菜《そさい》は全部自分が供給しているという。

　彼岸過ぎの一日、三鷹の禅林寺に詣でた。墓に近づくと、たけさんは低く一こと「修治さん――」と言ったきりで、しゃがんで墓地の草とりを始めた。携えてきた桃の枝を供えてから私も一緒に草とりをした。それだけで線香もお経も塔婆も、何もない墓参であった。墓参の形にもいろいろあろうが、めいめい好むところに従えばよいと私は考えている。近親のものとしては何よりも墓の管理が気にかかる。草とり、枯れたお花や塔婆の片附、子供たちの成人後これをいつもひとりでやっている私は、この日、たけさんという相棒があって嬉しかった。

何日間か接しているうちにわかったのだが、顔や手は日やけしているが、津軽の人らしくたけさんはやはり雪の肌の持ち主であった。この人の十代のころを偲べば、健康で明朗率直、ほんとによい子守をつけられたと思う。話を聞くと彼女も津軽の多くの母親の例に洩れず幼な児を死なせていた。その上亭主に先立たれているし、戦地に息子は行っていたし、賽ノ川原で野宿した夜、きっとイタコの口寄せをきいたのだろうと思って聞いてみたが、口寄せはきらいな方なのでやってもらわなかった。人のを聞いただけ、歌や踊りの仲間にも入らず、周囲の見物人の一人として夜明かししたのだという。たけさんの口調は多少弁解がましく聞こえた。

奉公しているとき、祖母の白髪をたんねんに抜いてあげて、やかまし屋の祖母の信用を得たのだなどと笑いながら話した。

ある夜私は古い写真をとり出して、一つずつ、たけさんと見ていった。

一年何ヵ月かの修治を間に、左右に日本髪の母と叔母、背後にひさし髪の中年の女性が立って写っている写真。これ、こんなに修ちゃは叔母さんにすがって、とたけさんは感じのこもった声で言った。知らない人だったら誰しも、叔母の方を生母と見るだろう。修治との間に僅かながら隙間をおいて腰かけている母の顔は、さびしそうに見える。

お母さんはきれいな方だったのに、写真うつりがあまりよくないと思う。実物の方がよかったのではないかと、私がほかの母の写真のことも含めて言うと、たけさんもうなずいて、母と叔母と美しい姉妹であったが、お母さんは静かでやさしく上品で、叔母さんは妹だけに快活で、多少おきゃんなところもあって、いわゆる男好きのするのは、叔母さんの方だったと思うと、率直に話した。

中央に立っているひさし髪の方《かた》は、三上やゑ先生といって、あいちゃん（修治の五つ年上の姉）の受持だった。三上先生は叔母と親しく、始終遊びに見えた。向かいの銀行の裏に、母堂と弟さんと三人で部屋を借りて住んでいた。就学前の修ちゃを教室に入れて、授業のじゃまにならないように、一番うしろに、一人分の机を与えてくれたのは、この三上先生の特別のはからいであった。きっと三上先生と叔母との間に、修ちゃが本好きでよく字を覚えるということから、それなら学校によこしてみてはという話になったのだろう。式日にも服装をあらためて登校したのだという。

正式の入学前たけさんに手をひかれて通学したころの修治の姿を伝える写真もある。井《い》桁絣《げた》の筒袖の着物に、縞の馬乗り袴をはいて、帽子をかぶって腰かけて撮った素人写真で、これは文治兄が撮ったので、そのときもたけさんは傍につきそっていた。修治は六月生まれであるから、満六歳前後、十一歳年上の兄と同年のたけさんとは、十七歳、大正四年当時十代の少年がカメラをもつことなど、都会でも稀なことだった。

この写真は祝祭日の登校姿で、ふだんは絣のむじり（筒袖）の着物で、袴ははかなかった。修治が胸高に結んでいる袴の紐は、たけさんが気をつかって、そのときちんと結び直したのである。しかし修治は眉をしかめて、あまり可愛く撮れていない。頭にのせた帽子が恰好わるい、と私が言うと、たけさんはむきになって、これはうしろに二本リボンの垂れた水兵帽で、おおやけ（資産家）の子でなくてはかぶれなかったのだと言った。当人にもつきそいのたけさんにも、自慢の帽子だったのである。修治が左手でおさえているものは何かしら、と聞くと、それは庭園の縁側近くにあった青銅の鶴で、おさえているというよりつかまっているというところだという答であった。というのは、肘掛がない椅子なので、被写体が動かないように、手近の鶴の胸のあたりにつかまらせたのだ。今まで古ぼけた素人写真で、一部分しか写っていないので、この奇怪な形のものが何なのかわからなかったが、たけさんから鶴ときいてみれば、鶴が長い首を下にのばして、餌を啄ばもうとしているところらしく、幼児の手の高さから推しはかると、鶴のひなである。青銅の鋳物の鶴は、三羽、一つがいとひなとが庭の前面に配置されていたそうである。

それでは、この庭の鶴が太宰の幼き日その胸に巣くって、その後作品にしばしば現われる「鶴」の原型ではないか。――「四羽の鶴」「鶴は、立っていても鶴、寝ていても鶴」「紙の鶴」乳母の名は「つる」長篇小説の題は「鶴」等々。――まだまだ、沢山拾い出せる。

吹雪の日、縁側からガラス戸越しに「霏々たる雪におおわれた鶴のひな」を見たこともあったろう。

今まで何か彼の幼児の環境に鶴のイメージの原型があるのではないかと考えた。鶴田、鶴泊、鶴ケ岡、鶴ケ坂などの地名が近くにあるし、「ロマネスク」にも鶴が出てくるから昔は鶴が渡来し、飛ぶ姿を見ることもあったのであろうが、修治の幼少の頃にも鶴が見られたかどうか。年寄りから話に聞くだけではなかったろうか。

家紋が鶴の丸で彼はこの紋を尊重し最初の全集の表紙にこの紋を型押しするように注文している。

太宰という人は、幼児のときの印象が常人よりもずっと強く、長く残った人である。家紋の鶴と庭前の鶴とが、生家の象徴として彼の幼時の柔かい脳のひだに刻みこまれ、それがおのずから生きて動き出して彼の作品に現れるのであろう。「とこやみのめしいのままに鶴のひなそだちゆくらしあわれ太るも」「四つのとき彼の心のなかに野生の鶴が巣くった」このような一節を読むと、「鶴」はついに彼と同化したかの如くである。

たけさんは太宰が小泊に来たとき「自分は五所川原の叔母の子ではないか。文治さんとほんとの兄弟か」と聞いたと、重大なことを話すような口調で語った。だまって聞いてはいたが、私はそのことをたけさんがたけさんを訪れる人たちに話す。聞いた人たちは太宰が本気にその疑いを質《ただ》したと考える。それは困る――と思った。太宰には妄想癖がたしかにあるが、人の出生は親にかかわり、また子につながる一大事である。自分の出生に関して心からの疑いを抱いていたとは私には考えられない。たけさんへの甘えと、貧しいみなりで訪ねてゆき昔の奉公人の家に厄介になる、その自分のおかれた状況から出た言葉に過ぎない。

　ある夜、床に就くべき時刻になって、たけさんは私と並んでソファに腰かけたまま帯を解いた。紫紺《しこん》地に白くアヤメ――ではなく水仙の花が浮き出て、緑と赤の配色が点々と美しいメリンスの半巾帯で、小泊の小学校の運動会で太宰と再会したとき締めていたと「津軽」に書いてある帯である。

　たけさんが私の家に入ってきたとき、「アヤメの帯がやってきたな」と目についていた。それはじつはこの帯のよさゆえではなく、むしろほかの当世風の彼女の衣類との不調和のゆえであった。たけさんは源奉公時代の思い出を大切にしてこの帯さえあれば、ほかの帯はいらなかったらしいが、五十年の歳月を経たこのアヤメの帯を手にとって見ると、さすがに大分手ずれ、くたびれていた。

「その帯よく焼け残りましたね」と思わず私の口から出たのは、太宰歿後小泊に大火があって、たけさんの家が類焼したとき、和服の男物と老女物とはほとんど同じ程度の細かい柄なので太宰の形見の袷を火事見舞に送った。それはもとは久留米絣の袷の下着で、茶の細かい亀甲絣の紬である。それからたけさんの息子が三条に金物の仕入れに行った帰りに寄ったとき、兵隊靴をあげたが、この二つの太宰の身につけた遺品も、大火で焼失したことと思っていたが、たけさんがこの帯を持ち出したのなら、袷と靴と、二つの太宰の遺品も持ち出せたかもしれないと、ふと思ったからである。自分の手もとにあったら無事に保管されたのに、小泊へ送ったために焼失したのでは残念であるから――けれども既に進上した品のことなのでそこまでは聞かなかった。

大正時代にはメリンスを唐ちりめんとよんで、富裕な家の女の子はふだん着に、つましい家の子はよそゆきに着せられた。その頃のメリンスは染も生地もよいものであった。給金代りに給与されたのだそうだが、養蚕は行なわれず、棉も作れないあの寒地で、美しく軽く暖かいメリンスはさぞかし珍重されたことだろう。この帯地をもらったときのたけさんの感激が思いやられる。

五月のはじめ、私はたけさんと同じ列車で東京を出発して、金木町の太宰治文学碑の除幕式に列席した。式のあとの祝宴にたけさんはアヤメの帯を締めて、かつての主家の大広間に、床の間を背にして文治兄と並んで坐っていた。

点描

正月

新開住宅地の小さな借家に住む、無名に近い作家の迎えた正月は、まして戦時色に塗られた十年間でもあったから、門松、鏡餅、おとそ、おせち料理、賀客、およそ迎春につきものの景物はなに一つなく、主人公もそれらに一向無関心で、主婦にとっては貧楽ともいうべき正月ばかりであった。

国旗もたてず、年賀状も出さず、正月気分を流すラジオさえなく、荻窪の井伏先生のお宅に参上するのが正月唯一の恒例で、紋付羽織袴の正装で蓬髪をかき上げながら出かけて行った。井伏先生はきっと、御ふだん着に袖無しのお姿で炉端に悠然と坐って迎えてくださったのであろう。

昭和十七年の正月は、井伏先生が徴用で南方に赴かれていて、そのお留守見舞を兼ねて亀井勝一郎氏と二人揃って参上した。井伏家のお庭先で国民服姿の伊馬春部氏が撮ってくださった写真が残っている。奴凧のように紋服の両袖をつっぱらせてご両人とも屈託なげに笑って立っている。

太宰にはその時その場によって、せりふのような言葉を吐く癖があって、正月にはきまって「お正月野郎という言葉があるね」と言った。ただ思い浮かんだ言葉だったのか、それとも何か意味が入っていたのだろうか。

戦前はお正月がくると一つ年を加えたのだが、太宰は自分の年齢のことでは、ふつうと反対に、先廻りして三十過ぎたらもう四十男だの、四十面だのと自分のことを言っていた。

昭和二十年の年末は、疎開先の太宰の郷里で送った。北津軽の彼の生家で、大晦日の夜、さまざまの御馳走の並んだ祝膳についているとき太宰が、東京では年越しそばといって大みそかの夜はきまってそばを食べるということを話すと、帳場をあずかる老人が、きたいな習わしもあるものだと感心して、みんな笑い出した。

太宰の生家では、年越しの夜、にぎやかに一同揃って祝膳についてこの一年間の労苦を感謝し合い、年が明けて正月には、三ガ日の朝はお雑煮であったが、ことさらおせちとか何とか平日とちがう料理を供することなく、簡素に過ごした。この方が古風にもかない、合理的でもある。

餅が正月だけに限られていないのは、農家または米の産地一般であろうが、嫄《やまげん》でもとりいれの秋から翌年の春さきまで事あるごとに餅を搗いていた。アヤ（男衆）とアパ（女衆）が念入りに搗く餅だから、その餅がのどをすべり落ちる味わいは、なんともいえず、餅といってもいろいろあるものだと思い、東京の人たちに食べさせて自慢したかった。秋餅は三鷹にも送ってもらっていたが、搗きたての水分の多い餅をすぐ木箱に詰めて荷作りするため、箱をあけると、もう三原色のカビが生えていて残念な思いをしたもので、なんでもその産地で味わうに越したことはない。寒夜（津軽で言う、しばれる夜）に戸外に吊してしみらせた「凍り餅」は保存が利いて戦時中貴重な食料だった。

疎開中の冬は二月一日の旧暦の年越の宵にも御馳走が出て、小正月には小豆御飯をよばれた。

一般の民家、ことに農家だったら主人が先立ち新年を迎える支度に忙しく純粋津軽風の正月行事をいろいろ見聞できたであろうが、地主の源では父の代から東京との往来が頻繁で東京風が、くらしに大分加わっていた。トランプなどこの町で初めて太宰の兄たちが移入したのであろう。

昭和十三年の暮、太宰は甲府の下宿屋にいて、正月には私の実家でトランプや百人一首をして遊んだ。百人一首のとき、やったことがないような様子で気乗り薄だったのは意外だった。トランプはツーテンジャックを何回も楽しんだ。このゲームではスペードの点札六枚を全部集めるとマイナス転じてプラスとなるというルールがある。マイナスの札を集めて勝ちを占める――これは太宰の生き方に暗示を与えているような気がする。

「いろは歌留多」には、小説「懶惰《らんだ》の歌留多」があることから推してもトランプ同様親しんだのだろうが、百人一首は生家の正月ではどうだったのだろう。百人一首よりも若い子弟のトランプ遊びの方が優勢だったのではないかと思う。

筆名

知り合ってから間もなくのことだったが、太宰治という筆名の由来について聞いたとき、彼は大体次のように言った。

ペンネームをきめる必要が起こった。そのとき一友人が傍にあった万葉集をパラパラ繰っているうちに、太宰というのはどうかと言った。それがよかろうということできめたのだと。

どこでか、またその友人の名も聞かなかったけれども、時間をかけてきめた筆名、あれこれと凝って考えた末での命名でなかったことは確実である。彼の性格からいっても、意味あり気な筆名をつけるなど考えられない。

筆名がきまってから、太宰—大宰府—菅原道真の配流と、連想が走ったのか、あるいはもともと好きな言葉で、たまたま、それにゆかりある筆名に決まったものかわからないが、太宰は「配所の月」という言葉が好きで、よく配所で月を見る心境に陥る人であった。

疎開中、縁側につっ立って荒れた中庭を見おろしながらあるポーズをとって、「これが

『配所の月』というものだ」とせりふのように呟くのを聞いた。私の常識では、親子四人転がりこんで厄介になっていて「配所の月」とはまことに不可解であるが、自己の心情にのみ忠実で常識や義理は二の次という傾向のある彼のことであるから、あの人気《ひとけ》の無い、昼も夜も森閑とした離れでは、配所に在るような気分になることも度々あったのだろう。極端なさびしがりやの彼が、遠い田舎の、飲みかつ縦横に放談する知友の少ない環境に住まねばならぬことになったのだから。——船橋時代にもあのせりふが出ていたのではないかと思っていたら、果して後日、佐藤春夫氏宛の書簡などに「配所の月」とあるのを発見した。

名前については、「太宰」の由来を聞いたのとは別のときだったが、「オサメ、オサムだからなあ」と嘆ずるように言うのを聞いた。それが「身を修め、国を治める、二重のオサメ、オサムではやりきれない」という意味だったのならば、重複したオサムを一つにしたのである。

揮毫

太宰治は毛筆でものを書くことが好きな人で、酔ってごきげんになるとよく筆を揮《ふる》った。歿後の展覧会に出品された書も画も「文学アルバム」収載のそれらの写真もみな酔筆である。おれの字は習った字でない、自分の字だ、と自慢するのが常だった。

よそに招かれたときや旅先などでは、請われるままに揮毫したのであろうが、自宅では若い人たちと飲んでいて、酔興まさにたけなわとなると、頼まれても、頼まれなくても書きたくなって、「おい、紙を出せ、墨をすれ」ということになり、書き上げるとどんどん差し上げていた。私は、かげであまり安売りしすぎるような気がして、もう少し勿体《もったい》ぶればよいのに――と気をもんでいた。

争って書いてもらった方々も、相当酔っておられるから、帰途駅のベンチに置き忘れることもあろう。大切に所蔵されればよいがと揮毫の行末を懸念したのであるが、いま考えれば、太宰にとっては酔余の遊びで、まわりで何の彼のと騒がれながら、気儘に筆を揮って楽しく快く酔を発散すればそれでよいので、書のゆくえなどなにも意に介するところではなかったのである。

もとより揮毫用紙、色紙を持参する人は少なく、書き損じも出るので、揮毫用紙に困って障子紙を代用した時期がある。甲府の南の市川大門という町は水に恵まれて江戸の昔から手漉き和紙で知られている。物資欠乏の戦時下、わが家唯一の買い溜め品はこの市川の和紙であった。巻かずに重ねてゆるく四つ折にしてあって都合よかった。

一気呵成に書き上げてうまくできたと自讃しながら渡すときもあり、書き上げて暫時酔眼を見据えていたかと思うと、何思ったかいきなり両手でタオルのように絞って投げ棄てて、こんどはわがものと待機していた人を狼狽させるときもある。もらった揮毫を手に欲を出して「奥さん、何か先生のハンコを貸してください。ここに捺したいんです」と言ったのを聞きつけられて、「何言ってるんだ、ばか者め！」とどなられたのは、沖縄出身の若い詩人のC氏で、思いつめたような表情の方だった。

　揮毫した書はまず自作の中から「葉」の一節、それから「川沿ひの道をのぼれば――」と「待ち待ちてことし咲きけり――」と、二首の短歌、即興の句、即興の画と賛、そのほか聖書、碧巌集、和泉式部、左千夫の歌、其角の句等、広範囲に亘っている。

　金沢の方で色紙を送り揮毫を依頼してきた方がある。太宰は「巧笑倩兮。美目盼兮。」と「論語」の一句を書いた。

　弘前高校時代の習作にこの句をとりいれているのを後年発見した。

「文は井伏鱒二に学び、文人の風は佐藤春夫に学んだ」とは彼の言である。文人たるものいつどこでも揮毫に応ずる用意があるべきだと考えていたのだ。

　画筆もうちに材料一式揃っていれば、握っていたであろうが、気持の上でも、時間的にもその余裕がなく、知り合いの画家の画室で勝手に画いた絵が、数点遺っている。

　自分のことをいつも無器用だ、熊の掌だと言っていたが、それは器用貧乏を自らいましめての言か、あるいは小説を楽に書いているのではないということであって、ふつうの意味ではむしろ器用な指を持っていたと思う。兄弟みな器用なたちであった。

蔵の中

「源には無いものがない」と、遠縁に当たる青森の豊田さんが言った。ほんとに乳幼児のものに始まり人の一生に必要なものいっさいが文庫蔵に収納されているようだった。常住坐臥する部屋には、さし当たり必要なものしか出しておかず、何でも蔵に入れておく。不用になったからといって捨てたりお払いしたりしない。物を大切に保存し、使用人多数の大世帯できちんと保管し、どんな場合にも家の体面を落とすことのないように常々用意しておく。それには蔵が絶対必要で、万一の場合にも蔵が焼け残れば、蔵に一時住むことも出来るし、木造の母屋の建物全体よりも文庫蔵一つの方が重く評価されているのではないか、風が強く火の手が上がったとなると大火になるこの地方では、不燃の蔵を備えるのがむしろ当然と考えられているらしかった。蔵には貴重品だけでなく何でも入っている。姪が長女にいいものを上げるといって文庫蔵から黒い表紙の国語読本を出してきてくれた。それはハタタコの読本で、裏には「津島修治」と毛筆で記されていた。終戦後の子供向き読物の全くないときだったので、この三十年前父の使った本で娘は字を覚えた。

母の法事のとき、私は実家の紋のついた喪服を着るつもりで持参した。実家で作ってもらったものには実家の紋をつけるのが風習であったから。ところが文庫蔵から何枚もこの家の定紋付の喪服がとり出され、一族の女性はその中から適宜選んで着るのだった。幼女の喪服まであった。華やかな吉事の場合の衣裳も沢山あったろうと思う。

文庫蔵の出入り口と窓の鍵を朝夕開閉するのは帳場のNさんの役で、Nさんの姿は蔵の戸口で度々見たが、文庫蔵の中には私はあまり入ったことはなく、見事な、つやつやした、まるいヒバの大黒柱が蔵の階下の中央に立っていることくらいしか知らない。

ある日、子供を遊ばせながら裏手をぶらついていたら、米蔵の扉が開け放されていて、覗いてみると米俵は一俵もなく、ガランとしたタタキの左手に大きな乳母車、右手に古雑誌の山があった。読み物に飢えているときだったから、私は無断でその古雑誌を二、三冊持ち出して離れで読んだ。大正末から昭和初年にかけての「中央公論」と「改造」とがおもで、芥川、葛西善蔵、牧野信一らが活躍している時代なので大変おもしろく、小説と読み易い読み物だけを読んでは交換して、あの大量の古雑誌は私にとってまさに「宝の山」であった。

太宰は二階の兄の書斎から戯曲集などを次々借りてきていて、前に私が、もう一晩でよいから借りておいて読ませてと懇願したときには聞いてくれなかったのに、私が借りてくる古雑誌は、気儘に読んでいた。読んだ小説の中で、私は「職工と微笑」に強く感動し、このような作品を「中央公論」に発表しながら、その後一向文名をきかない「松永延造」とはどういう人なのかと太宰に聞いた。行方がはっきりしない人だ、と答えて彼も多くを知らなかった。

太宰治とその兄たちのことを考えると、この米蔵の兄の読み古しの古雑誌の山が目に浮かぶ。

作家の中には旧家で生まれ、蔵で祖父や父の愛読した漢籍や、書き遺した日記紀行を読んで感銘を受けた方もいるだろう。太宰の場合は、自己にめざめ、文学志向の芽が伸びてゆくのに、兄たちの醸成した芸術的土壌があったことを考えさせられる。

帰京に際し、太宰に聞いて焼却するものと持ち帰るものとを分けているとき、手もとに残っていた古雑誌から「日かげの花」を切り抜いて、とっておくようにと太宰が言った。


「聖書知識」


太宰が進んで代金を支払って定期購読者になった雑誌は、無教会派の月刊誌「聖書知識」だけである。これは鰭崎《ひれざき》潤氏の影響に依ったのであろう。

鰭崎さんは小館善四郎氏（太宰の姉の嫁した青森の小館家の四弟）の美術学校時代の友人で、小館さんに誘われて太宰の船橋の家を訪れたこともあったが、太宰が三鷹に住むようになってからは小金井在住の鰭崎さんと大変近くなったので、始終来訪されるようになり、昭和十四、五年頃にはわが家への最も頻繁な来客であった。もう一人鰭崎さんほど頻繁ではなかったが、同じ仲間の西荻窪の久富さんとも往来があった。「リイズ」は久富さんのご家庭の印象からヒントを得ている。この方々の共通点は富裕な家庭の子弟で、まだ気楽な部屋住みの身の上であることで年齢は太宰より四、五歳年下であった。

鰭崎さんはいつも大きな貴重な画集を携えてきて見せてくださり話題にされた。といっても鰭崎さんが、ほとんど一方的に熱っぽく講義口調で何時間でも論じられるのであって、太宰はもっぱら聞き役に廻っていた。元来しらふのときは口少なの人であった。むさし野の陽が傾きかけると連れ立って家を出て、井之頭公園を散策して、池畔の茶店に憩うてビールが入ると、話し手、聞き手の役割は逆転したことだろう。

鰭崎さんは堅い信仰を持つ方で、月刊の「聖書知識」が発行されると持参してくださり、太宰はその話を聞き、借りて読んでいるうちに、購読者になることを決めた。「聖書知識」が届き始めたのは、昭和十五年からではないかと思う。そしてまた些細なことにこだわって購読を中止した。

それは何時のことかはっきりしないが（同誌の巻頭言で、無教会派の主宰者塚本虎二氏が、山本五十六元帥の戦死に言及しておられるのを読んだ記憶があるから、私のその記憶が正しければ、昭和十八年春より後になる）、同誌編集子から印刷した往復はがきで、「購読者名簿整理の必要上、各自、各項目に記入して返信するよう」にとの照会があった。

何年前からの愛読者であるか。

自分が購読者として、上、中、下、どの中に入ると思うか。

自ら評価して記入せよというような内容であった。

その問い合わせが癇に障って、向かっ腹を立てた太宰は、「十年来の読者なり。最低の読者なり。以後購読の意志無し」と書き入れて返信し、それきり絶縁してしまった。

この返信はがきは太宰の歿後、塚本先生から、太宰に師事していたクリスチャン佐々木宏彰氏に送り与えられた由で、私はそのはがきを見せていただくことを佐々木氏にお願いしたが、見当たらないとのことで叶えられなかった。太宰治でなく戸籍名で津島修治の署名がしてあったらしいが、その返信を確認しての上ではないから、上記の項目など、事実そのままではないかもしれない。

佐々木氏の回想によると、塚本先生は太宰の返信はがきに「このはがきで見ると、几帳面な人らしい」と朱筆で添え書きし、同封の手紙に「『聖書知識』を続けて購読していたら、太宰さんも終りはあんな事にならなかったろうに、惜しかった」と書かれていた由である。

太宰がまだ「聖書知識」を購読していたころ、対座している佐々木氏に、太宰は時折同誌のある箇所に爪で印をつけて渡し、そこのところに特に注意を促した。また佐々木氏は私費で自作を印刷物にして知友に配っていたが、その印刷物を貰うと太宰は――ひきかえにこれをあげよう――と言って「聖書知識」を渡した。

佐々木氏は、富士見町教会に籍があったが、ある日曜日、丸ノ内の郵船ビルディングのホールで催される無教会派の集会に出席して、塚本先生の風貌に接し、「ロマ書」の講解を聴いた。それはいわば太宰に慫慂《しょうよう》されて、一足先に出かけたようなものであった。太宰に早速その模様が伝えられたことは言うまでもない。太宰は内村鑑三の高弟、塚本虎二という方に心を動かされていながら、ついにお会いすることもなく終った。

あるとき私は乳のみ子に乳を含ませて寝かしつけながら、「聖書知識」を読んでいた。枕もとの縁側を厠《かわや》に行く太宰と視線が合った。わるいところを見られたと悔んだことが忘れられない。

「女の決闘」のしめくくりに「牧師さん」が登場する。牧師さんといえば、いつも黒っぽいスーツを着てまじめで、苺の苗を持ってきて植えてくださった鰭崎さんの姿が浮かぶけれども、鰭崎さんは「牧師」ではない。

鰭崎氏、佐々木氏のほか三鷹時代の彼の周囲にはクリスチャンが大勢いたが、教会や牧師とは全く無関係であった。

自画像

昭和十六年の夏までの太宰治の歯は、俗に「みそっ歯」というが、小さい三角形の歯の残欠ばかりで、歯らしき歯は一本も見えない上、そのみそっ歯が、日本の昔の女性の鉄漿《おはぐろ》のように黒くて、彼の容貌の大きな特徴になっていた。

あるとき太宰が両手の親指を唇の両端にかけ、残る四本の指を左右のこめかみに当てて唇をつり上げて見せた。口の裂けた恐ろしい般若が現われた。般若の面は、白い長い歯の奥の黒い空洞がぶきみであるが、太宰の般若では、むき出された黒い尖った歯が鬼気を増す上で大変効果的で、彼自身それを承知の上でやって見せているように思われた。鏡に向かって、いろいろな表情を作ってみたことがあるに違いない。

唇がまたへんで、男にしては愛らしすぎる口もとなのに、ひっぱると何倍にも伸びるので、「ゴム口」だなどと言って笑ったのだったが、初めて会ったときから目について気にかかっていたこの歯を、歯科医に見せるように勧めたのは、長女誕生前後のことである。歯科医に見せることとさえしぶっていて、やっと承知したものの、どこでも手近なところでいいなどと言っているのを説き伏せて井之頭公園に近い有田医院に通うことになった。

有田先生の「太宰さんの思い出」（「文化新聞」宮崎譲氏編集発行、昭和二十五年六月二十日付）から抄録させていただくと、「——職業は聞かない場合が多いので、その一風変った風体といい、年のわり合にわるい歯といい、どんな方面の人かと疑問に思っていたところ、文学好きな助手が、あるときカルテを見て、『この人は今売り出しの小説家です』と言ったので初めて知って、その後は通院毎に親しくなり、たまたま打木村治氏と顔が合って、院長も交えて三人で待合室で雑談したこともある。そのような場合には、文学の話には亘らず話題を選んで相手相当の話をされた。打木氏とはあまり話が合わなかったようだ。初診の日から悪い歯の根を抜き始めて、三十二歳という若さにもかかわらず総入歯にも近い入歯にしてしまった。――」。

見える部分にひきかえ、根が大変強くしっかりしていると先生が言われたそうである。長い間通って義歯ができあがり、男ぶりが数段増すかと思いの外、白いにょきにょきした義歯が顔になじまなくて、見なれた黒い歯のときの方がよかったような気がした。二度ともう般若は見られなかった。

一体いつ頃から太宰はあのような総みそっ歯になったのだろう。それまでには歯痛に悩んだことも度々あったに違いないが、よい治療を受けたことはなかったのか。中学、高校と、生家には休暇に帰るだけとなり、大学に入ってからは勘当同様の身の上となって生死にかかわりないこととして放任した結果があの黒い歯なのだろうか。

歯は齢《よわい》を意味するそうだから、太宰の「晩年思想」が、あの黒い歯に起因するといったら言い過ぎだろうが、二十代の彼に、あの歯のことが投影していない筈はない。

「思ひ出」の中に、顔に興味を持っていた、いろいろな表情を鏡に向かって作ってみた、などと書いているが、彼にはノートやテキストに自分の顔をいっぱい落書するくせがあった。

高校三年のときの英語のテキストが一冊遺っている。大切なものとして保存したのかどうかわからないが、英作文のノートの断片などと一緒に太宰が三鷹以前から保管していた本で、その表紙裏や本文の余白に、いくつもいくつも自分の顔がいたずら描きしてあり、ペンで描いた自分の顔の間に、本名と「瀬川銀十郎」「大藤若太」「向若太郎」「小菅銀吉」等の筆名?が交じって書いてある。太宰治以前の、いわゆる「初期作品」時代の遺物である。いま青森市にある、中学、高校時代の教科書やノートにも多くの顔が書きこまれているらしい。それより前中学の受験勉強をしていた頃のノートの余白にも鉛筆で自分の顔が五つ六つ描かれている。こんな少年のときからいくつも描いていたら、眼をつぶっても描けるようになるだろう。「自分の寝顔をさえスケッチできる」のは事実だったのだ。

このような性癖は、つまりは太宰がいつも自分をみつめている人だったことを表わしている。風景にもすれ違う人にも目を奪われず、自分の姿を絶えず意識しながら歩いてゆく人だった。連れ立って歩きながら、この人は「見る人」でなく「見られる人」だと思った。近視眼であったが、精神的にも近視のような感じを受けた。彼に比べたら、世の人は案外自分で自分を知らず、幻影の交じったいい加減な自分の像を作って生きているような気がする。彼が作品の中に自分で自分のことを書いているところがいくつかあるが、よく自分を見ているると感心する。ペン描きの顔が本物そっくりのように、よく自分の性格をとらえている。

太宰がその作品に書いている自分自身のこと、それが彼の「自画像」なのだ。画家が画で遺す自画像を、彼は文字で書いて遺した。彼の「人」を知りたかったら、著作からくみとればよい。

では「ひとの事」はどうかということについて昭和二十一年の十一月末の座談会で太宰がこんな発言をしているのを発見した。

「ぼくはね、今までひとの事を書けなかったんですよ。この頃すこしね、他人を書けるようになったんですよ。ぼくと同じ位に慈しんで——慈しんでというのは口幅ったい。一生懸命やって書けるようになって、とても嬉しいんですよ。何か枠がすこうしね、また大きくなったなアなんて思って、すこうし他人を書けるようになったのですよ」

郭公の思い出

梅雨の無い北津軽では、五、六月が一年中で一番快適な季節である。田植の終った田圃がすがすがしい絣模様をえがき、しゃがや鈴蘭の花が咲き出したころのある朝、太宰が書斎から私のいる部屋まで来て——ほら、カッコーがないているよ、きいてごらんと言う。耳をすませると、遠く近く二声、三声。この離れに近い築山の繁みで鳴いているようでもあり、表の道路と畠を隔てた八幡さまの森から聞こえるようでもあった。生まれて初めてカッコーの声を聞いて十年近くも前のことを思い出した。英文のテキストで読んだ一幕物集の中の「クックー」。老夫婦だけの対話だったが、和服召したO先生（ロンドンで学ばれた独身の女性でクラスの信望厚い先生だった）が椅子におかけになったまま老いた夫とその妻の役を、それぞれの声色を使い分けて朗読してくださり、私たちはみなうっとりと舞台を思い描きながら聞いたのだった。

後日知ったが、太宰にとっても「クックー」は忘れられぬ思い出のある一幕物だったのだ。

弘前高等学校生だった彼が夏休みに、町の劇場で催された金木小学校の同窓会の余興に「郭公」を演《だ》した。はじめ太宰は「春の目ざめ」を上演することを主張したが、周囲の反対を受けて「郭公」に変更した。太宰ははじめから愛弟の禮治に主役をふり当てるつもりだったので「春の目ざめ」では少女役を演ずる筈だった紅顔可憐の美少年禮治は、一転して「郭公」の老妻役を演ずることになった。太宰は死ぬ前にことしの郭公をききたいと切望する老いた夫の役を演ずるほか、築地風の演出、効果、すべてを引き受け、公演は大成功だった由（鳴海和夫氏「太宰治氏の憶い出」に拠る）。

生家の離れ座敷で太宰は久しぶりに郭公の声を聞き、弟と「郭公」を上演した昔を思い出していたのではないだろうか。もしそうだったら、太宰も私も同じ一幕物のことを回想していたのだから思い出を語り合えばよかった――。

その後、八月のはじめ頃、太宰が私を裏手の畑までひっぱり出したことがある。何かと思ったら、ライラックの花を見せるためだった。防空壕の傍に彼の背丈くらい、灌木のように細かく枝分かれして白花ライラックが群がり咲いていた。顔を近づけるとかすかな芳香があった。これが「思ひ出」のライラックか——彼の感慨が伝わってくるような気がした。

太宰は「自然」に無関心とはいえないまでも、関心が薄い人だったと思う。彼がいい花だ、いい月だ、いい眺めだなどと嘆賞する言葉を聞いた記憶が無い。郷里できく郭公や、「思ひ出」にまつわる白花ライラックは「特別な自然」だったのだろうか。

書簡雑感

太宰が井伏先生に、朝、仕事にとりかかるのが億劫《おつくう》で困ると訴えたら、先生は自分は筆ならしに手紙を書くことにしているよ、とおっしゃった。感心して聞いたので未だに忘れない。

電話の普及していなかった時代、一般に今よりも筆まめであったが、文筆の士は尚更よく書簡を書き、それがよく保存されて、太宰もその例外ではない。

太宰は割合にはがきをよく使い、はがきにびっしり細字で書き込んで発信する一方、儀礼的な場合などには、毛筆の大きい字で書いているので文面の長短からだけでは封書かはがきかを区別し難い。はがきの簡便さを好むが、和紙の美しい詩箋や封筒に毛筆で書くことも好きだった。

絵はがきもよく使った。これは以前からの傾向だったらしいが、三鷹に引越したときは、一閑張《いっかんばり》の文箱いっぱいあった絵はがき、それは私が旅先や美術館などで求めたものがたまっていたのだが、かなりの枚数があったのに、彼の死んだ頃にはほとんど空っぽになっていた。文箱の中の絵はがきを太宰から受けとった方から、歿後、書簡集を編纂することになったとき何年ぶりかで見せていただいたときは、二重になつかしかった。

私の手もとにある太宰の絵はがきの中に、三島から青森の小館家に嫁したすぐ上の姉に出したのがあるが、太宰とこの姉とは親しかったのでこの絵はがきを手にすると、姉弟の情愛が伝わってくるような気がする。「藍壺の富士」の風景の絵はがきで消印は昭和九年八月十四日。三島　修治とだけ署名してある。その文面、そのペン字の書体、三島の風景、それらが渾然と交じりあって、一つのいい雰囲気を作っていて、これはとうてい印刷されたものから味わうことはできない。一枚の絵はがき、一通の書簡は写真よりももっとよく故人の当時の俤《おもかげ》を伝える。

この絵はがきもそうだが、太宰は書簡に日付を記さぬ方が多かった。

また自分でも書いている通りで、受けとった書簡は、例外はあるが保管しなかった。その彼に書簡から成り立った小説「虚構の春」がある。

船橋に移ってから、距離や時間では今までと大差ないのだけれども東京府下でないから、疎外されているようでさびしくてしきりに手紙を書き、郵便受をのぞいて来信を待っていた様子で、しぜん机辺に来信がたまって、そのうちにこれらの来信に虚構を組み合わせて小説に仕立てようと考えたのか、あるいはその構想が先で、来信を保存し始めたのだろうか。

「虚構の春」の書簡の中には、書簡集と照合すると、太宰からの発信と対応するとみられる来信があって（太宰が手を加えているかもしれないが）、いわゆる「往復書簡」が何通か見られるが、その中に昭和十年八月頃の今官一氏との書簡の往復があるので、「虚構の春」は、昭和十一年五月頃執筆し七月号の「文学界」に発表した小説であるが、その構想はおそくとも前年の夏には生まれていたもののようである。

私は佐藤春夫先生から懇篤な書簡とはがきを頂いたことが「虚構の春」の生まれる動機の一つになったのではないかとも思う。文壇の大先輩から初めて認められた太宰の感激を察すると、そのような気がする。先生からは封書とはがきをいただいているが、それを二つとも「虚構の春」に入れている。はじめのは先生からの「道化の華」推賞の親書で（山岸外史氏宛）、昭和十年六月一日付で船橋に移る前であるのに「十日深夜、否十一日朝」と変え、山岸氏の添状をつけて「虚構の春」師走中旬の冒頭に据えている。

次に「虚構の春」の、時期を師走と限定した理由であり、またこの小説の構想の核となったと思われるのが、十年十二月二十四日付の先生の次のようなはがきである。

千葉県船橋町五日市本宿一九二八

太宰治様

二十四日夜　東京小石川関口町二〇七
佐藤春夫（ペン書）

拝復　君が自重ト自愛トヲ祈ル。
高邁ノ精神ヲ喚起シ兄ガ天稟ノ
才能ヲ完成スルハ君ガ天ト人トヨリ
賦与サレタル天職ナルヲ自覚サレヨ。
徒ラニ夢ニ悲泣スル勿レ努メテ厳粛
ナル三十枚ヲ完成サレヨ。金五百円
ハヤガテ君ガモノタルベシトゾ。二百八拾
円ノ豪華版ノ御慶客ナキヲ悲シム。
（消印　小石川10・12・25　后〇―4）

太宰は右の内容を変え、「――厳粛ナル三十枚」を「五十枚」とし、終りの句を「八拾円ニテ、マント新調、二百円ニテ衣服ト袴ト白足袋ト一揃イ御新調ノ由、二百八拾円ノ豪華版ノ御慶客。早朝、門ニ立チテオ待チ申シテイマス。太宰治様。深沼太郎」として、「虚構の春」師走下旬の中に入れた。

無断で来信を転用するだけでも非礼なのに、このように内容を勝手に変え、しかも「文学界」に発表したときは、「佐藤春夫」の実名であった。このことが佐藤先生の目にも耳にも入らず仕舞だったらしいことは幸であった。もし知られたら、寛厚の長者といえども、黙認されなかったろうから。

「虚構の春」発表後、太宰のまわりには不評が渦巻き、井伏先生は書状できびしく難詰され、鰭崎潤氏は、「――太宰もいよいよ窮してここまで来たか」と呆れながら非難した。

右の十年師走下旬に届いた佐藤先生からのはがきは返信であるが、このとき太宰から先生に宛てた書簡は佐藤家で保存されなかったらしい。しかし同じ昭和十年十二月二十三日付で、井伏鱒二氏と山岸外史氏とに宛てて出したはがき二枚は保存され書簡集に収録されていて、この日、太宰は佐藤先生にも同じような内容の発信をしたことが、日付と先生からの御返信の内容とから推察できる。「碧眼托鉢」の旅から帰って翌日のことで、「――湯河原、箱根を漂泊し、風邪をひいて下山、夢は枯野をかけめぐる旅であった。年賀は欠礼する。いま牢へ入れられるかもしれないような厳粛な三十枚位の小説を書こうとしている――」といった内容である。その便りに対して、佐藤先生から「徒らに夢に悲泣せず、厳粛な三十枚を完成せよ」と激励していただいたその小説は、のちに「懶惰の歌留多」として発表した小説の構想をさすのではないだろうか。「犬棒カルタ」の貧寒な倫理を打ち破って美と叡智とを規準にした新しい倫理を創り、いろは歌留多の形の小説にしたい。その中には危険思想とみなされるかもしれない部分もあって、発表のあかつきには世評が沸きたつに違いないと、構想半ばで、脱稿し発表して後の反響を予想して興奮し、三人の先輩知己に話さずにはいられなかったのであろう。

「金五百円也」は、いうまでもなく芥川賞の副賞で、このはがきによって、先生が芥川賞を約束してくださったかのような妄想が生まれた。

「二百八拾円の豪華版——」は、井伏、山岸両氏宛のはがきには書かず、佐藤先生にだけ書いたことであるが、先生が「御慶客ナキヲ悲シム」と答えてくださったのを、「早朝、門ニ立チテオ待チ申シテイマス」と大先輩が自分を立って待っていてくださるように勝手に変えたのだから、病気中とはいえ言語道断の感を受ける。

翌年いただいたもう一枚のはがきは「虚構の春」とは関係なく、

（宛名は前記のはがきと同じ）

六月二十八日夜　佐藤春夫（墨書）

狂言ノ神ハ東陽編集部ニテ幸ニ理解サレ好評ニテ九月十日発行ノ同誌十月号ニ採用ノ事ト決定セル由同編集部ヨリ直接貴方へ通信アル筈ナルモ一刻モ早クト思イ御知ラセ申シマス

（消印　小石川11・6・29　前8—12）

この二枚の佐藤先生からのはがきを、太宰は大切に保存していた。護符のように大切にしていた。

「虚構の春」に「大阪サロン」編集部からとして五通の手紙が入っている。同編集部「高橋安二郎」名で四通、「春田一男」名で一通。

何か原稿をめぐってのトラブルがあったらしいことがほのめかされているが、「武蔵野新聞社文芸部　長澤傳六」からの来信四通も、やはり依頼原稿に関する交渉で、この二件とも、事実の核があったらしいと思われるのは太宰の「創作年表」の昭和十一年一月の項に、

コント　大阪朝日新聞　五（未発表）
（大朝文芸部　白石凡氏宛）
随筆　都新聞　五（未発表）
（中村地平宛）

と横書きに並べて記し、違う色のインクで右の記載全部を抹消している。太宰の住所録にも「白石凡、大阪市北区中之島　大阪朝日新聞学芸部」とあり、原稿の注文があって、未発表とあるからには多分書いて送ったのだろうが、採用されなかったのか、原稿料をめぐっていざこざがあったのか、一つの事実から妄想がきのこ雲のように湧き起って「虚構

の春」の「大阪サロン」からの奇怪な内容の書簡になったのではないだろうか。「奥の奥」(後述)の場合と同じく、原稿についての屈辱を受けて、ふんまんやる方なく「虚構の春」中に織りこんだのではないか。「大阪サロン」編集部からの最初の手紙のつぎに入っている手紙の「白石生」「白石国太郎先生」「ボンターヂン」等の名詞も白石凡氏をもじったように思われる。生来の被害妄想が中毒症のため一層ひどくなっていたのである。

中村地平氏とは、氏が旧友であるためか、妄想の種にはしていない。

右の五枚のコント、五枚の随筆は、「未発表」と記された他の小説が後日それぞれ題を変えたり、内容を改めたりして発表されたところをみると、未発表のまま埋もれさせたとは考えられないのだが、その後どうなったのかわからない。気にかかる謎である。

遺品

時計

三鷹の家には時計といったら私の腕時計だけしかなかった。結婚祝にもらった置時計もすぐこわれて、妹にこの家には時計もないんだからと言われたことがある。妹の嫁ぎ先は資産家で時計やカメラを蒐めるのが趣味だと聞いていた。姉からは、ふたり揃って貧乏性だ、といわれた。

太宰は酒食以外にお金を使うこと、ことに家財道具類など買うことが大きらいでラジオもなかった。郷里のある人の家を訪ねたとき、町の大火のとき丸焼けになったというのに新築の部屋には時計もラジオも備わっていて感服したことがあるが、買える買えないよりも必需品と考えるか否かの問題だったのだろう。それでも時間に縛られることが少ないので不自由した記憶もない。時間どころか日曜祭日もはっきりしていなくて、私は休みと知らずに郵便局へ出かけたこともある。

毎日きまって書斎の太宰が時間をきくのは夕方で、それは仕事を止めて散歩に出る合図でもあった。

わが家で初めて置時計を買ったのは長女が生まれた直後で、これから授乳に必要になると思って、産褥から頼むと承知してれいの散歩に出て行った。

案外安請合いしたけれど、どんなのを買ってきてくれるかと期待していると、やがて御機嫌で帰ってきて私の枕もとでふところからとり出したのは掌の上にのるほどの小さい安っぽい時計で、呆れる私に、一番廉いのをくれって言って買ったんだ、二円だ、と得意顔で言った。

茶の間にはボンボン時計を掛け、客間には美しい音色で時刻をしらせる置時計をと思わないでもなかったが、亭主の好きな何とやらで、その主義に従わないわけにはいかなかった。

昭和十九年食料難で困っているとき、清瀬のNさんが人参牛蒡などを世話するからと知らせてくださった。Nさんは吉田郵便局員であった頃、天下茶屋に太宰を訪ねて、それからの知り合いだったが、当時結核療養所に入っていた。病気の人を頼ってまで買出しに出かけたのであるが、二番めの子がお腹にあったので、重い野菜の束を持ち帰るのは容易でない。たびたびの買出しで一番辛かったのはこのときで、遅くなって無事に帰り着きはしたものの落としたかすられたか、腕時計がなくなっていた。

玄関の戸をあけて、立ち迎えた太宰の顔を見るなり私は、時計をなくしたことを泣き声で訴えた。太宰は怒った顔で、時計なくしたって！　時計なんか買ってやらないからと、それだけ言ってひっこんでしまった。何かあたたかい、いたわりの言葉を求めて、その日の苦労を時計をなくしたことにこめて言ったのだが——どうしてあんなにあの日、不機嫌だったのか、同郷のNさんを頼ったのがいけなかったのか。帰りの遅いのを心配させられた上、帰ってきた私から、いきなり時計をなくしたといわれ、代りを買えと言われたようにとって、それであんなこわい顔をしたのだろうか。あの人は私が外出して、留守番役になることを好まない。遠くへ行って長く私が留守すると、きまって不機嫌である。そしてまた彼はいつも自分が被害者であらねばならない。あの場合、無情を怨んだのはむしろ太宰の方だったのだとようやく気がついた。

翌年の春、甲府に疎開した。三鷹には小山清さんが留守番している。ある日太宰はおいおいと私をよびたてて、時計のことを聞いた。置時計はたしかに三鷹においてきたね、小山さんが時計がなくて困ると言ってきたのだ、という。小山さんも時計持たざる人だった。

昭和二十年の夏から郷里で暮らすようになった。

炉のある広い台所の柱には大きな掛時計がかけてある。この大時計のねじを巻くのは帳場のNさんの役で、踏台に乗って巻いている姿をよく見かけた。

終戦後、太宰のところには闇商人がしげしげと出入りするようになった。

あるとき母屋から私たち一家にあてがわれている離れに帰る途中の渡り廊下で、その一人Yさんに出会った。洋間に入ると、太宰がいまYさんを送り出したという恰好で、テーブルを前に立っている。右手に銀側の懐中時計、くさりが下がって、まるいメダルが揺れていた。買ったのと言いざま、ひったくってみるとCという国産品で、引揚者の持ち物だったのか、メダルには満州の新京の建国神社の社殿が浮彫になっている。私はむしょうに腹が立って太宰をなじった。こんな中古品など買わされて、好きでほしくて買ったのではなくて、断われないから買ったのだ。こんな時計に寄りつかれて、このメダルの感じの悪いこと、言うことと為すことと矛盾だらけではないか、all or nothing でいくのだと言っていたくせになどと、支離滅裂の非難を浴びせかけた。「いいじゃないか、怒るねえ、まさに柳眉逆立つというところだね」と太宰は「柳眉」などという巧言を使って私の攻撃から身をかわした。

私があれ程怒ったのは初めてだが、それには建国神社のメダルへの嫌悪感が大分加わっていたと思う。

帰京後、鎖を絹の緒にとりかえたが、太宰はべつに愛用している様子でもなく、旅行にも持っていったかどうだったか——。昭和二十三年、最後の年の三月熱海に出かけた。筑摩書房社主古田氏の肝煎《きもい》りで長篇執筆のために、その地の旅館にいわゆるカンヅメになっていたのである。

ひとまず帰ってきたとき太宰がぽつりと言った。

「古田さんがね、ウォルサムを貸してくれたよ」

「そうお」と言ったが、さまざまの思いが迫ってあと何も言えなかった。ありのまま書くと私は古田氏にお世話になってと思う一方、屈辱に似たものを感じたのである。古田氏個人にというわけでなく、資本家への、持たざるものの僻《ひが》みと言うべきかもしれない。太宰のそれを話したときの調子は沈んでいたが、彼はなんと思って時計のことなど私に話したのだろう。

遺された時計をみるたびこんな時計一つ買わされたからといってあんなにむきになって、つっかかることはなかったのにと悔やまれる。

兵隊靴

佐藤さんは足袋を奥さんに履かせてもらうんだよと太宰が言ったので私は驚いて、春夫先生は中風なのかと思ったら、べつにそういうわけではなく、椅子に腰かけて足をつき出すと、奥様がひざまずいて白足袋をお履かせするのだという。太宰はきっと傍で羨ましく見ていたのだろう。大先輩と新進の太宰とでは何から何まで大きな開きがあった。

白足袋が好きなのだが、なかなかはく機会がなく、ふだんは繻子《しゅす》の光るのをきらって紺木綿の足袋を履いていた。晴雨にかかわらず長靴を履いて歩き廻っていたことがある。あれは便利なものだとも言っていた。せっかちな彼にとっては着脱が早くてよかったのだろう。外出のとき玄関に揃えた駒下駄をそそくさとつっかけて出てゆく前のめりのうしろ姿が目に残る。

昭和十八年の晩春、塩月さんの結婚の仲人役をつとめることになり、先方へ結納を届けるのに着いてから履きかえるといって新しい白足袋を持参したのだが、いざとなって十一文甲高の脂足はあせる程足袋に入らなくて、あのときはヤケになりそうだったと帰ってから言った。人を待たせて悠々と足袋を履き替えるなど出来る人ではなかったのに、もっと細かく私が事前に用意すべきであったのだ。

ほんとに大きな足で、その素足を見ると私は男性だなあと感じた。女性的なといえる面を多く持っている人だったから。

戦時体制になって着るものは何とか間に合わせても、靴には困った。やっと探し求めてきたのは枯草いろのズック靴で、こんな靴を履かせるのかとこぼしながら旅に出た。一度の旅でそれはもう穴だらけになり、次には求めることが一層困難になった。皮製品は勿論、ゴム長、地下足袋も高嶺の花であった。

昭和二十年、甲府に疎開してから地下足袋を入手することが出来た。当時甲府市中の百貨店で、物々交換市を催していたので、長女にと貰ったが着せずにあった女児服と、十一文の地下足袋との交換を希望したら、運好く、望みが叶えられたのであった。そのときはほんとに嬉しかった。そして町の子供たちがみな紺絣を縫い直したズボンを履いているとき、あんなぴらぴらした子供服を必要とする農村の暮らしが、ふしぎに思われた。地下足袋はその後終戦まで、大変役に立った。甲府近郊に疎開中の井伏先生は、立派な赤皮の長靴を履いていらっしゃったので先生のおともして歩くときは対照が妙であったが、地下足袋にゲートル着用なら、当時まず足ごしらえは合格だった。

終戦後、また和服の着流しに戻り、外出には長兄お下がりの背広を着たが、背広はともかく足は一まわり兄より大きいので、嫂から貰った繻子足袋は踵がはみ出るし、借りた靴で外出すると、足が痛くて困っていた。そんなとき兵隊靴の配給があった。戦災者に、毛布、蚊帳、軍服などが配給され、兵隊靴はその最後だった。

帳場さんが離れに届けてくれる切符を品物とひきかえてもらうのは、いつも高元呉服店、太宰の旧友の高橋さんの生家である。

三鷹へよく訪ねてきていた高橋さんは、その後応召してフィリピンで消息不明とかで、あるいはそのとき既に戦死の公報が入っていたかもしれない。色白の優《やさ》型の高橋さんが、戦地でどんなに苦労されたろう、と、配給品受取りに高元を出入りするたびに偲んだ。呉服商といっても、店先にはなんの商品も出ていない。いつも高橋さんの令兄らしい方が、左手の蔵からその日の配給品を出してくださる。兵隊靴は昭和二十一年の二月、月はちがうが、母の命日で菩提寺に詣でた帰りに受け取った。代金は四十七円とその日の日記に記してある。

兵隊靴というのか軍靴というべきか知らないが、手にとってみるのは、初めてだった。今まで兵隊靴というと、最低の品のような偏見を抱いていたが、それは全く誤りで、皮も仕立も上等で、よくできている。編み上げ履くと、きりっとしていいね、と、太宰も上きげんであった。「編み上げ」は今いうブーツで、前紐をかけて履くと足もとのしまる靴である。

この日以来、兵隊靴を愛用して、私の知る限り、太宰の履いた靴らしい靴はこれだけである。

疎開先から帰京して、死までの一年半ばかり、三鷹では下駄履き、遠くへ行くときは兵隊靴で、アメリカ兵や復員姿のあふれていた当時の東京の街では、かえってそれはふさわしかった。

銀座の「ルパン」で、林忠彦氏の撮影された写真で、この靴が重要な役割を果している。太宰は脚の高い椅子を二つ並べた上にうまく安坐して、上着を脱いだチョッキ姿で、ワイシャツの袖口をめくり上げ、めずらしく颯爽として、登山家か何かのような大変活動的な印象を与えるが、こういうポーズをとれるのも兵隊靴なればこそであるし、ごきげんの顔と、兵隊靴と、煙草をはさんだ細く長い指との対照が、おもしろい。

頑丈な兵隊靴は、底がさほど減りもしないうちに遺品となり、町の軍服姿も次第に姿を消して、太宰の一周忌のときのこと、三鷹禅林寺の玄関の式台に立って、石川淳先生がお帰りぎわに「おーい、おれの靴を」とよばわられ、だれか若い人が、玄関の土間から縁側の雨落ちまでぎっしり並んだ靴の中から、持ち出したのが、あの懐かしい兵隊靴であった。

遺品の靴は、大切に保存していたが、昭和二十八年に、たけさんの息子さんが私宅にきて滞在し、小泊へ帰るとき、思いついて、さし上げた。息子さんは潮焼けした顔を綻ばせて喜んでくれ、私も遺品の靴がよい落ち着きどころを得たことを喜んだ。

時計、鞄、靴などが貴重品だった昔の話である。

紋付きとふだん着

結婚式の打ち合わせをしているとき太宰は服装については——ふだん着のままでいい、自分はこの通りの着た切り雀で式服などとうてい用意できないから——と繰り返し言った。その言葉に従って私は式服を着ないで訪問着ですませることにした。ところが当日井伏家に行ってみると太宰には黒紋付き一揃いが用意されていた。約束が違うと思ったが、うやむやのまま事が運ばれてしまって、あとで私の里方では——太宰さんに遠慮して紋付きにしなかったのに——と悔んでいた。

その太宰の紋付きは太宰の生家出入りの呉服商中畑さんが調えてくれたもので五ツ紋の長着と羽織に絵羽の長襦袢と紬の袴がついていた。

当時の中畑さん宛太宰の書簡を見ると、結婚についての太宰からの知らせを受けた中畑さんは式には紋服袴を作ってやると答え、一方太宰は紋服どころではなく、見合結婚に必要な諸費用を援助してもらい度く、生家に取り次いでくれるよう懇願している。太宰は生家との直接交渉を禁止されていて中畑さんが唯一の窓口だった。定額の仕送り以外の金品の授受もいけないことになっていたが、衣類は折々中畑さんを通して届けられ、兄はこれを黙認していた様子である。

先代の気に入られて太宰の生まれた年からの出入りである中畑さんは、店を構えず近在の資産家を廻って注文をとり調達する商法をとっていた。地主一族は男性も家庭では袂のついた和服を着ていたし、一族の衣服は本家で揃えて作っていたから、太宰の生家だけでもかなりの商いになったと思われる。商才に富むばかりか筆も弁も立ち、押し出しも立派なところを見込まれて太宰が何か事を起こすたびに兄の指令で郷里から飛んで事後処理に当たったのもこの人である。太宰から臨時出費を懇請されて中畑さんはどう動いたか。冠婚葬祭は呉服商の腕の見せどきである。私は中畑さんの念頭には井伏先生に嫁探しを頼んだときから「紋服調製」しかなかったと思う。無軌道な弟を全く見放している兄に今さら嫁の話など持ち出してみたところで取り合ってくれないのは明かである。呉服物ならば従来も目こぼしされていたし、高額な紋服一揃いでも母や嫂の衣類の新調の名目で生家の帳場の出納帳にのせることも出来たろうから——。

こんな事情で太宰は立派な紋服を予期せずに得、私はたぐらかされた思いを抱いたのだったが、ともかく中畑さんの働きで、なくてならぬ正装の用意が太宰の再出発に際して調えられたのは、大へん心強いことだった。

太宰は紋服が好きな人で、正月元旦の井伏家への年賀をはじめ、吉凶事あるごとに着て出たいのである。けれども時と場合によっては、五ツ紋の第一礼装ではあまりにも事々しく田舎風のようにも思われて私がきょうは羽織だけ紋付きにしたらどうかとか、縫紋の方がよいのではと言うこともあったが聞き入れなかった。徳田秋声の告別式の日の彼の姿が目に浮かぶ。何が何でも式に参列しなくてはと、しんけんなおももちで出かける彼を、御生前秋声先生の謦咳《けいがい》に接したことがあるとも聞いていなかったが——と思いながら見送った、昭和十八年十一月下旬のことだった。

物固い田舎で、格式を尊ぶ家で育ち、幼い頃から紋付きを着る機会も多かったから、五ツ紋の正装を事々しいなどとは感じなかったのだろう。紋付き、袴、白足袋の姿で馬車に乗って銀座八丁を練り歩きたいなどと、小説の中に書いているし、また死の前年企画された最初の全集の表紙に家紋の鶴の丸を型捺しすることをきめて居り、生まれた家と、家の象徴である紋への愛着と誇りは太宰の中で相当根強い抜きさしならぬものであったように思う。家紋にいわれが有るか無いかなどは主観の人太宰には問題外だったのではないだろうか。

前後するが結婚式の四月《よつき》ほど前私が初めて会った日、太宰は化学繊維混じりの黒っぽいひとえ物と夏羽織を着ていた。当時の混紡はペラペラだったり厚ぼったかったり、保温性も通気性も劣り、ことに男物衣料はいつの世でも品定めの基準が女物よりもきびしいから、混紡の和服など低いものに見られていた。残暑の強い陽の照りつける庭を背に座って暑そうに汗を拭いてばかりいる彼の姿に私は同情し、また母親の配慮があればこういうものは着ていないだろうにと、彼の背後の事情をいぶかしく思った。

この夏物は太宰が昭和十三年初秋、荻窪の下宿をひき払って馴染の丸屋質店に入質してあったのを出し、せい一杯「着かざって」甲州御坂峠に出発した。そのときの記念すべきよそおいであったが、従来これに類するまがい物めいた衣類を中畑さんから届けられるまま甘受して、着るか飲みしろに換えるかしていたのである。紋付きは上等の品だったが、ほかのものはよくなかった。新居に届いたざぶとんはじめ、その後送ってくれる衣類みな色や柄は大変よいのだが、粗悪な混紡品ばかりだった。以前太宰が下宿していて、中畑さんが届けた衣類も寝具も長く用いることなどなく質草となり、飲みしろとなったときならとにかく、私が傍にいるようになってから、あまりひどいと思わずにおれなかった。一体郷里の母はこの事実を知っているのだろうか。どんなものでも与えてもらうだけで有難いと思わねばならないのだろうか。敏感な太宰は私のこういう心の中を見てとって――中畑さんは東京の文士なんてみんなこういうデレデレしたなりをしていると思っているのだ――と言ったが、始終上京して世間の広い呉服商の中畑さんがまさか――と私には納得できず、中畑さんを弁護する彼を水くさいと思った。

しかし内心では中畑ものをよいとは思っていなかったのであろう、著作が次々出版され仕事が順調に進んでいた昭和十四年の秋、上京した中畑さんに太宰は自発的に久留米絣を注文した。彼は与えられたものを黙って着ている主義で、これまで中畑さんに特に生地を指定して注文することや、送られた品のことで苦情を言うことも全く無かった。

年末に細かい亀甲の久留米絣が届いた。上着よりも少し大きい亀甲の茶紬の下着がついて二枚重ねに仕立ててあった。羽織裏は紺の繭紬《けんちゅう》、さすがにうまい取り合わせで、今まで子供物、書生物とばかり思っていた紺絣も、見立てがよく仕立てがよければ立派に成人向きになると私は感心した。太宰はもともとさっぱりした書生風が好きだったのだと喜んだ。久留米の袷には袋織の角帯を前の左脇で貝の口にキチッとしめて、しめてからうしろに廻し、両手の親指と四指とで角帯を上から挟み、きまるところまで押し下げる（男の和服で帯の位置が高いと見苦しいからで、兄たちも自分も下肢が長いので胸帯《むなおび》になって困るのだとこぼしていた）。その一連の手つきはかなり年期が入っていると見えて慣れたものだった。

その後、太宰より二つ三つ若い文学仲間の方で久留米のお対《つい》に角帯、太宰そっくりのみなりで三鷹に現れた方が二人ある。真似したわけではなかったかもしれないが、私は太宰の真似と思って見ていた。

太宰が甲州御坂峠の茶屋に滞在していたとき、富士山登山口の吉田郵便局に勤める二人の青年、新田精治さんと田辺隆重さんが訪ねてきた。人里離れた峠の一軒家で話相手も無く、配流の心境にあった太宰は文名を慕ってきた二人を迎えて心嬉しく、二青年は初対面以来、急速に太宰に傾斜した。太宰を誘い出して三人、吉田や甲府の街で交遊を重ねた。昭和十三年十月十七日には市制祭で賑わう甲府の繁華街で遊び、N写真館で記念写真を撮った（三人とも和服のこの写真はこの時期の太宰のよい記念だったが、翌年のはじめ国民新聞社へ必要あって送り、今は当時の同紙の黄ばんだ文芸欄に俤を留めているばかりである）。

太宰が峠をおりて甲府、三鷹と移転すると、二人はそのさきざきに来訪された。

ある日三鷹に来た田辺さんの着物が市販品ではないように見えたので、心安立てに聞くと果して内織だとのこと、さらに聞くとそれは最近田辺さんが婚約した方のおうちからの贈り物だとのこと、私は太宰に相談もせず、その場で田辺さんに太宰のための内織を織ってもらうことを頼んだ。

内織というのは家族や知人の個人用として特別に機《はた》にかけて織ったもののことで、昔からいわゆる甲斐絹《かいき》の産地で機業の盛んな郡内（富士山の北側の桂川沿岸地方）では、つてがあれば織ってもらえることを私は見聞きしていた。十字絣か、二色の縞くらいの簡単なものしか出来ないけれども、素朴なよさがあり、もちがよいという定評もあった。

腕はよいが酒の上のだらしない職人の亭主を持った郡内生まれの一老女が私に——おじいさん(老亭主のこと)が寄り合いなどに出かけるときにはいつも自分が若いとき織った内織を着せて出すことにしている。内織は丈夫だね。酔っぱらって道ばたで眠ってしまって着物を泥んこにしたことも度々だが、何回洗って仕立て直しても平気だよ——と自慢やら、のろけやらを交ぜて述懐したことがある。その話が記憶に残っていた。

昔の女性は愛する家族のために麻や棉を作り蚕を飼い糸を紡ぎ機を織った。それは大変な辛労であったろうが羨ましいことでもある。楽しい苦労というものであろう。織って着せることの出来ない私は、せめてもと内織を頼んだのである。

やがて田辺さんを通して届いた郡内織の一疋《ぴき》(二反)は茶と紺の平織で、糸が細く光って紬らしい風合には欠けていたが、節《ふし》のある糸では重ねて着る冬ものには重過ぎたろう。太宰も肩に軽くて助かると言っていた。

洗い張り屋の主人がこの紬の耳(巾の端)を見て、これは手織りですねと言った。御崎町で夏を迎えた頃、母がくれた亡父の遺品の、脚さばきがよいと太宰が愛用していたひとえ物もこの紬と同様、白い耳の手織りだったが、果してこの郡内紬は昔ながらの手機《てばた》で織ったものか、あるいは市場に出す大量生産品の合い間に動力織機にかけて織ったものか、そこまでせんさくすることは無用であろう。

久留米絣とこの内織と、爾来かわるがわるふだん着に着て両方とも何度も水をくぐった。

甲府で罹災したのが夏だったから夏物はほとんど焼失した。太宰が次第に国もとや中畑さんを当てにしないで自分の得た金で自分の身につけるものを購《あがな》う気持になり、それも楽しいことであるのを知ってから、衣料品が切符制になるまでに一枚ずつ作ったひとえ物がみな灰になった。冬物は紋付きとよそゆきはそのまま、ふだん着は解いて洗い張りしたのを行李につめて山家の親戚に預かってもらっていたので助かった。

終戦後太宰がまた和服の生活に戻ったので私は疎開さきの離れの洋間で、下の子を遊ばせながら、太宰のふだん着の仕立て直しにかかっていた。毎年縫い直しを重ねてきたので、要所要所がいたんでしまって、やりくりに困った。その上縫糸が払底して、たまに配給されるのは一番不用な赤い絹糸ばかり、仕方なく赤い糸をインクで染めて間に合わせたこともある。ひどい時代だった。

吉田の二青年のその後は――田辺さんは緒戦に召集され、戦地からの便りも届かぬうちに新妻を遺して戦死した。新田さんは結核があるため応召は免れたが妻帯もせず陋巷《ろうこう》に窮死した。弾丸に当たって死ぬか、結核で死ぬかといわれた不幸な世代の、まさに典型ともいうべきおふたりであった。

歿後三十年経って太宰の生まれ故郷の町に郷土資料館が建ち、その一部に太宰治資料室が開設された。そこは町の北郊の芦野公園という景勝地で、太宰が郷里に疎開中、仙台や東京からの来客を度々案内したゆかりの地でもある。町からの要請で私は太宰の書簡や、書斎で使っていた品々とともに紋付き一式を資料室に寄贈した。

満三年経ってことし（一九八一年）の夏、久留米絣と郡内織と二揃いのふだん着を追加寄贈した。ふだん着は解いて保存してあったため開館には間に合わすことが出来なかったのである。手帳に控えてあった寸法通りに仕立て直し、送り出して私は宿題を果たしたような気持である。

世相風俗の一変したいま、和服のことなど如何かとも思ったが、かたみの衣類の資料室入りにちなんで思い出を記した。

三月二十日

昭和二十三年の三月十日——死の三月前《つき》——太宰は三鷹の自宅を出てひどい風の中を長篇を書くために熱海へ向かった。筑摩書房社主の古田氏が同行された。

久しぶりに小雨の降りだした十二日の朝、熱海からの第一信が留守宅に届いた。

前略、表記にいて仕事をしています、十九日夜にいったん帰り、二十一日にまたここで仕事をつづけます。ここは山のテッペンでカンヅメには好適のようです。留守お大事に、急用あったらチクマへ、不一

第二信は三月十六日付速達で、

そちらあてに、電報も打ちましたが、十九日の夜、帰宅します、仕事は順調にすす

みました、かなりいいものかもしれません、角田の件、二十日の午後三時に飯田橋《いいだばし》（神楽坂方面）の出口に於いて、村松君と逢う事になっているが、直接そこへ角田が行くようなら、それでよし。もし、飯田橋の一件が心許ない様子だったら、お前から、電報でも打って、二十日の午前中に三鷹の家へ来るように取計いなさい。とにかく、この用事、はなはだユウウツ。手帖はとどきました。十九日に帰り、二十一日は、また熱海で仕事つづけます、不一

（英治さんからの電報は、見ました。）

太宰が出発したあとに届いた次兄の英治からの電報を私が熱海へ取り次いだ、それに対し折返し私宛返電した上、さらに右の速達のはがきまで出しているのは、かねての次兄との打ち合わせがくい違わないように念を入れたためであるが、大切な仕事をかかえた太宰にとってこの用件がよほど負担になっていたことをしめしているようにも思われる。

太宰が妻子を連れて郷里金木町の長兄の家に転がりこんだのは昭和二十年の七月末。それから半月後に終戦。その冬と翌年の春秋を金木町で暮らして二十一年の十一月半ばに帰京するまでの一年四ヵ月の間、地主であった太宰の生家の没落の様相は私どもの目前に在った。

かつて三百戸近い小作人がぞくぞく小作米を運び入れて俵の山をいくつも築いたタタキは、ガランとしてはした米をはかるのに使った台秤が一隅に当時の名残りをとどめているばかりで、小学生の姪のボール遊びの場と化している。

帳場で厳重に鍵を管理していて無用のものが出入りすることはなかったという米蔵の扉は開き放しで内部は空っぽ、金庫を据えカウンターを備えて帳場さんが小作人と交渉した店はY一家に貸していて、帳場の老人は毎日通ってきてはいるが手持ちぶさたの様子である。このような様《さま》を目にして太宰は「『桜の園』だ、『桜の園』そのままではないか」と口ぐせのように言った（貴族の没落をテーマにした小説の構想はそのころすでに芽生えていたのであろう）。

農地改革後もはや地主の邸としては無意味になり、個人の住居としては大き過ぎて住み難いこの家を兄が売るつもりだという噂が公然とささやかれていた。兄の処置を当然と思いながらも太宰には、自分が生まれて育った家が他人の手に渡ることには深い感慨があったと思う。自分の成育した家には誰でも愛着があり、一生故郷の夢の舞台として登場するのはその家であるが、彼の場合はとくに自分の文学の母胎としてこの家を大切に大切に思い、誇りにしてきたのであるから——。しかしまだこの話は太宰が金木町にいた間は、全く具体的なものではなかった。

太宰の長兄は進退のきわめて鮮かな人で、ほかの地主たちが腕組みしてわが家の傾いてゆくのを眺めているとき、政界に返り咲きすることを決断して、戦後初回の衆議院議員選挙に出て戦った。これはまだ太宰が金木町にいたときであるが、議員は一年でやめて来春は県知事選挙に出るのだと取沙汰されていた。新代議士となった長兄が東京と金木町とを往復している間に、この家の主《ぬし》のような存在の祖母が死んだ。農地改革、二年連続の選挙、財産税、祖母の死、次にくるものがこの邸の処分であろうとは誰にも考えられることだった。

祖母の葬式のあと私たち一家は帰京し、翌年四月、最初の民選知事選挙が行われて、四月七日、兄の当選を知った太宰は、三月末に生まれた二女の出生届を町役場に出しに行き、その足で金木町の長兄に宛てて祝電を打った。よく晴れた日で、二重の祝い事に太宰の足どりは軽く、帰ってから知友の祝詞を受け、記者のインタヴューにも快活に応じていた。

その後お互い多忙のまま、疎遠に過ごして二十三年になり、生家の身売り話がはじめて具体的に彼に迫ってきた。二月、次兄から一通の手紙が届いて、こんどいよいよ源《やまげん》の邸の買い手がきまったこと、買い手は同じ金木町の角田氏であることなどが告げられたのである。

金木町のかつての支配階級であった地主が揃って没落に向かっている間に、角田氏は逆に家業が栄えてついに金木町の最高所得者となり、二十二年春には町長に選ばれた。いま金木町一の実力者はこの角田氏である。角田氏をおいて源の家やしきを買う人、住むにふさわしい人はほかに無いとは、十指の指すところである。長兄は青森市の県知事公舎に住んで金木町にはたまに帰るばかりなので、次兄が代わって角田氏にこの話を持ってゆき、このほど話が決まった。

次に角田氏の令息が早稲田大学の商学部を志望している。このさい修治も兄たちに力を貸す気持で令息の入学に力を貸してくれ云々という文面だった。太宰は私に同意を求めた。それは、次兄の手紙に記された、あの宏大な家やしきの公表された売値である。よくわからない

「わずか二百五十万か！」とうめくように嘆声を洩らして太宰は私に同意を求めた。それは、次兄の手紙に記された、あの宏大な家やしきの公表された売値である。よくわからないながら私にも廉過《やすす》ぎるように思われた。

このリアルな数字は太宰にとっては彼がずっと持ち続けてきた生家への誇りを打ちくだく不快なものだろうと同情する一方、私は一つの不審がとけたような気がした。

邸を売るという噂を聞いたときから私はこの大きい家をどういう人が買うのだろう、どうして買い手を見つけるのだろうと思っていた。けれども北辺の町にはそれなりの慣行があって、物を換金したい人が、近くの金を物に換えたい人に話して買ってもらうという至って簡単直截な取引が行われるのであって、都市のように見知らぬ者同士が、業者を仲介にして家や土地を売買することなどないことがわかって、いくらで売った、買ったよりもそのことの方がむしろ私には興味があった。

源に厄介になっている間、私は角田家の前をよく通った。町の人たちが「麹や」とよんでいる角田家は間口の広い旧家らしい表構えであった。「麹や」といわれるからには麹の製造販売や、麹をつかっての酒、味噌、醬油の醸造を家業としてきた素封家であろう。「桜の園」を買いとった成り上がりの商人とちがい、角田家は藩政時代にはお陣屋をつとめた先祖をもつ金木町の名家の一族であることも自然私の耳に入っていた。この地方の商家は雪の少ない土地から来たものの目には閉鎖的にうつる。麹やからもそのような印象を受けた。

麹をつくるところを見たことがないので、麹は室《むろ》でつくるというが、そのむろは地下の穴ぐらなのだろうか、この邸の敷地内にそれはあるのだろうかなどと思いながら私はいつもその家の前を通り過ぎるのだけれども、通りすがりのものにはその家業を物語るようなものも情景も全く見ることは出来なかった。味噌を毎年自家製造して大量の麹をつかうほか、甘酒に、漬け物にこの地方では麹をよく使う。長年食料の自給自足をたてまえとしてきた北津軽の人たちが麹となるとお手上げで、買うか食料危機の当時なら金より貴い白米と交換するしかないらしい。それで私の好奇心は一層つのったのである。口さがない源の奉公人らは「米一升持っていって麹一升と交換してもらうのだから米と飯を交換する以上で、麹やは何層倍の儲けになるのだ」とか「戦中戦後清酒が不足で、供出せずに隠していた米で濁酒を密造することが流行してそれで麹やは大繁昌なのだ」などと言っていたが噂はどこまで真実かわからない。つまりは家業が時勢の波にうまく乗ったということだろう。

生家の売却が決まった事を聞くと同時に太宰は次兄の指令で角田氏のために動かなくてはならなくなって困惑した末、早大出身の村松定孝氏に頼むことを、あるいはおしつけることを思いついた。村松氏は山梨県の方で当時はまだ大学院に籍の在る白面の学究であった。数年来、太宰と断続的におつきあいがあって甲府に疎開中の一日、水門町まで迎えにきて甲府市の南の市川大門町のご生家に招いてくださったこともある。

二月十五日に村松氏は三鷹に来て太宰から事情をきき、早大の本間久雄博士に紹介の労をとることを約束してくださり、熱海出発前、打ち合わせができていた。

戦後の混乱期を生きぬくために誰も彼も必死で、太宰のところにも次々、身勝手な依頼や相談が持ちこまれていた。仕事に関連したことならばとに角、お門違いの、力が及ばないとわかっていることを、仕事を中断してやらねばならない太宰にとってこの一件がはなはだユウウツだったのは当然である。

十九日夜予定通り太宰は熱海から担当の「展望」編集者石井立氏に送られて帰宅した。

（以下、私の日記から）

三月二十日　午前来客西大助氏、宇留野夫人、堤氏、松本氏、佐々木氏、そのあと角田町長令息同伴。大映川口氏から到来のウイスキーを供す。角田氏を雑司ケ谷の本間先生のお宅に案内して夜主人帰宅。

角田氏からリンゴとウイスキー五本頂き、内二本を先生へ。角田氏にはかつお節二本差し上げる。

客人が午前に集中して六畳間がいっぱいになったのは、何度もむだ足をしたあげく、二十日午前ならば太宰が在宅していて必ず会えることを聞いてそれぞれがこの日時をねらって訪ねて来たからである。

大映の川口松太郎氏とは太宰がまだ金木町にいた前々年来、「冬の花火」の上演、「パンドラの匣」「斜陽」の映画化のことで交渉があった。太宰が熱海に出かけたあと三月十二日、会社の三輪氏に托して川口氏からメッセージを添えてウイスキーが届いていた。西大助氏は「文芸時代」の編集者で、原稿や対談の用件で当時よく来ていた。二月七日には同人の豊田三郎氏と一緒に酒一升提げてきて、体工合が悪く太宰が寝たままで会ったことが当日の私の日記にある。この朝太宰は顔を合わせるなり西氏にくってかかった。編集上何か太宰を怒らせることがあったらしい。「文芸時代」四月号に載った「徒党について」は太宰が口述するのを西氏が筆記した随筆である。私は気がつかなかったけれども、この日には発刊された掲載誌の「文芸時代」を持参されたのかもしれない。

熱海で起稿し、とりくんでいる長篇のことになると太宰は「こんどのは『斜陽』の何倍もいいものだ」と気負って語り、机の上の黒塩瀬のふろしき包みをといて書きかけの原稿をとり出して見せた。「展望」の仕事とだけ聞いていた私は、このとき初めて原稿の冒頭に大きく記された「人間失格」の四字を見た。

ウイスキーがまわって主人の機嫌がよくなったのをしおに、佐々木氏は、近く自作を印刷物にして配布するについてその題簽《だいせん》を太宰に請い、太宰はすぐその場で和紙に「旅芸人」と毛筆で横書きにした。やや細く、かすれ気味ではあるが、力のある出来栄えで太宰は満足げに見えた。この日の一座では佐々木宏彰氏が一ばんはしゃいでいた。佐々木氏が最年長、最古参だったし、戦後にわかに人気作家となった太宰はいつも多勢に囲まれていて、以前のように一対一で原稿の批評をきくことなどもはや夢となっていて、きょう久しぶりに対面できたのだから。

あとからきた角田町長父子は挨拶がすむと黙然と控えていた。

やがてほろ酔いの太宰をさきに一同席を立った。

この日の天候は記してないが、翌日の日記に、

　毎日小雨降ったり止んだりうっとうしい。何も彼も湿って気持悪く、泥道で困る。

とある。毎年春さきの霜どけの頃が三鷹の悪路のピークであった。その上雨つづきでは道はひどくぬかっていて客人らは難渋されたろうが、つれにかまわず愛用の兵隊靴で、足

早に駅へ向かったであろう太宰の姿が目に浮かぶ。

夜帰宅した太宰は背広のまま坐りこんで、出先でのことを語った。ひるま彼を囲んでいた人々はみな散って家の内には三児が寝息をたてているばかりである。

打ち合わせた通り落ち合って、村松氏が本間家へ案内し、太宰と角田町長父子を先生に紹介してくださった。本間先生は演劇通でいらっしゃる。太宰もその方面のことならお話相手がつとまる。一しきり歌舞伎のことで会話がはずんで、そこまではよかった。そのあと先生が金木町の太宰の生家のことを話題に上《のぼ》された。津軽の名門、豪壮な邸宅等、聞き及んで居られたことを先生はおっしゃった。もう津島家のものでないとは、つゆご存じなく、新しいほんとの主《あるじ》の前で——。

工合がわるかった、居たたまれなかったと太宰は泣かんばかりに訴えた。今まで誇るのみだったあの邸のことで、初めてこの日予期せぬ苦汁を嘗めてしょげ返った彼、それは人気作家ならぬ、ひとりの弱い人の子の気の毒な姿であった。

Ⅲ

「女生徒」のこと

「女生徒」は若い女性の愛読者の日記に拠っている。

練馬に住み洋裁教室に通っていたS子さん（大正八年生まれ）は昭和十三年四月三十日から日記を伊東屋の大判ノートブックに書きはじめ、八月八日、余白が無くなったときこれを太宰治宛郵送した。宛名は「虚構の彷徨」（太宰の二番めの著書、昭和十二年新潮社発行）の「著者略歴」に附記されていた「杉並区天沼の碧雲荘方」であった。しかし太宰はその前年碧雲荘を出て鎌滝方に移り、十三年九月から甲州御坂峠、寿館と転居していたので、十四年二月、御崎町の家から上京したとき、ようやくこの日記を入手した。

それはちょうど前からの書下し出版の約束と新しい原稿の依頼とが重なっているときだったから、彼はこの日記を思いがけず得たことを天佑と感じ、早速この日記をもとにして小説を書き始めた。S子さんの日記は走り書きで大変読み辛いが、太宰は一読のもとに「可憐で、魅力的で、高貴でもある」（川端康成氏の「女生徒」評から）魂をさっとつかみとって八十枚の中篇小説に仕立て、傍に在った岩波文庫のフラビエ著「女生徒」から題名を借用して「文学界」の十四年四月号に発表した。

S子さんの日記は春から夏までであるが、太宰の「女生徒」は初夏の一日の朝から夜までで、書き出しと終りの部分は全くS子さんの日記には無い。

そのころ始終遊びに来ていた塩月さんが、所々さしえを描き入れたこの日記や、その後S子さんから届いた手紙（太宰が「俗天使」にとり入れた手紙）を見て、「足長おじさんを連想する」などと言っていたが、そのうちS子さんと結婚したいから世話役をしてくれと言い出した。太宰もまだ本人に会ったことがないので、近くに来たから寄ったていにして、昭和十四年の年末、S子さんの家を訪れた。

翌年早々、太宰は長い書状をS子さんの母堂に送った。

拝啓

酷寒の候となりました。御一家様お変りございませんでしょうか。先日は、突然お寄り申し失礼いたしました。御病気も、もう御全快のことと拝察いたします。いつも御一家の御幸福を祈って居ります。

一友人から結婚のことをたのまれて居るのでございますが、甚だ突然で、失礼の段は幾重にもおわび申し上げます。書生流に、ざっくばらんに申し上げますゆえ、どうかこちらの誠意にめんじておゆるし下さい。その友人は、塩月赳《シオツキタケシ》といって、東京帝大の美学科を出て、いまは日本橋の東洋経済社の編集部につとめて居ります。私と同年の三十二歳でありますが、もちろん初婚ですし、また私どもともちがって、じみな真面目な性格ですから、たぶん童貞なのではないかと存じます。その人が、私のようなものを、以前から信頼して呉れていて、このごろしきりと、お嫁を世話してくれぬかと真剣にたのみますので、私も、「誰か有力な先輩や、また社の上役にでも頼めばいいではないか」と申しましても、「いや、ぜひ君にお願いする。君が、いいという女のひとなら大丈夫だ」と真面目に言うので、私も、慎重に考えていました。人の一生を左右することなのですから、軽々とは引き受けられません。ふと、S子様のことを思い出し、ちっとも御交際せずとも、御令嬢の日記帳やお手紙にて、まじめな御性格、ならびに立派な御家風など、よく私も承知して居りますゆえ、その友人に、（私は、他のひとには、ほとんど誰にも、御令嬢のことなど話したことは無いのですが）友人にだけ、「こういうおかたが在るけれど、どうかしら」とだいたい、私の存じ上げている範囲で御家庭のことを申しましたら、友人はたいへんよろこんで、どうかたのむ、という返事でありました。とにかく私から、それでは御先方へお伺いして見ましょうと私も友人と約束いたしし、ただいま、御母上様に、このように御相談申し上げる次第でございます。もちろん、いますぐ御返事をいただこう等と、そんな失礼な非常識なことは考えて居りませぬ。御母上様とも、段々話合った上、もし縁あらば、という私としては望みなのであります。私、自身御宅へ参上しようかとも存じましたが、はじめから、そんな話を申しては、御一家をいたずらに御困惑おさせ申すだけのことでございましょうし、はじめは、失礼ながら書状を以て申し上げる次第でございます。

もし御母上様に於いて、なおよく事情をお聞き取りになりたい場合は、どうか私を御遠慮なくお呼び下さいまし。塩月君は、先年お母さんになくなられて、お父さんおひとりきりであります。それに、弟さんがひとり居られて、家族は、父、兄、弟、の三人きりで、弟さんは、一昨年京都の帝大の文科を出て、今は満州の中学校の先生をしています。お父さんは、台湾高等学校の絵画の先生を永いことやって居られ、また、台湾美術界の重鎮にて、東京でも度々個展をひらき、一流の芸術家のようであります。もちろん、台湾の人ではありません。本籍は宮崎県とか聞いて居ります。台湾高等学校の生徒間でも、ずいぶん人気のあるおかたのようであります。お父さんの名は塩月善吉といいます。

塩月君は全く自由で、将来も、ずっと東京で永住する筈であります。お父さんも塩月君を信頼してなんでも、まかせています。お父さんからたびたび「早く東京でいいおかたを見つけて結婚せよ、孫の顔を見せて下さい」と手紙がまいります。塩月君は内気で、自分ひとりで見つけに歩くなどできないたちですから、いままで結婚できずにいました。教育者の家庭に育った人ですから、古い固い道徳観を持っていて、浮いた恋愛結婚など、とても、できないようであります。私も、恋愛結婚などよりは、しっかりした日本古来の法に依る結婚が至当と信じますので、その点では、塩月君の心掛けに感心して居ります。

塩月君は、私と芸術の友でもあります。塩月君は私とちがって篤実な、用心深い性質なので、学校もちゃんと出て、就職して、ゆっくり文学をたのしみながら、やって行くつもりのようであります。もうすでに、「薔薇の世紀」という評論集を出版していいます。また、いまは、つとめの余暇に、ゆっくり長篇小説を書いていますが、これが完成したら、すぐ出版するように、すでに出版書房も内定して居ります。出版したら、相当問題になる小説だと信じます。私も塩月君には、いつもつとめをよさずに、ゆっくり書いてゆくことをすすめています。それが最後の勝利の道だと信じられますので。英語とフランス語がかなりよくできる様子で、いまの東洋経済社でも、もっぱら翻訳のほうの仕事をやっているようであります。いろいろ美点もあるのでございますが、どうも、私も、親友をほめるのは、甚だてれくさく、でも、事実はそのまま申さなければなりませんし、ありのままを申し上げました。

ただいまは、荻窪の慶山房アパートという静かな、まかないつきのアパートに住んで居ります。からだも、どこと言って、病気のところは無いようです。性質は素直な、やさしい男です。私のところの愚妻も、「塩月さんは、きっといい旦那さまになります。」と申して居ります。ただ、欠点と申せば、すでに三十二歳ですから、私同様前額部が、禿げ上ってまいりました。でも、禿げ上っている人に、悪人は無いと申します。頭脳を使うので、どうしても皆、髪が薄くなります。それ以外は、なんの欠点もないようです。顔も、（男の顔など、どうでもいいことですが）色が浅黒いけれど、端正な渋い男まえです。

だいたい以上で、重要な点は語りつくしたように存じます。俸給は、いくらもらっているか存じませんが、でも夫婦二人のくらしには困らぬ自信がある様子であります。ただいま会社が休みなので、伊豆、大島を旅行中の様であります。旅が好きなようです。

御宅様に於いても、いろいろ御親戚様に御相談なさらなければ、いけませぬでしょうし、どうぞ御考慮の上、私まで御返事いただけたら、幸甚でございます。

S子様を幸福にしてあげたいと思う心はお母上様も、またさし出たようですが私としても、変りはないと存じますし、私も充分考慮の上のことで、決して、いい加減の、無責任の行動でないのでございますから、どうか、その点は私のようなものでも御信頼いただけたらありがたく存じます。

何ぶん御考慮の上、御返事下さいまし。どうか、御遠慮なく、私になんでもお言いつけ下さいまし。塩月君は、今のところ私に万事一任という形で、御一家様をも、信頼し切って居るようであります。

私も、このようなことは、本当に、ちっとも馴れて居りませぬし、ただざっくばらん、書生流の純粋の誠意をのみ、お伝えできたら、よろこびと存じて居ります。末筆ながら、S子様にもよろしく。悪天候ゆえ、お身お大切に。　太宰　治

（五枚の便箋にペン書、宛名は和紙の二重封筒に毛筆楷書　一月十日付）

それからこんどは母堂が三鷹のわが家に偵察に見え、三月某日、小金井の母堂の友人O家で、見合の運びとなった。

太宰はO家の座敷に通るや床の間の書の軸を、「いいですね」と言って、しばらく立って見ていた。第三者だから、余裕十分である。S子さんは秋田八丈の袷に、紫地の小紋の羽織を重ねていた。

塩月さんは見合の帰りに、三鷹に寄って、S子さんの体格がよすぎることを理由に、この話は断わりたいと言って、大変落胆のていであった。

S子さんの方は、塩月さんがおとなしい人柄に見えて好感を持ったのだが、母堂が、「芳兵衛物語」という映画を観て、小説家は結婚相手として好ましくないという意見を出

して、この縁談は不成立に終った。これは母堂がS子さんを傷つけまいとして、そのようにとりなされたのだと思う。S子さんの方が塩月さんよりも数センチ背が高かった。

塩月さんは、その後北京に渡り、昭和十八年の四月、紹介者はM氏であるが、仲人役は太宰がつとめて結婚した。「佳日」は、この結婚を題材にしている。

S子さんに太宰という一作家のことを知らせ、読ませたのは従兄のG氏である。G氏とS子さんとは太宰の著書（昭和十二年以前の）を共に読み、熱心に太宰について語り合った。おふたりとも太宰の初期の愛読者であったわけである。塩月さんとの縁談の前であるがG氏がS子さんに結婚の申込をした。母堂はG氏が酒のみで品行必ずしも方正とは言えないという理由で反対され、S子さんはその後太宰とも文学とも全く無縁の人と結婚した。

「右大臣実朝」と「鶴岡」

小説「鉄面皮」に、「実朝を書きたいというのは、少年の頃からの念願であったようで、その日頃の願いが、いまどうやら叶いそうになって来たのだから、私もなかなか仕合せな男だ」と太宰が書いている。実朝を書きたい願望を持ちつづけながら、それまで（昭和十七年秋）執筆をためらわせていた理由に、実朝が歴史上の人物であるということがあったのではないだろうか。

主観のかたまりのような人で、またことさら意識して、「自我の塔」をうち樹てようとした太宰であるが、史実を無視して実朝を書くわけにはいかなかった。

「――その願いが、いまどうやら叶いそうになって――」というのは、まるで天から授かったように、実朝を書くのに絶好のテキストを与えられ、「これがあれば書ける、書こう！」といさみ立って、執筆を決意したことを表わしている。それが「鶴岡」臨時増刊源実朝号（昭和十七年八月九日、鶴岡八幡宮社務所発行）である。同年八月十九日付、戸石泰一氏宛に「――ことしの秋は、例年になく大事な秋のような予感がする。『実朝』も、いよいよことしの秋からはじまる予定――」と書き送ったのは、この「鶴岡」を入手して、間もなくのことと思う。

実朝生誕七百五十年を記念して、鶴岡八幡宮社務所と鎌倉文化連盟の協賛で、昭和十七年、実朝の誕生日に当たる八月九日に、盛大に実朝祭が挙行された。祭のメーンイヴェントは、八幡宮境内に建立された歌碑の除幕式で、続いて、奉納芸能や講演会（講師として史料編纂所長龍　粛《りょうすすむ》氏の名が挙げられている）などが催された。この実朝祭に参列する人々や八幡宮に詣でる人々に、実朝の史実や和歌について知らせ、今後、研究を志すものに手引を与えたい、という目的で、編集発行されたのが、本誌で、編集後記に「この記念号は大衆向のものである」とあるが内容は大変充実している。

編集後記の一節を引用すると、「実朝研究の本は坊間《ぼうかん》なかなか手に入れ難い。金槐集すら新たに入手することが困難なのが今日の実情である。（中略）一般大衆諸士が、この薄くはあるが、常識的知識を洩れなく盛りこんだ、小冊子によって便宜を得られるように望んでやまない」。この百二十六頁の冊子によって、最大の便宜を得たのは三鷹の太宰治である。この冊子の内容のうち、「源実朝年譜」は、太宰がこれに欠けている公暁のことなどを補って書き入れしたり、〇印をつけたり、インクをこぼしたりなどしていて、「右大臣実朝」構成上の骨子として、この年譜を執筆中役立てたことが歴然としている。「吾妻鏡」から実朝関係の年譜をひろい出して作製するのは容易なことではない。

次に、「鶴岡」の「源実朝関係主要文献」（史料編纂官相田二郎氏編）は「大日本史料」からの抜萃であるが、「吾妻鏡」に拠る実朝関係の史料は、実朝年譜と重複するので削除して、「大日本史料」に採録されていない多くの古文書や、文献が収めてあって、国史専攻の研究者以外のものには最も尊重すべき資料である。

太宰がこの「主要文献」によって、「吾妻鏡」以外の古文書から引用した一例を挙げると、元久元年、藤原信清の女が（実朝の御台所となるべく）京都を進発したときの記述は、「明月記」の抜萃が、「――泣尋沙塞、出家郷歟」と原文のまま、「鶴岡」の「主要文献」に採録してあるのを、「――けれども花嫁さまの御輿から幽かに、すすり泣きのお声のもれたのを――」と太宰が意訳したのであって、他にもこのような箇所がある。

「鶴岡」の編集には行き届いた配慮がみられ、史実をふまえ、しかも鎌倉で編集されただけに、実朝とその歌を慕う情熱に充ちている。この無二のガイドブックから、太宰が受けた便宜は多大であった。

次に、太宰にとって大変幸運であったことは、「龍粛訳注『吾妻鏡』」の第四巻までが岩波文庫本で既に刊行されていたことである。「吾妻鏡」を仮名交じり文に訳した本の刊行は、あるいはこれが嚆矢《こうし》ではないだろうか。鎌倉史の権威、龍氏のこの御労作は昭和十四年に巻一、十五年に巻二と三が刊行され、一年近く経って、実朝に関する記述の主要部を含む第四巻が、十六年十一月末（太宰が実朝執筆を決意した一年前）に刊行されていた。用紙難のためか、他の事情からか、上記のように、「訳注吾妻鏡」の刊行は、次第に間延びの傾向になっていて、第五巻は実朝歿後の記述であるが、昭和十九年に漸く刊行されている。もし、この「訳注吾妻鏡」第四巻までが入手できなかったら、「吾妻鏡」を原文で読むほかなかったのではなかろうか。まず「鶴岡」を得、次に「訳注吾妻鏡」第四巻までを岩波文庫本で求めて、これで根本的な資料は揃ったわけである。

この「鶴岡」は、どうして、いつ、太宰のところに舞いこんだのだろう。私は大阪に本社のある錦城出版社の東京支配人、大坪草二郎氏が提供してくださったのだと考えている。

同社からは、「正義と微笑」を書きおろしで出版していただいた。その交渉に大坪氏が三鷹に見えたのが最初で、十七年の六月「正義と微笑」が上梓されたあと大坪氏はもう一冊、書きおろし長篇を出すことを太宰にすすめてくださった。

太宰は実朝を書きたい宿望を持っていること、しかし、資料蒐めが困難で執筆にとりかかれないでいることを語った。大坪氏はある短歌雑誌の主宰者であり、八月九日の実朝祭に列席し、「鶴岡」を持っておられたので、これを太宰に贈られた。

大坪氏はいつも羽織袴の和装で、私は国士風の印象を受けた。また大坪氏には史伝のご著述があった。それで一層親身《しんみ》になってよい手引書を贈って、太宰の実朝執筆の始動に、力を貸してくださったのでもあろう。

同社は印税に関する条件でも、申し分なかった。前払もしてもらったように記憶する。条件が揃った。あとは書くばかりである。しかし、これがなかなか難航であった。実朝一本に絞るために、約束した新年号の短篇いくつかを書き上げて、三保園に資料を持って出発したあとに、次兄からの母の危篤を伝える電報が届いたので、太宰はその日三鷹へ引き返し郷里に急行した。母の見舞と葬式と法事のために、十月から翌年三月までの間に三回、津軽との間を往復しなければならなかった。「実朝」は三鷹と甲府で書いた。三鷹のわが家に、「実朝」であけくれた「実朝時代」とでもいうべき時期があった。一本気の人だから、寝ても覚めても「実朝」で頭がいっぱいになってしまうのである。実朝の年譜から、実朝が自分と同じく母の妹に育てられたこと、頼朝が父源右衛門と同じ五十三歳で薨じたことを知って、暗示にかかり易い太宰は、宿命的なものを感じ、実朝が乗りうつったかのようになって、つっ立ったまま、「大日の種子《しゅじ》より出でてさまや形さまやぎやう又尊形となる」、「ほのほのみ虚空にみてるあびぢごくゆくゑもなしといふもはかなし」など、実朝の和歌を口誦さんでいる姿は無気味であった。参考文献や書きかけの原稿の一節を朗読して聞かせたこともある。

十七年の夏に決意して、ようやく翌年の三月末に、三百枚を脱稿するまで、大坪氏と女子社員の米田さんとが、かわるがわる、三鷹を訪れて作者の肩をほぐし、油をさすような感じで激励してくださった。

「右大臣実朝」は、十八年九月に刊行された。「正義と微笑」と同じ、藤田嗣治の桜花の枝の画の装幀で、国粋的な感じである。錦城出版社にそのような傾向があったか否か知らないが、当時としては、用紙の割当も潤沢であったと見えて、「実朝」の初版は一万五千部であった（「正義と微笑」は一万部）。それ迄千部台にとどまっていたのに、この数字は著者にとっては嬉しい驚きであった。

「右大臣実朝」に太宰は実朝の和歌を片仮名で入れているが、平仮名を片仮名に変えただけでなく、あるいは漢字を片仮名に、平仮名を漢字に直して、諸伝本のどれにもない自己流の表記をしている。その道の専門家の意向を無視しても、「太宰の実朝」を書き表わしたかったのであろうか、と思うものの「波」を「浪」と、「浪」を「波」とことさら変えて書いているなど、変更のための変更のような感じを受ける。

「訳注吾妻鏡」はもちろん龍博士の原文からそのまま引用させて頂いている。けれども他の作品でも資料からその一部を引用するに当たって、本意は変えないまでも、多かれ少なかれ自己流に表現を変えて引用し、機械のようにそのまま写さない。これが太宰の性癖の一つであった。原文が気に入らない文章なので、引用するとき知らず知らず直して書いた場合もあるだろう。しかし「右大臣実朝」に入れた金槐和歌集の和歌の表記について上記のように太宰流に書き改めたことは、どう考えたらよいのか、真意が不可解である。

「新釈諸国噺」の原典

太宰が「新釈諸国噺」を書くときに拠ったのは、「日本古典文学全集」の「西鶴全集」である（全十一巻、大正十五年から昭和三年に亘って、其全集刊行会から刊行）。

この全集の編纂、校閲には、与謝野寛、同晶子ご夫妻、正宗敦夫氏が当たり、解題によれば、稀覯《きこう》本に属する西鶴の著作の原板を底本とし、原板初摺の体裁を伝えることを目標として、西鶴独特の用字例を生かし、西鶴自筆の題簽、自序の版下、挿画も、できるだけ収載したとのことで、貴重な原本のおもむきを十分伝えている。しかも、扱い易い袖珍《しゅうちん》本である。布装と紙装とあったが、太宰の拠ったのは、蘇枋《すおう》色に、伝統的な有職《ゆうそく》文様を配した紙装本で、彼がこの「西鶴全集」から受けた恩恵、この良書を選んだ幸運は大きかったと思う。

「新釈諸国噺」の目次に、太宰の選んだ西鶴の著作と、それを刊行したときの西鶴の年齢とが順次配列されているが、これは右の「西鶴全集」巻一の「解題」（与謝野寛氏）から、一部借用したのである。但し、太宰は必ずしも西鶴の一篇から、新釈の一篇を生み出してはいない。対照すればすぐわかることであるが、題材も西鶴本のあちこちからとり、実朝や西行の歌を入れているかと思えば、でたらめ歌を入れ、「東遊記」からとった題材を入れるなど、自由奔放に太宰流を発揮している。

「西鶴全集」の第九「一目玉鉾」の解題（正宗敦夫氏）に、「——宗祇なぞは面倒でも一々名所の歌の出典を明記したが、西鶴は浮世草子の作者ほどあって出鱈目で有る。其の処の歌でも無いのを名が同じければ其処へ引いて来ると言うような乱暴を平気でやって居る。出典を掲げるのは骨が折れるから一つも掲げて無い。——中略——西鶴は江戸へは行った事が有るので有ろうか、——案外記憶が荒いから大阪近辺から余り離れなかったかも知れぬ——後略」とあるのを読むと、元禄の西鶴と昭和の才人との間に、いくつかの共通点がありそうに思われる。

太宰は「諸国噺」の凡例で、西鶴を世界一の作家としているが、西鶴の著作の中には本文、題簽、奥附等の文字から挿画の版下まで西鶴自身やってのけているものがあり、それを忠実に収載しているこの「西鶴全集」で接しては、太宰も脱帽しないわけにいかなかったろう。太宰は凡例で、年齢と東北生まれであることとをハンディキャップとして挙げている。

（昭和十九年、太宰は「諸国噺」を雑誌に発表する一方、五月には「津軽」取材の旅に出て蟹田の中村貞次郎氏宅に滞在中短篇を執筆し、その原稿を満州に送ったことが、中村氏の回想記にある。

「創作年表」に、《十九年》八月号、小説《奇縁》ますらを　二十《枚》とあって、本文不明のまま今日に至っているのが、それである。私はこれもあるいは「諸国噺」の一篇で、のちに「奇縁」を「遊興戒」と改題、書き直したのではないかと憶測している。）

十二篇のうち最初に書いたのが「裸川」（「新潮」昭和十九年一月号）で、「義理」と「貧の意地」「人魚の海」「女賊」以上五篇は雑誌に発表し、残る七篇は書下しで「新釈諸国噺」二百五十枚が十月中旬完成して生活社に渡した。この十九年の五、六、七、三ヵ月は「津軽」の執筆に専ら当っていたからこの時期を除いて、一篇ずつ書いていったものと思う。

　生活社から刊行する約束ははじめからあったのではなく、六月上旬、同社の林氏との間できまったことで、翌年の一月末、初版が上梓された。生活社は文芸専門の出版社ではなかったが、装幀も巧みで、売行もよく、終戦前、太宰の著書の中で、一番版を重ねた。

「惜別」と仙台行

日本文学報国会は、昭和十八年十一月、帝国議会議事堂で開かれた大東亜会議で顕示された、大東亜五大宣言の五原則の文学作品化を企図し、十九年二月三日、執筆希望者を集めて説明会を行なった。伊藤佐喜雄氏著「日本浪曼派」から引用させていただくと、「――その説明会が行なわれるというので、定刻ごろ会場へいってみると、すでに大勢の作家たちが会場に詰めかけていたが、講習会用らしい机に頰杖をついて、講習会用らしい椅子に窮屈そうに腰かけていた太宰治が、『伊藤君、ここが空いてるよ』と、彼にはめずらしいくらいの大声で呼んで、手招きした。私は太宰の隣の空いている椅子にすわった。するると、白井喬二氏の説明が始まってから、つまり、いちばんの遅刻者として、川端先生の姿が現われた。先生はちらと私たちを見てから、にやっとされて、どこかの席に坐られた。結局、その日出席した五十人ほどの作家が、筋書を提出して、その中から五人が選ばれるということになった。私も筋書を提出したが、選ばれなかった。太宰は選ばれて『惜別』という小説を書いた。——」

執筆希望者が多数あったのは、資料蒐めや調査について、紹介状、切符の入手等で便宜が与えられる上に、印税支払、用紙割当等でも、当時としては大変好条件を約束されたからであろう。『惜別』の意図」と題する五枚の原稿が遺っている。これが伊藤氏の文中の「筋書」に当たるらしく、その原稿の欄外には、五大宣言の中の「第二項、独立親和」「附、三項、文化昂揚」と記入してある。

題は「支那の人」「清国留学生」と書いて抹消してあり、迷った末「惜別」と決めたようである。

右の「『惜別』の意図」を日本文学報国会に提出してから、一年近く経って十九年の年末に「独立親和」の原則を小説化して「惜別」を書くことを正式に依嘱された太宰は「惜別」取材のため、十二月下旬弁当持ちで内閣情報局に行って紹介状などを入手したのち二十日夜仙台に向かった。仙台での取材に力をかしてくださった河北新報社の村上辰雄、宮崎泰二郎、川井昌平諸氏の回想記によると、太宰は同社出版部の片隅で貸してもらった「河北新報」の明治三十七、八年の綴込《とじこみ》を机の上に順序立てて積み上げてメモをとった。寒そうに背中を丸めて三日間午前午後ぶっ通しでその仕事を続け、早仕舞した日には村上氏に案内していただいて東北帝大医学部の加藤豊治郎博士に、医学部の前身の仙台医専についての話を伺い、また仙台の町を歩いて昔を偲んだ。魯迅が下宿していた片平丁の監獄の向かいの差入れ弁当屋にも行った。四十年の星霜は、ありし日の姿をすっかり変えてはいたが、目ぼしい考証は怠りなく実地に当たることができたとのことである。説明しながら描いてくださったらしい社名入りのザラ紙に鉛筆描きの案内図二枚がそのときの諸氏のご厚志を伝えている。ほかに仙台で入手したらしい仙台市の地図二枚と松島遊覧案内とが遺っている。

大変好意を以て迎えていただき、便宜を計ってもらったのだが、川井氏の「酒の太宰治」によると、夜太宰は大酔し、むしろ悪酔して荒れた様子である。

馴れぬ土地で、初めての人たちと酒をのむときは、とかく歯車がうまく合わないたちで、このときもそうだったらしい。

「河北新報」の綴込から太宰がとったメモ（二百字詰原稿用紙十五枚）は「周さん」が留学していた当時の主要な報道を拾う一方、仙台の世相、風俗、市井雑事など、小説の背景となり、雰囲気を出す記事を蒐めたのであって、まず目につくのが、日露戦争の戦況、とくに仙台第二師団の出征、活躍、戦勝祝賀の催し、ロシア俘虜のことなど。

仙台医専に関する記事は、明治三十七年九月十二日入学式挙行、運動会、音楽会、解剖祭の催し、学年試験、卒業試問の報道などがメモに散見している。

新聞の広告や社会記事からは、劇場や寄席の名と、だしもの、流行のリボンや履物、そば屋、洋食屋、教会の名などを丹念に拾っている。

「昨年中はあまりに御無沙汰致し候処——」に始まる慰問文は、そのまま新聞記事からとっている。一方、メモしながら、全く利用しなかった記事も見受けられる。

このメモのうちの二枚と、原稿用紙綴の裏表紙とに、細字で、「惜別」の構成の案をかきこんでいる。これが「『惜別』ノート」というべきものであろう。

「惜別」の中に「緑線を附けた医専の角帽」、「音楽隊の帽子に似ている」などとあるが、この制帽のことは新聞からのメモにはなく、加藤教授から聞いたのではなかろうか。昭和十九年には周さんと同時に入学した人は六十歳位の筈で、探し出して取材することもできたはずであるが、その点は不明である。松島には行ったか否かも不明である。

仙台には十二月二十一日の朝着き、二十五日の朝仙台発、夜帰宅している。

富山で、「周さん」の歌う「雲」と、「仰げば尊し」は自宅に在った「小学唱歌集第三編」（明治十七年発行）の復刻本からとった。

年が明けて、昭和二十年は終戦の年である。「惜別」二百三十七枚は、この年二月末に完成した。空襲警報におびえて、壕を出たり入ったり、日々の糧にも、酒、煙草にも不自由し、小さなこたつで、凍える指先をあたためながらの労作であった。

三月末に、私と二児とが私の実家に疎開したのであるが、このとき太宰は、私の名前で郵便貯金通帳を作り、千円という私がかつて持ったことのない預金を入れて持たせてくれた。これが「惜別」の印税であったと記憶しているから、原稿とほとんどひきかえに支払われたのであろうか。

「惜別」は太宰の好きな言葉の一つであった。今日、会った人でも、お互い明日の命の知れぬ時勢であったから、この言葉は切実に響いた。太宰は昭和十九年から、二十年頃の「惜別」時代に、東京を去って地方に疎開する知友に、写真の裏に「惜別　太宰治」と記して贈った。

「パンドラの匣」が生まれるまで

「パンドラの匣《はこ》」は一愛読者の遺した日記の一部に拠って書いた小説だが、その愛読者木村庄助さんが日記を書いてから、太宰の「パンドラの匣」が世に出るまで長い年月が経っていて他の太宰の長篇の場合と異なるので、その経過のあらましを伝えたいと思う。

昭和十五年七月、京都府綴喜《つづき》郡青谷村の自宅の離れ家で療養中の木村庄助さん(大正十年(一九二一年)生まれ)は長文の「太宰への手紙」を二度に分けて太宰宛送った。八月『晩年』の『葉』で読んだから」と手紙を添えて宇治茶一鑵を送った。木村さんは茶問屋の長男である。

太宰の返信ははがき三通で、それには今後五年間自重の生活を送るよう、その後文学上のつきあいをすることを約束する、物を送ってはいけないとあった。

十月木村さんは太宰に「創生記」という作品の有ることを知ったが、それ迄に入手した太宰の著作集八部の中には入っていないので著者に問い合わせたいと思ったが、本名では工合がわるいので近くに住む知人松田登氏の名と所書きとを借りて手紙を出した。太宰は同一人物とは気がつかないらしかった。

太宰の返信はいつも簡単な走り書きであった上、五年後に会おうとつき放されて、木村さんはこれからは朝夕太宰を思い、太宰に話しかけるつもりで日記を書いてゆこう、それを生き甲斐にしようと考え、病床でこまごまと日記を書きつづけていった。

三年後の昭和十八年七月、太宰は木村さんの父君から木村さんの訃報と、遺志によって送られた「太宰を思う」（「善蔵を思う」にちなんだ題名）日記十冊ほどを受けとった。

この日記の大部分を占めるのは、二十歳にして不治の病（とされていた）の結核のため廃人同様となった若者の心身の苦悩と、太宰を発見して太宰に芸術的血縁を感じ、それ以後、太宰に救いを求める熱情である。美しい字でびっしり書きこんだ日記は読む人の心をうつ。しかし太宰は重苦しい告白や一途な呼びかけには目を背《そむ》け、明るい軽妙なタッチで、木村さんが一時期を送った療養所の生活に焦点を当てて長篇「雲雀の声」二百枚を書いて、十八年十月末に脱稿した。

木村さんの数年に亘る療養生活中「健康道場」という一風変わった生駒山中腹の療養所には四ヵ月入っていただけである。療養所の日課や、療養者同士、あだ名で呼び合うなどは太宰がとり入れているが、形をかりているだけのようである。

木村さんは療養所入所中は病状もよく、あまり太宰を読まず、思わず、療養仲間や若い女性補導員たちとの間の人間関係や交情に気を奪われてむしろ明るい日々を送っていた様子であるが、帰宅後また病状が悪化したらしい。

太宰の「雲雀の声」は小山書店から書下しで刊行される予定だったが、出版許可が容易におりず発行が延引しているうち、発行間際の十九年十二月、印刷工場が戦禍に遭い、印刷中の「雲雀の声」の原稿も焼失した。

これより約一年前、東宝のプロデューサー山下良三氏は太宰の「佳日」(「改造」昭和十九年一月号)を読んで、その映画化を企画し、十九年正月匆々、太宰を訪れて話をとり決め、その後その映画製作の進行に伴い、太宰と交渉を持ち、彼の身辺と新作とに注目していた。太宰は山下氏に「雲雀の声」の発刊予定のことを話し、三鷹の自宅に届けられていた校正刷を山下氏に渡した。

原稿焼失後、この校正刷は貴重なものとなったので、二十年五月甲府から太宰は山下氏にそれを書留で送るか、さもなければ大切に保管してほしいと頼んだ。山下氏は六月甲府にこの校正刷を持参して太宰に手渡した。間もなく太宰は罹災したが、この校正刷はほかの書きかけの原稿などと共に太宰が持ち出して無事だった。太宰はその後甲府から郷里の津軽に再疎開した。

終戦後の九月、太宰が郷里に移って一ヵ月余経った頃、河北新報社出版局長村上辰雄氏が太宰を訪れて、新聞連載小説を依頼した。村上氏には前年末「惜別」取材の仙台行のとき厄介になっていた。新聞連載は初めてであるが、太宰は戦災を免れていま手もとに眠っている「雲雀の声」（の校正刷）を活用することを考えてその申入れを即諾し、「パンドラの匣」と改題し、内容も敗戦後のことに書き改めて原稿を送り、十月二十二日から連載が始まった。「河北新報」と同時に青森県下の地方紙「東奥日報」にも連載された。

新聞小説の原稿は〆切ギリギリに届くのが普通であるのに太宰は原稿を八十枚ずつ十日毎に前後三回で送り届けて河北新報社の方々や挿画担当の画伯を驚かせた（村上辰雄氏『パンドラの匣』誕生」に拠る）。同紙連載は翌二十一年一月七日で終り、同年六月河北新報社から単行本として刊行されたのが、「パンドラの匣」の初版である。

太宰と木村さんの間に交信があったのは、前記のように昭和十五年夏のことで、木村さんが健康道場に入ったのは一年後の昭和十六年夏である。太宰がこの健康道場での木村さんの日記に拠って書いた「パンドラの匣」が世に出るまでにこのような経緯があった。

「パンドラの匣」と、木村さんの日記とを読み合わせてみると、この小説の主人公「ひばり」や「竹さん」その他は、ヒントを得ているにせよ、太宰の作り上げた人物像である。

Ⅳ

「奥の奥」

全集第十巻に「『二十世紀旗手』断片」と題して収録されている、生前未発表の原稿断片は「改造」に発表された「二十世紀旗手」の一部、「七唱　わが日わが夢」——東京帝国大学内部、秘中の秘——(内容三十枚。全文省略)とある、その省略された三十枚の一部と推測されている。けれども執筆、成立の過程から言うと、この断片は「二十世紀旗手」の一部として書いたのではなく、本来全く別の雑誌の注文で書いた原稿が採用されず手もとに残っていて、その原稿につづいて執筆した「二十世紀旗手」の七唱に、題だけを入れてその内容は暗示するにとどめ、六唱、八唱にその売れなかった原稿にまつわる太宰と編集部との応酬を入れたのではないだろうか。偶発的に新しい一つの旋律が加わって、前から抱いていた他の二つの旋律とない交ぜられることになったのだと思う。

その別の雑誌というのは「奥の奥」という大衆雑誌で、

「——婦人画報社の『奥の奥』なるものより、おかしな註文来た。どんなものかね？　へんだね。――」（昭和十一年八月二十二日付、小館善四郎氏宛書簡）とあるのは「奥の奥」から原稿註文がきてすぐあとの水上温泉からの発信である。「――小説かきたくて、うずうずしていながら、注文ない、およそ信じられぬ現実。『裏の裏』などの註文、まさしく慈雨の思い、かいて、幾度となく、むだ足、そうして原稿つきかえされた。――」（同年九月十九日付、井伏鱒二氏宛書簡）

これは、「奥の奥」などにと思いつつも、稿料欲しさに書いて社に持参し、一度ならずむだ足した情無さを訴えているのである。「秘中の秘」「奥の奥」「裏の裏」同じ雑誌をさしている。

「奥の奥」は東京社（芝区南佐久間町）発行の雑誌で、昭和十一年九月二日付朝日新聞紙上に載っているその広告文には、

「本日発売、十月号、三十四銭、面白い面白い面白ずくめの大雑誌」としてあって、並べて書いてある記事の題目をみると、エロ、グロを売り物の面白くて安いという、低俗な雑誌で、これが婦人雑誌中最高級といわれた「婦人画報」と同じ社からの刊行物とは意外な感じである。小館氏宛の書簡に、「おかしな註文来た。どんなものかね？　へんだね」とあるのもそのためである。広告によると同誌十月号に「チャッカリ学生早大の巻」、十一月号に「若き血に燃ゆるもの（慶大の巻）」という読み物が載っているので、もし太宰の原稿が採用されていたら、「東京帝大の巻」が載るところであったが、幸か不幸か採用さ

れなかった。

昭和十一年は残暑が例年になくきびしく新聞記事になっているほどで、八月水上温泉に滞在してかえって体工合わるくなって帰り、衰弱した身体で炎天下、黄塵にまみれて、つき返された原稿を懐中によろめきつつ歩いた屈辱の体験は、太宰としては報復的に書かずにおれなかったであろう（編集子にも正当な理由があって返したのではあるが）。中毒症の昂じた時期のことで、断片の原稿の字も大変乱れている。伊藤佐喜雄氏が「日本浪曼派」で太宰の病中の原稿について書いておられることが思い合わされる。

「――私は、太宰がこれから持ち込もうとする小説原稿をぱらぱらめくってみた。『虚構の春』千羽鶴が舞うあたりで、原稿の文字も舞いおどり、大きく枡目からはみ出していた。このへんでパビナールが切れたのだなと私は思った。――」

全集第十巻収録の「『二十世紀旗手』断片」はＡＢＣ三片に分れている。ＡＢＣ同じところに保管されていて歿後同時にとり出されて、同じ題目のもとに、原稿用紙につけた番号順に収載されたもので、同じころの執筆と思われる。

Ａは原稿用紙の五行目の中ほどまで書いてあとは空白だから反古《ほご》とみなされる。

Ｂは原稿用紙二十枚目から二十三枚目まで。

Cは三十五枚目から五十四枚目までで二十枚。

書体から推察すると、BCはつづいていたのが、その中間と書き出しの部分が失われたもののようである。

Cの最後の「啾啾のしのび泣きの声」は五十四枚目の最後の枡までうめて書かれていて句読点がついていないので、次の五十五枚目以下に続いていたこと、従ってこの原稿が五十五枚（四百字詰なら二十八枚）以上在ったことが推定できる。

旧稿

書斎の床の間の右寄りにリンゴの空箱を利用して作った整理棚が置いてあった。職業柄寄贈していただく本や雑誌、各地から届く同人雑誌はかなりの数に上り、全く文学と無縁と思われる業界新聞や雑誌まで届くのでこれらの印刷物を整理するために、リンゴの空箱を利用することを思いついて、新聞紙を下貼りした上に古原稿と原稿の反古とをとり交ぜて貼った。

太宰は書き損じの原稿を屑籠に破り棄てることをしないので、甲府時代からの古い反古がたまっていた。その反古と三鷹にきてから出た新しい反古を交ぜて貼り、それだけでは足りないので太宰に乞うて不要になった古原稿をもらって、裏の白い方を表にして障子張り用の刷毛《はけ》で木箱の内外に貼った。原稿用紙のサイズが木箱と合って貼りやすく、二つ横に重ねて置いて前面に塩月さんの北京土産の青地の縞木綿をかけたら廃物利用には見えず、机のまわりや床の間がよく片づくようになった。同じようにしてあとふたつ棚を作った。大分もう紙でも布でも不足になってきた頃のことである。

　太宰の歿後、そのリンゴ箱に著書を入れて引越し、移転後は積み重ねて書棚として使っていた。上貼りに使った古原稿と反古のことは少なからず気にかかっていたが、実際に剝がしたのは歿後十年以上も経ってからである。原稿のアテナインクが水に数時間浸しても流れず滲まず、剝がしてゆくのに助かった。当時の原稿用紙はいまのＢ４より大きく美濃紙大であった。もう一字も新しく原稿用紙に書かれた字を読むことは出来ないのだと思いながら、私はリンゴ箱から剝がした大小いくつかの断片を新しい美濃紙の上に置いて復原していった。


　剝がした古い反古の中に、二百七（四百字詰なら百四）と番号打った「火の鳥」の反古があった。「火の鳥」は百二枚で中絶しているから、書き続けようと試みて中止した反古である。

　二百字詰原稿用紙の前半五行分空けて六行目から次のように書かれている。

「作者は、須々木乙彦に就いて語らなければならぬ。それが順序だ。須々木乙彦は、徹頭徹尾、むかしの男である。最後のロマンチストである。須々木乙彦の顔をつくづく見ていると、きっと明治維新の誰かの顔を思い出す」

このほか貼り交ぜた反古は、昭和十四、五年に執筆した小説や随筆の反古で、そのうちの「老《アルト》ハイデルベルヒ」の反古をよく見たら私が筆記したペン字であった。四十六と番号打った結末の一枚の書き損じで「この世で一ばんしょげてしまいました」と書くべきところを、「いちばんしょげてしまいしました」と書き誤ったために反古になったので、「しまいしました」は、「しまい」の「しま」につられた誤りであるが、「いちばん」の方は、一はいちと書く方がよいのかと思って、「いちばん」と書いたのがいけなかったのだった。

リンゴ箱に貼ってのちに剝がした三つの小説の断片は、「懶惰《らんだ》の歌留多」「花燭」「古典風」の、それぞれ「原型とみられる草稿の断片」として全集第十巻に収録された。剝がすまでの過程で汚損、散佚《さんいつ》した部分も多いことと思う。「原型とみられる草稿の断片」と、生前発表された三篇とを、印刷された紙上で対比することは容易であるが、断片ながら肉筆草稿を剝がしたり復原したりして扱っているうちに気がついたことなどを次に記したい。

(以下、妥当な用語ではないかもしれないが、便宜上リンゴ箱に貼った原型を旧稿、生前これを改作して発表した方を新稿とする。)

まず「懶惰の歌留多」と「古典風」の題名と枚数について。

旧稿の題名の部分は両方とも散佚しているが、太宰の遺した創作年表の昭和十二年の年末に次の記載がある。

「発表　創作」
「悖徳《はいとく》の歌留多」　「文芸春秋」二十一
（佐佐木茂索）
「貴族風」　「新潮」　三十四
（楢崎　勤）

と並べて横書し、色の違うインクで抹消してある。多分書き改めて発表してから抹消したのであろう。

二十一、三十四はそれぞれの原稿の枚数で、この記載によって「懶惰の歌留多」と「古典風」のもとの題と枚数を知ることができる。

「懶惰の歌留多」では、旧稿の二十一枚が新稿では三十五枚にふえている。まず旧稿では前置きがなくすぐ「い、生くることにも――」と書き出しているのに、新稿ではその前に九枚余の前置きを書き足している。全文では十何枚増加した。自然に増加したというより「文芸」編集部からの注文に沿うために意識して増したのであろう。

「る、流転輪廻」の項に「きょうはすでに三月二日である」とあり、その前に記してある、或る帝大教授の起訴に関する記事の載った新聞は昭和十四年二月二十四日付であることから、二月下旬書き改めて三月初め脱稿したと思われる。

(右の「或る帝大教授」とは経済学部の河合栄治郎氏をさし、太宰は「『二十世紀旗手』断片」にも、河合氏に触れている。昭和一桁代の学生は左か右か、思想の嵐の吹きすさぶ中にいた。左翼学生の間で河合教授は御用学者、反動の自由主義者とみなされていた。その人が昭和十年代に入ると、反動どころか危険人物視されて著書は発禁処分を受け、休職させられ、十四年二月末、ついに起訴されたのだから、かつての左翼学生太宰は、時局の移り変わりと当局の思想弾圧のきびしさをひしひしと感じたに違いない。)

「懶惰の歌留多」は長年、作者が構想を抱き続けてきた小説で、その経過を随筆や書簡で辿ることができるのであるが、太宰はオリジナルな思想を、哲学を、歌留多の形式で小説に書きたいと構想をねり、題も「浪曼歌留多」「朝の歌留多」などと考えた末に「悖徳の歌留多」と決めて昭和十二年末に脱稿した。そしてこの思想も形式もユニークな小説を、ぜひ「文芸春秋」で発表したいと望んだことは、昭和十一年、第一回芥川賞候補作家の太宰としては当然であったけれども、これはかなえられなかった。そしてその旧稿は昭和十四年春まで筐底《きょうてい》に眠ることになるのだが、創作年表記載の佐佐木茂索氏と太宰との間に、「悖徳の歌留多」の原稿をめぐって、どんな交渉があったかは不明である。

旧稿の執筆の時期は、創作年表の昭和十二年の十月と十二月の間に記載されていて、インクの色、書体などから、この記載通りの時期に、荻窪の下宿鎌滝方で執筆したと考えられる。
いろはかるたに親しんだ幼少の頃、この小説の発想が芽ばえたとすると、その後長い間、胸中であたためていて、ようやく昭和十二年の年末、二十代の終り近くなって「悖徳の歌留多」と題して脱稿したものの、採用されず、悪評と沈滞の底から立ち上がり、昭和十四年二月、甲府市御崎町で「文芸」に発表するために書き改めるさいには、題を変え、内容の一部も改めなくては発表できないほど、時局は軍事色を増していた。作者にとってかくべつ感慨深い作品であったろう。

「貴族風」も鎌滝時代の旧作で未発表のまましまってあったのを昭和十五年「知性」六月号の注文に応ずるため、とり出して書き改めたのである。書き改めた当時の書き出しの部分の反古が四枚残っているが、題はみな「貴族風」となっていて、副題をあれこれと思案して迷い、副題がきまり、次に題を「古典風」と改めたらしい。本文は構成を換え、用語を改めているが総枚数は新旧同じで、大きい改作はされなかったようである。十五年春ごろには原稿依頼が増加して、著書も次々刊行され、昭和十二、三年頃とは一変した状況になっていた。六月号への原稿依頼は連載の「女の決闘」も含めて小説が四篇、ほかに随筆が四篇、とうてい全部を引き受けることは出来ないから、ことわったものもあり、「知性」に旧稿を書き改めて送ったのが「古典風」である。

三つの旧稿のうち「花燭」については創作年表に全く記載がなく、旧稿の枚数も執筆の時期、発表しようとした雑誌も不明である。

旧稿は二百字詰原稿用紙を使っているが、四百字詰に換算して二十七枚半までが残り、あとは散佚している。

枚数については、旧稿の書き出しには章分けの「一」が入っていないところから、旧稿は新稿のように、三章に分れていないこと、従って改作に当たって枚数を増したことが推測される。私は旧稿は三十数枚であったのを、改作するとき十何枚か増して、新稿の「花燭」四十八枚が成立したことと、新稿の「三章」は全部昭和十四年のはじめに新しく書き加えた部分で、つながりよくするためにその前後も書き改めたこととを推定している。「花燭」の旧稿執筆の時期は、この三篇の中では一番あとではないかと思う。その根拠の一つは使っている原稿用紙で、上記二篇が四百字詰用紙に書かれているのに「花燭」は二百字詰用紙で、これは上記「火の鳥」の原稿反古と、御坂峠天下茶屋から発信した書簡二通と同じマークの用紙である。

私の手もとにある原稿、書き損じの原稿、書簡で原稿用紙を使っているものについてその原稿用紙のリストを作ってみると、昭和十一、二年までは、四百字詰と二百字詰（いわゆる半ペラ）が交じっている。

昭和十三年から二百字詰用紙を専用していて、以後は最後まで半ペラである。資料が限られていて、原稿用紙に書いたものの一部できめることはできないとわかっていながらも、私には太宰が本気に文筆を志願した時期と、原稿用紙を二百字詰のものときめた時期とが一致するのではないかと思われてならない。私の知る限りずっと二百字詰ばかりであったが、いきが短いというのか、句読点の多い文章を書く彼にとってこの方が使いやすかったのであろう。

「花燭」にもどって、原稿用紙のことだけでは執筆時期の推定の根拠としては弱いが、昭和十二年の秋から年末にかけて前記のように、「懶惰の歌留多」と「貴族風」と、「サタンの愛」とを執筆したのなら、「花燭」はどうしても、昭和十二年からはみ出て、昭和十三年の執筆になる。

十三年の九月御坂峠に出発するとき、売れずにあった原稿が以上四篇あった筈だ。鞄に入れて峠上まで持参したのもあり、編集部宛に送ってあったのもあるかもしれない。御坂峠に滞在中にも、この旧稿のどれかを採用してもらうように努めたであろうが、売れぬまま十四年を迎え、それらの旧稿が大変役立つことになったのである。

「花燭」と「サタンの愛」改題（推定）「秋風記」とは、書き改めて書下し短篇集「愛と美について」の原稿に加えて刊行し、「懶惰の歌留多」は四月号の「文芸」に発表し、「古典風」を「知性」に発表したのは翌年六月であった。

「秋風記」のこと

甲府の寿館、御崎町時代、下町に遊びに行ってよく立ち寄ったのは、桜町の開峡楼という一流料亭の経営しているビアホールで、ここは改築前の上野の精養軒のような雰囲気をもっていた。これと対照的に大衆向きなのが新しく開店した柳町の笹一食堂で、階上はいくつかの座敷に分かれて落ちついて飲めるようになっていた。初めてここの表座敷に上がって向こう側の商店を見おろして驚いた。表構えは一変しているが、ここがもとは私の級友Tの家で、以前は間口の広い古着商であったことに気付いたからである。私がかつて訪れたときTは格子のはまったこの表座敷で針仕事に精出していた。

その後家運が傾いてT一家が不幸な境遇にいることは聞き知っていたが、この変遷は私にとって感慨深く、その座敷で太宰に話した。

これが「新樹の言葉」のヒントになっている。

短篇「愛と美について」にも当時太宰の周囲にあったものからの引用がある。

短篇集「愛と美について」に、未完の「火の鳥」に併せて収めた四つの短篇のうち、「花燭」は旧稿を改作して成立した。「新樹の言葉」と「愛と美について」の二作には、前記のように甲府の雰囲気があって、御崎町の家で執筆したことは確実である。残る「秋風記」はどうだろう。新居での新作としては色合いがちがうような気がする。もし旧稿を改作したのなら、なぜ「花燭」などのように旧稿が一枚も残っていないのだろう。旧稿を全文改作することなく、題を改め、（書き出しの一枚は書き直したかもしれないがあとは）原稿用紙の行と行の間に書き込む程度の少々の訂正または書き足しをして、書下し短篇集の中に加えたのではないだろうか。そして旧稿の題が「サタンの愛」であったとすると、辻褄が合うのである。

昭和十二年十二月二十一日付、「新潮」編集部、楢崎勤氏宛、同じ日付の尾崎一雄氏宛書簡によると、「サタンの愛」二十五枚は「新潮」に掲載される予定で印刷所にまわっていたのに、「風俗上こまる」という理由で採用取消しとなった。「わりに好きな作品」だったので落胆し、かつ年末に当てにしていた原稿料がふいになって途方にくれてしまった彼の姿が目に見えるようである。

「創作年表」の昭和十三年の一月の項にも、「サタンの愛」「新潮」二十五と書きいれてあって、楢崎氏はこの時代ただひとりと言ってよいほど太宰を支持してくださっている編集長であったから、掲載は確定したものと思いこんでいたらしい。あとで色のちがうインクでこの記載を消して「未発表」とつけ加えている。未発表の二十五枚の「わりに好きな作品」はその後どうなったろう。「書いた以上粗末にしないこと」は師から学んだ文筆業者心得の第一条である。埋もれるままにした筈はない。「風俗上こまる」という理由の一つに「サタンの愛」という刺激的な題のせいもあると考え、「秋風記」という新しい題に変え、少々書き足しをして竹村書房に送る書下し小説集の原稿の中に加えたのではないだろうか。

「秋風記」の内容からみても昭和十二年秋の執筆らしい箇所がある。

「ことしになって、そのすぐ次の姉が三十四で死んだ」

太宰の姉が三十四で死んだのは昭和十二年の春である。

「甥は、二十五で、従弟は、二十一で、どちらも私になついていたのに、やはり、ことし、相ついで死んだ」。甥の逸朗が二十五で死んだのが、ことし——昭和十二年の十月である。従弟としてあるが、事実は従姉の長男甫《はじめ》で、甫が死んだのは昭和十三年十月で「サタンの愛」執筆当時は健在だったのだから、この「従弟の死」のことは、十四年御崎町で加筆したのであろう。

「秋風記」に旅館の女中がくばって歩いたとしてある号外の「事変以来八十九日目」は、昭和十二年蘆溝橋で日華事変の火蓋が切られて以来八十九日目の十月三日、上海包囲の成ったニュースで、これは新聞の号外つまり臨時ニュースであるが、太宰はその小説によく新聞記事をとり入れている。たいていそれは時日をおかず記事を読んだすぐあと作品に書き入れている。この号外もその一例に加えてもよいかと思う。

「サタンの愛」を執筆したころの太宰の背景をみると、随筆「思案の敗北」(「文芸」昭和十二年十二月号)が、「サタンの愛」と同じ頃、あるいは少し先に書かれたと思われるがこの随筆の中で、

「――私の一友人が四、五日まえ急に死亡したのであるが――」と随筆執筆中にその死の知らせを聞いたように書いている。その一友人とは甥の逸朗のことで、自分になついていた甥の不自然な急死のしらせのショックのもとに「思案の敗北」と、「サタンの愛」を書いたのだ。

逸朗は太宰の姉の長男で、太宰より四歳年少、家も近く修治と弟の禮治、甥の逸朗は兄弟同様に育ち、一番年長で腕白で学校の成績のよい修治が二人の親分格であったらしい。

三人が仕合わせな少年期を送った大正時代の後半は源の絶頂期でもあり、逸朗の祖父は修治兄弟の父源右衛門と同年輩で、側近としてまた事業の協力者として堅く結ばれていた。

大正十二年父は五十三で死に、昭和四年禮治は夭折し、大家の坊っちゃんで育った修治と逸朗も、成人後はさまざまの苦難に遭わなくてはならなかった。家郷を離れてからは一層である。

昭和四年太宰が高校三年頃のことかと思われる、白川兼五郎氏の回想の一部を引用させていただく。

「――高流にワラビ採りに行った帰り、松並木の蔭から、若い人の唄声が聞えてきた。哀調を帯びたような歌で、その時はなんの歌かわからなかった、あとで当時禁じられていた革命の歌であったことを知った。松並木から少し離れた松林の中にこの唄声の人たちがいた。若い学生二人に白いエプロン姿のカフェーの女給らしいのが二人である。学生のうちの一人は小学校で同級生だった津島一郎君で、もう一人は津島修治であった。

――中略――頬冠りにナン俵《だわら》を背負った百姓のオンジである私は、すぐそばを通りながら大家（たいけ）の一郎君たちには声をかけることができずに黙って通りすぎた。――」

（「太宰治のこと」「金木今昔物語」から）

一郎こと逸朗も成績優秀で一家一族の期待を負うて岩手医専に進学し、のち東京医専に転学した。

太宰の船橋時代には訪ねてきたり、一緒に旅行したりした。筆記して太宰の仕事を手伝うようにとのはがきを受けとったこともあるらしい。昭和十年の年末、太宰は逸朗と「碧眼托鉢」の旅に出た。当時の太宰のはがきと、随筆の一節からその旅を推しはかるほかないが、「いたたまらぬ事が、二つも重って起り、尻に火がついた思いで家を飛び出し、湯河原、箱根を漂泊四日間、みすぼらしい旅、夢は枯野をかけめぐると口ずさんでばかりいた」と書いているこの旅。翌年の二月には太宰は中毒症のため佐藤先生のご配慮で済生会病院に入院するのであるから、この旅には何か暗澹荒涼の気配がある。

小野正文氏の「思い出の中に」から引用させていただく。

（船橋の太宰宅を小野氏が訪れた初夏の一日）「——奥さんが、私を見て『一郎さんに似てるじゃないの』といったが、太宰は無言のまま、強く首を振って否定した」

（その後何ヵ月か経ってある夜、新宿で出会って、飲み屋に行って）「——太宰は小声で私に『従弟が自殺したんだ』とささやいた。一郎という人であろう。その傷心が面持にあらわれていた——」

大事にして風にもあてずいたわって育ててきた逸朗が、自分への一言の言葉もなく急死した。しかも太宰の名を利用して共通の友人から死ぬための薬品を入手していたことがわかった。太宰にとっては複雑なショックであったに相違ない。被害者であり、加害者でもあるような立場に立たされたのである。郷里の逸朗の母である姉、青森に嫁いでいて、肉親中一番支持してくれているすぐ上の姉、五所川原の従姉などは、この事件で、どんな新しい感情を太宰に抱いたろうか。

「秋風記」の女主人公には、これといって思い当たる女性を私は知らない。右の姉たちや従姉の俤が重なって描かれているように思う。

昭和十二年末、逸朗の死をきいて太宰は、サタン、毒きのこ、殺生石などと口をついて出る言葉を書き、年上の女性のイメージを複合した女性を女主人公として、二十五枚の気に入った短篇が出来たが、採用されなかった。

この旧稿をとり出し、「秋風記」と改題したのは、それから一年あまりのちで、この間にまたひとり東京に遊学していた五所川原の分家の長男で筋かい従弟の甫が急死した。

昭和十二年は〓源にとって凶事つづきの年であった。

四月八日、太宰の五つ年上の姉あいが死んだ。あいは二番めの姉の夫の弟と結婚して近くに住んでいたが、十歳を頭に四人の幼い子供たちを遺して死んだ。それまでに長姉、末弟、三兄が死んでいたが、兄と弟は部屋住みだったし、長姉は養子を迎えていたがまだ子供はなかったので、三人ともいたましい若死ではあったが、死後の煩いはさほどではなかったろう。こんどのあい姉の不幸の場合、後事は当然、〓源と、〓原（二番めの姉の嫁いだ家、逸朗の生家）にかかってきた。それは家長の文治兄の衆議院議員選挙戦のさなかであった。

四月三十日の投票の結果、文治兄は二位で当選したが選挙違反にとわれて、当選を辞退し、公職いっさいから身を引いた。公判の結果は罰金弐千円、十年間の公民権停止ということであった（このときから終戦後最初の総選挙まで十年間兄の雌伏は続いた）。

まさに暗から明に、さらに暗への逆転である。十月東京で逸朗が急死して、さらに不幸が重なった。

大家族の御では、過去いくつもの生と死とをくり返してきたのであるが、昭和五年、三兄が東京で客死し、修治が年末に鎌倉で事件を起こしたのを最後に、しばらく不幸がとだえて、家長の兄は青森県議会議員として二期連続当選するし、甥や姪がつぎつぎ生まれて賑やかになり、一家の心がかりといえば修治のことぐらいで、太宰は全く生家に関しては安心しきっていたのである。

このへんの事情は太宰自身「東京八景」に書いている。故郷の家の相続く不幸が寝そべっている彼の上半身を少しずつ起こしてくれた。三十歳の初夏はじめて本気に文筆生活を志願したと。数え年三十歳は、昭和十三年である。「サタンの愛」を書いた頃、昭和十二年の終り頃から徐々に新しい志向へとめざしていったのであろう。

昭和十二年、十三年は沈滞の年であるといわれる。事実、発表された作品は少ない。

昭和十四年に入って堰を切ったように、短篇を次々執筆発表したといわれる。

しかし昭和十二、三年にも書いていたのであって、書いても売れずにしまってあった小説が「懶惰の歌留多」「古典風」「花燭」「秋風記」と四篇あった。原稿商人風に言うところだけの商品のストックが御坂峠に出発するときあったのだ。

昭和十四年一月から三月までに脱稿した作品を挙げてみるなら、それはただ枚数だけなら驚くほどの数字ではないかもしれないが、多種多様な作品は、右の未発表原稿を利用し、また「女生徒」の場合は読者から送られたノートがあってやっと出来たのである。とはいえ、作者にとっては「――へとへとの難航」の毎日であったには違いない。昭和十五年末発表した「ろまん灯籠」の冒頭に、未発表のままの筐底深く秘めた作品があって、一纏めにして書下し単行本として出版したことを太宰自身書いている。

「創作年表」のこと

　太宰は自分の仕事の記録として「創作年表」を遺した。これは、歿後の「著作年表」の基《もとい》になったもので、作品の成立を知る上でも重要な資料である。「旧稿」「書簡雑感」などで、この「創作年表」に触れたが、そのほか書き洩らしたことを伝えたい。

　その一つは、執筆と発表の時期のズレで、脱稿してから何十日か大体きまった日数をおいて、その掲載誌が発行されるのが普通だが、中には発表が大へん遅れたり、発表予定誌が変わった場合がある。

「創作年表」によると、昭和十五年十月号の項に、「小説『東京八景』「文芸春秋」五十二」と記して、抹消し、次にまた十二月号の項に「東京八景」「文学界」と記してこれも抹消して、三ど目に、翌十六年正月号「文学界」と記載してあって、発表が延び、発表予定誌も変わったことがこれで知られる。

随筆「貪婪禍」に作者自身、(昭和十五年) 七月三日から仕事で伊豆の湯ケ野の旅館に来ていることを書いている。「東京八景」にとりかかるときは「創作年表」の記載通り、「文芸春秋」十月号に発表する心づもりであったと思われる。「服装に就いて」は「文芸春秋」十五年十二月号に発表の予定が翌年二月号に延びている。

また「善蔵を思う」は、「新小説」昭和十四年十二月創刊号に発表の予定が大巾に遅れ、掲載誌も「文芸」に変わって翌十五年四月号に発表された。

これらの予定変更の理由は筆者の都合によるのか、雑誌編集部側の事情によるのか不明であるけれども、太宰は待つことも待たせることもきらいで、〆切は固く守っていたから掲載の延びたのは作者の脱稿が遅れたためではないと思う。

随筆はすべて「随筆」とだけでその題が「創作年表」には記入してないので、太宰の最初の全随筆集(「近代文庫版全集」第十六巻、昭和二十七年創芸社発行) 編集の仕事はこの「創作年表」に記載してある随筆の題を、発表誌と年月、号数と、枚数とから探り当てることから始まった。

「悶々日記」は、作者がとくにこの随筆の題を書き入れ「これは捜してほしい」と添え書きをしている。歿後捜し出して随筆集に収録した。

「山岸外史氏著『煉獄の表情』書評」は太宰治の名で載っているけれども、「創作年表」に（山岸氏改作、加筆に非ず、ほとんど彼の文章）と書き入れてあるので、この「書評」は全集に収録しなかった。

コント「待つ」の初出誌は長い間わからなかった。これが「創作年表」の「昭和十七年三月号、コント、京都帝大新聞六枚」に当たることを「ユリイカ」の故伊達得夫氏が教えてくださった。伊達氏は当時、同新聞の編集部にいて太宰に原稿を依頼し書いてもらったが、「待つ」の内容が時局にふさわしくないという理由で原稿を返したと、伊達氏から直接聞いた。

「待つ」のほか小説「花火」は雑誌発行後、「待つ」と同じ理由で全文削除された。「創作年表」には「改題『日の出前』」とあとで附記している。

「花吹雪」四十四枚も書き上げて昭和十八年七月号の「改造」に発表する予定であったのが延引したあげく、原稿は返却された。

「創作年表」の第一頁は、昭和八年「魚服記」に始まっている。

昭和八年から昭和十二年頃までに発表した作品をまとめて、十二年末ごろ思い出して書くか、或いは書き直すかしたものらしい。

十四年頃から原稿の注文帳となり、執筆、発表したものを残し、断ったもの、掲載の延びたものを抹消している。

戦後の二十一年から注文が激増し、ついに二十二年三月号から、書いて発表した作品だけを記入する形になっている。

二十二年十月号の「小説『おさん』「改造」三十枚」で、記載は終っている。「創作」の記録以外に、構想中の作品の題名、つぶやきのようなメモ、出版申込表などが余白にぎっしり細字で書きこまれている。

「創作年表」は昭和九年用の家計簿を使用し、はじめの数枚きりとってある。誤記もあり、脱落もあって、事務的精確さに欠けている点もあるが、戦時下にたゆむことなく書き続けた一作家のなまの記録として、太宰の遺品中、この手ずれた一冊ほど貴重なものはない。

V

蔵の前の渡り廊下

 （ヤマゲン）の広い板敷の台所の奥の一部が炊事場になっていて、その横手から二段おりると渡り廊下で文庫蔵に通じている。疎開中、私たち一家にあてがわれた離れの一廓は、この蔵に沿って二曲りした位置にある。私は離れから母屋に通うため、一日に何回も、この廊下を渡った。

夏はこの廊下の両側の戸をあけ放すと、よい風が入るので、姪や女中たちが針仕事をここに持ち寄り、私もその仲間に加わった。涼しい上に、母屋の大屋根の圧迫から脱け出した開放感で、居心地がよかった。

終戦翌年の夏は暑さがとくべつきびしく、嫂の指図で、ちゃぶ台を茶の間から持ち出して、この廊下で昼食を摂ったこともある。

私には、この蔵の前の廊下が、ほかのどの座敷よりも鮮明に浮かび上がる。

この廊下で、少年時代の太宰が、弟や甥や親戚の子たちを集めて催物をしたことが「思ひ出」に書いてある。

私は、この廊下でどのように芝居をやったのだろう、舞台は蔵の方か、幕はどのように張ったのだろうかなどと想像した。少年の日の太宰はさぞかし、あれこれ考え、ちえをしぼって工夫したに違いない。

少年がこのように演劇熱にとりつかれたのは、素質もあったろうが、当時の町の風潮でもあった。古老にきくと、大正七、八年頃、金木の人々の間には演劇熱が高く、父がそれを見越して、町に劇場を建てたくらいであるが、素人芝居も流行し、宴席で、サワリを演じて喝采《かっさい》を受ける素人名人がいたという。

少年が催物を企てたのには、そのような町の風潮の影響があったのだ。

私がこの町に暮らしていたのは、終戦前後の期間なので、町はひっそりしていて、そんな過去があったとは思えなかったが、かつては競馬会で大賑いしたり、劇場がいっぱいになるような時期もあったのだ。

小学校時代、彼は学芸会の花形だった。源の修ちゃが居なくては、金木小学校の学芸会は成り立たなかったのだ、といわぬばかりであったが、事実、彼の出番の無い学芸会は無かったらしい。

その中の一つで、太宰から聞いて忘れ難いのは、「二宮金次郎」を演じたときのことで、くわしくは聞かなかったが、おしまいの、「手本は二宮金次郎」のところで、両手を掌《たなごころ》を上向けにして前につき出して上げ、何かをおし頂くように頭を下げる。これを実演して見せたのだが、いかにも間のぬけた所作で、彼自身も演じながら、やり切れなかったらしい。

中学に進んでからも、よく演壇に立って、個性あるスピーチをやって、後々の語り草にもなったそうだ。

高校に入ると、下校後、和服に着更え、角帯をしめて、町の師匠のもとに、けいこに通ったという。どの位つづいたかしらないが、他の級友からみると、さぞかし「キザな奴」と見えたろう。この時習った義太夫を、よくきかせてくれたのは、御崎町にいた時代である。おはこは、「お俊伝兵衛」の「こりゃきこえませぬ、伝兵衛さん――」、すし屋のお里が「見れば枕も二つあり――」とやきもちをやくくだり、それから「ひととせ宇治の蛍狩に――」、「朝顔日記」の深雪《みゆき》の歎き等。

私には義太夫をアレコレ批評する資格は全く無いのだが、太宰のそれは、やはり、ある期間、玄人《くろうと》の師匠について習い覚えただけのことはあるように思った。私がまねすると、まるで唱歌になってしまうのである。

このような邦楽や、演劇趣味は、生家の父や兄たち以来のもので、生家できいたレコードも義太夫か新内、粋筋《いきすじ》のものばかりで、洋楽趣味は全く無かった。

長兄は演劇を勉強し、戯曲を書いて発表したこともあると、「思ひ出」に書いているが、長兄は、戯曲も含め、文学いっさいは趣味にとどめ、政治家に転じた。けれども長兄のひとり息子Kは、俳優になって新劇一座に入り今日に到っている。

やはり演劇好きの血が伝わっているのだろう。Kに、父がある日言ったという。「お前は俳優だなんていい気になっているが、政治家にも演技が非常に必要なんだ」と。

太宰の父も政治家である。演技型の血が脈々《みゃくみゃく》と伝わっているのであろう。とにかく、一段高いところに上って、集った人々に、聞かせたり、見せたりすることが好きなのだ。

太宰は舞台で芝居をやったことはないが、講演を頼まれればすぐ応じ、また常々、作品が出来上がると、よく朗読してきかせた。「葉」の中に、「役者になりたい」と書いているが、役者なら、女形が望むところではなかったかと思う。「女性的」な一面のある人だったし、男が女になり、女が男になる、そこに、言うに言われぬ面白みがあるらしいから。

女形を演じたわけではないが、女形のように見えた一情景がある。

御崎町時代のある寒い夜だった。

宵のうちから始めて飲みつづけ、九時過ぎて、もうおつもり、とみて膳を片付け、就寝の支度をしていると、太宰は何思ったか、いきなり抱巻《かいまき》を、着るというより、羽織って、踊りのふりをし始めた。

抱巻というのは、今はあまり用いられないが、袖と衿のついた綿の入った寝具で、肩が暖くてよいので、当時はよく用いられた。フトン柄のようだ、というたとえがあるように、大体寝具は大柄の華手《はで》なものが多い。

この時も華手な抱巻を羽織って、床の間を背に、踊る、といっても、体を前後左右に歌いながら動かす程度なのだが、その姿は、吉原の花魁《おいらん》の晴れ姿のようでもあり、女形のうちかけをかけた舞台姿を見るようでもあった。但しその歌は、粋なものではなく、当時の流行歌である。

「人生の並木路」

（一九三七年、昭和十二年、ディック・ミネ）

一、泣くな妹よ、妹よ泣くな
泣けば幼いふたりして
故郷を棄てた甲斐が無い

二、遠いさびしい日暮れの道で
泣いて叱った兄さんの
涙の声を忘れたか

（三、四略）

作詞、作曲者の名は知らない。

メロディーは、ゆらゆらと、波のまにまにゆられているような、のり易いメロディーで、何かしら物語めいた覚え易い歌詞。歌い出されてから、六十年近く経つのに、この歌は、未だに世に行われているらしく、時折、新聞の広告面に、いわゆる「懐《なつ》メロ」の一つとして、出ているのを見かける。名作といえるのだろう。

こんな酔態を見せたのは、この夜、一度だけだった。女装をしてみたくても寸法が合わない。それで抱巻を見て、着て歌い踊る衝動にかられたのだろうと思う。

南台寺

　金木で暮らしていた間、私が一ばん頻繁に通ったのは、太宰の生家源の菩提寺の、真宗大谷派金龍山南台寺《なんだいじ》である。

　源は、信心深い家だった。嫂は毎朝、お仏飯《ぶつぱん》を供える。それはお雛様のお膳ほどの大きさの一式で、いつも磨かれてピカピカの真鍮製。型抜きした御飯を中心に、何やら添えられている。このお膳の上げ下げは、嫂の大切なつとめであると同時に、あねさ（家長の妻）の特権でもあるらしかった。

　毎月、三日と十日の、父母の命日と、近親の死歿者の祥月命日《しようつき》とには、南台寺の院主、生玉《いくたま》慈照師が回向に見える。院主さまは、白衣姿の堂々たる体格のお方だった。

　仏壇は、一間四方、金ピカの豪勢なもので、嫂が時間を見計らってお灯明をともし、一同待機する。皆の前には、経本がそれぞれ置いてある。きまって並ぶのは、この家の家族のほか、近くに住む、とし姉、遠縁の律義そのものの老人、来合わせた縁者など。

院主さまの読経は抑揚が多く、「白骨の御文章」といったか、「お文さま」だったか忘れたが、それを読む段になると、身体の向きを変えたりなどして、多分に演技的のように思われた。この院主さまは、祖母の大《だい》のお気に入りとのことだが、こういうところが、気に入っていたのかもしれない。

私は真宗の読経はみなこんな風なのかと思ったが、後年、よそできいた真宗のお経は、抑揚も少なく、途中で向きを変えたりすることもなかった。住職の個性に依るのであろう。

読経には私も経本をたよりに、列席者一同と唱和する。「キミョウムリョウ、ジュニョライ、ナモフカシギコウ――」その様子を見てある親戚の人が「感心だ」とほめてくれたが、じつは私は信仰心からというより、このところ、歌を歌う折など全く無かったからコーラスの気分で唱えていたのである。

長兄と太宰は列席する時もあり、さぼる時もあった。

私はこれまで、真宗とか、本願寺とか、きくとある忌まわしいイメージが浮かんできて閉口していた。それはずっと以前、京都の本願寺に詣でた折見た、本堂の回廊に並べてある「毛綱」で、信者の女性が切って納めた、黒髪で編んだ太い綱である。それで曳いたら、何か大変重いものも動いたというような美談がついていたかもしれない。大蛇がとぐろを巻いているようで、目をそらしてしまったのだが、もう年月も経ち、所も遠く隔たって、この広い仏間での整然とした回向に列席していると、あのいやなイメージも薄らいだ。それにあんな国辱的な物は、今はもう陳列されていないだろう。

読経が終り院主さまが帰ると、嫂、とし姉に従って南台寺に詣でる。嫂と姉は、用意してある新貨を賽銭箱に投げ入れ、鄭重に本尊の阿弥陀様を拝む。それから本堂の左手の墓地に詣でるきまりである。本堂の右手に続く庫裡《くり》には、住職と奥様と、お二人がひっそりとお住まいのように見えた。

私は南台寺に詣でるたび、太宰から聞いたある昔の事件を思い出す。太宰が子供のころ、南台寺には「まろさま」とよばれる、和尚の舎弟がいた。「まろさま」というからには、「〇〇麿《まろ》」という名前だったのであろうが、「雀こ」のマロさまとちがって、住職によく肖た、まさに「美丈夫」というべき方で、町の人々の敬愛の的になっていた。ある日、突然、その「まろさま」の姿が見えなくなり、同時に町の菓子屋の小町娘が姿を消した。話題に乏しい町の人々は、当分この噂話に熱中した。まろさまはついに町には帰って来なかった。

この事件と、これに対する町の人々の反応とは、長く少年の胸に残ったに違いない。

また住職は、老境に入るに従い、後継者の居ないことを、さびしく思われたことだろう。

昭和二十一年の秋、三鷹に帰り、同二十三年太宰が歿し、またその後、何年かの年月が経った頃、南台寺の住職が、私宅を訪ねて見えた。

京都の本山での講習に出席した帰りとのことで、初対面のこの住職は、慈照師の遷化《せんげ》後、南台寺を嗣ぐため、山形の同宗派の寺から、生玉家に入った方であると名乗られた。ご来訪の主旨は、「太宰の分骨を南台寺に納めて欲しい」とのこと、私の一存では決められないので、五所川原の分家の息子で東京にいるKに相談した上、丁重にお断りしたのだが、私には、おのずから、太宰の死んだ直後のことが思い出された。先ず郷里の長兄に、人を介して、相談した。できれば南台寺に眠らせたいという気持からだったが、兄からは、「郷里に帰るに及ばず、東京で葬るように」との返事だった。私は真宗にこだわって、東京の真宗の寺に当たってみたのだが、思わしい墓地が得られなかった。

それで三鷹の禅林寺なら、生前、太宰と鷗外の墓に詣でたゆかりもあるので、住職の先代（現住職の先代）にお願いしてみたら、快諾して、森家の墓地の斜前の一廓をゆずってくださり、ほっとしたのだったが、その後墓参した折、住職から意外なことを伺った。檀家総代から、太宰の骨を納めることについて、はげしい反対の声が上がったのだという。結局、住職が、おし切ってくださって落着し、一周忌には、墓石を建てたのだが、それから何十年も経って、こんどは郷里の寺から分骨の要望が出るとは――私は感慨深かった。

南台寺は寺域もさほど広からず、建物も簡素であるが、自慢の梵鐘《ぼんしょう》がある。それは、第五代藩主、津軽信寿《のぶひさ》公寄進の梵鐘で、井伏先生が、随筆でこの鐘のことに触れていらっしゃる。太宰から、聞き及ばれたのであろう。

私が度々お詣りした頃、この梵鐘は、道路から入って右側の鐘楼にかけられていた。祖母が寄進した鐘楼だと、太宰が言っていたが、いまもあの頃のままだろうか。

父のこと、兄のこと

　太宰は父や兄たちのことをよく話して聞かせたが、父について語ったのは、おもに金木の発展のために父が遺した業績で、そのまっ先に挙げたのは、父が火力発電所を設けて金木に電灯がつくようになったことである。それは太宰が小学校に入る前年で、子供心に強く印象付けられたらしい。近村にさきがけて金木に電灯がついたのだから、大さわぎになって、

「夕方さなれば、ひとりであがりこつぐんだど——」と近くの村々から見物人がおしかけたそうだ。

　それまで個人的経営だった金木銀行を、近代的な株式会社に組織変えしたのも父である。学校などに高価な品を寄附したことも度々だ。

　当時、村には馬が多く飼われていたが、父は農耕馬ではなく競走馬にうちこんで、その品種改良のために、イギリスからサラブレッド二頭を買い入れ、協力者が芦野で訓練を続

けた。やがて芦野に競馬場ができ、競馬会の日には金木は大賑いだった。

馬は子供たちにとって身近な存在だった。金木に県の種付所が設けられ、誘い合わせて見に行ったと、太宰はその種付の光景をなまなましく描写して聞かせた。

父の尽力で村が開け、大正九年には町制が施かれたが、その二年後、父は五十三歳で死んだ。やり残したことも多く、心残りだったろう。父の死をいたむ思いは年ごとに強まり、苦難に遭うたび父が生きていたら、と考えたに違いない。

佐藤春夫先生が、太宰からそのおいたちを聞かれ、「君の父君が早くなったことが君の不幸の始まりだ」とおっしゃったそうだ。

どんなきっかけでそのような話が出たか忘れたが、三鷹でのある日、太宰は私に「おやじはおれを『学習院に入れてやろうか』と言っていたんだ」と言った。

不審そうな顔をしている私に、たたみかけるように「ほんとなんだよ。ほんとだ」と重ねて強く言った。

このことを太宰研究で著名なある方に話したら、太宰がどういう事情で明治高等小学校で一年学んだかを追求しているその方は、学習院云々の真偽を英治兄に質した。英治兄はこれを一笑に附したそうだ。この兄は銀行に勤めたり、㐂源の帳場を預かったりした実務家である。弟修治が津島家をさもお家柄のように書いていることを苦々しく思っていたから一笑に附したのも当然だ。

「思ひ出」に、父が東京の学校では健康に悪いから、もっと田舎の中学へいれてやる、と言っていたこと、またうちの人たちが、からだが弱いから高等小学校に一年間通わせることにしたと書いていて、誇り高い太宰が、明治校に学んだことに強くこだわっていたのは確実だが、一方太宰にとって学習院、それから連想される貴族という語の内容は、主観性の強い、独自のものではなかったかと私は思う。棟方志功は辞書に無い独特の題名を自作の板画につけていたが、これに類するものではなかったろうか。そして私にも、自分の思い込みをそのまま持たせたかったのではないか。個性を重んじ、主観の世界に生きるのが芸術家である。それは「偽かまことか」の世界でもある。

井伏夫人の母堂が、ある日清水町のお宅の茶の間で、ひそひそと、先生のことを、「なにしろ馬に狐をのせたような人でございますからね」とおっしゃったことが思い合わされる。

それに太宰は、幼、少年時代に受けた印象を人一倍強く一生持ち続けた人である。

大正時代には現代と比較にならぬほど、一見して目に映ずる貧富の差が大きかった。農民たちは働きやすい作業着さえあればよいのに、地主の旦那衆は袂のある長着の着流しだ。食と住との差も甚しかった。

また彼らは𠆢源の旦那が、貴族院とかに関係あり、と聞けば単純に𠆢源一家が貴族だと思っているらしい。

少年太宰は土地の大半の住民が抱いている「貴族」の概念をそのまま映しとって、それが父の自分に言ったという「学習院妄想」の一因となったのではないか。

「思ひ出」にロシアの長篇小説を「よそごとのようにして読むことができなかった」と書いているが、帝政ロシアの貴族の子弟と、自分たち兄弟には似ている点が多い。彼らはいつもパリに憧れ、パリ留学をのぞみ、日常会話にフランス語を交ぜたりする。兄たちと自分の場合、パリを東京に置き換えればよい。兄たちの目は始終、東京に向けられていて、兄は東京から文学や音楽などの新しい趣味を田舎に持ち込んだ。

北欧の自然に北津軽のそれが類似しているように思われた。ライラックが、そのことを象徴している。自然が似ている、生活が似ているといっても、それは北津軽の側からの一方的な思い込みに過ぎなかったのではあるが、太宰には他人ごととは思われなかったのだ。

太宰は「美しい兄たち」(のち「兄たち」として発表)と題する小説を書いた。父同様、兄たちのこともよく書き、よく話している。

源の兄弟五人は町の人々から大邸宅に住む身分違いの、美しくすぐれた貴公子としてもてはやされていたらしい。

私は兄弟のうち、文治兄と英治兄とを見知っているだけだが、父が歿して兄が家督をつぎ太宰が中学に入って初めての夏休みに、母の発意でとった五人の兄弟の写真を、私の知る二人の兄の印象と重ね合わせてみると、文治、圭治、禮治の三人は、母に肖て目鼻立ちととのい、背丈は普通、英治、修治は父に肖ていて丈高く、御崎町時代、近くの女の子たちが「おさむらいだ、昔の人だ」などと太宰を見上げて囁《ささや》き合った、いささか特異な、目立つ風貌である。

太宰ほど自分の父や兄のことを、よく書きよく語った作家は少ないのではなかろうか。

「水中の友」

「水中の友」にあるように、折口信夫《しのぶ》先生には太宰治は一度もお目にかかったことはなく、お手紙差し上げたこともなかった。先生が高弟伊馬春部氏を通して、はじめて太宰を知られたのは、いつだろう。私は終戦後のことではないかと思う。太宰の文名が、漸く人の口に上ることの多くなったのは、戦後で、それまで先生には太宰など無縁の存在ではなかったかしら。すると、先生が太宰を知られてから、僅か二年後、その訃を聞かれたのであるから、まことにはかないご縁であった。

昭和二十一年の春、伊馬氏が戦地から帰還されて、一時大井出石の折口邸に身を寄せて居られたようであるが、そのころ一夕、「旧友に太宰という作家がいて、いま郷里の津軽にひっこんでいますけれども――」などと先生にお話申上げ、作品の二三をもすすめてくださったのではないだろうか。そして、そのとき、先生が御心を動かされたのは、太宰が津軽の人という点だったろうと私は思う。

民俗学の宝庫とか、袋町とかいわれるみちのく、太宰はその北端、津軽半島の、岩木山を南に仰ぐ小さな町の生れである。先生は、たびたび、ご研究のために、東北に旅行され、竜飛《たつぴ》、十三潟《じゅうさんがた》、津軽の袋小路の隅々まで、足跡を遺されたときいている。その祭典に、多勢の巫女が参集するので、恐山とならんで有名な川倉の賽の川原は、太宰の生まれた町の近郊である。先生が大変、関心をもたれたお水虎《すいこ》様も北津軽の産であるし、岩木山にからまる安寿、厨子王の物語、外ヶ浜にのこる、雁風呂《がんぶろ》のあわれな伝説など、民俗学研究の対象になるようなものが、たくさん遺っている。疎開中、一年半ほど暮らしただけの私などでさえ、津軽の人々の生活は、浮草のような東京暮らしと比べて、しっかりと地に根をおろしたものに思われ、また習俗や言葉の端々に、私たちの祖先の時代のものが、そのまま、くずされずに遺っていることをみつけて、なつかしく貴いことに思ったことも、屢々《しばしば》であった。まして、先生は、ご専門の立場から、太宰が津軽人ときかれて、さまざま連想をもたれ、かつ奥ゆかしくも思われたことだろう。「津軽根生《ねお》いの作家」こうよんで、太宰のことを御心にとどめ、その後の業績を見守っていてくださったのである。

二十一年晩秋、太宰は帰京して伊馬氏との旧交も復活した。伊馬氏は、三鷹訪問のたびに、先生の、太宰にお寄せくださる御厚志を伝えてくださり、二十二年の夏には、ご署名入りの「死者の書」を取り次いでくださった。先生による太宰の選集出版の企画を、もたらしてくださった。ところで太宰は、そのような、先生の、御厚情を伝え聞いて、どんな反応を現したかというと、先生は、「わたしの友情をしずかに享《う》けとっていてくれた彼を感じる」と書いて居られるが、家庭で、私の見たものは、どうも「静かに享けた」とは言い難い、むしろ騒がしく享けた印象である。三鷹の茅屋に、折口台風が襲うかのように、言いなして、騒いだのである。そしてまた、折口先生に認められ恐懼《きょうく》感激して、さっそくご挨拶に参上しなくては、などとも言わず、ついに一度も、先生にお応え申し上げる機会を持つことなく、足早に、この世から逃げ去ったのである。

昭和二十四年、太宰の一周忌の近づく頃、伊馬氏から、国学院大学で、太宰を偲ぶ会を催すから出席するようにとの仰せを受けた。矢野さんという学生が連絡にみえて、六月二十五日、土曜日の午後、私は、小雨降る坂道を渋谷から大学へと上っていった。

折口先生の名は、私にとっては、十代の頃から、はるかに高峯を仰ぎみるような感じのものだった。それに、太宰が、申しわけない不義理のままで死んだようにも思われて、かたくなって、ご挨拶申上げる私を、先生は、まことにお気さくに迎えてくださった。「きょうは、会が三つも重なってしまって」と、先生がおっしゃったのに、私は驚きかつ恐縮した。会場に当てられた二階の教室には、学生が五六十人程集まったかと思う。折口先生、伊馬氏、今官一氏が、交々《こもごも》立ってお話されたあと、座談会に移ったが、伊馬氏の司会宜しきを得て、終始、大変和やかな親しみのある雰囲気で、私も隣席の先生と、いろいろお話することができたのは光栄だった。

先生にお目にかかったのは、これが二度目で、その昔、お茶の水の学校のバラック校舎で先生のご講演を聴いたことがある。先生は「新嘗《にいなめ》」についてのお話で、「にほどりのかつしかわせをにへすとも」「たれそこのやのとおそふるにふなみに」など、古歌を引きつつ、諄《じゅん》諄《じゅん》と説いてくださった。その秋の日から、十幾星霜経て、こうして傍近く先生に接して、私の感慨は深かった。その席で伺ったお話の中で、忘れ難いのは、一つは、伊波《いは》冬子刀自《とじ》のこと（夫伊波普猷《ふゆう》博士の歿後、詩才を発揮した方）、もう一つは、太宰に関して、「天才とは矛盾だらけのものですよ」と言われたことである。この一言は私の胸に、いしぶみのように刻まれた。矛盾だらけ、ほんとに、矛盾のかたまりのような人だった。先生に言われて、はじめて納得いったような気持で、生前の太宰を回想するたびにこのお言葉が同時に甦ってくる。

その後、伊馬氏を通して、御揮毫をお願い申上げておいたところ、「水中の友」最後の章を全紙に書いて、美しい色紙何枚かを添えてくださった。嬉しく有難く、二十五年五月、出石に、お礼に伺った。若葉の庭を見おろす二階のおへやでお目にかかった和服を召された先生、それが私の目にのこる最後のお姿である。

「水中の友」の御揮毫は、太宰の遺稿を製本した表具師に頼んで額装し、それからずっと我が家の玄関に掲げてある。

初刊本あとがき

京都の人文書院からは、太宰治が昭和十五年に選集『思ひ出』を刊行していて、私はそのときおせわになった同社の清水氏の風貌をまだはっきり記憶している。

その人文書院から、昨年の晩夏、思いもよらず私に太宰治の回想出版の申出があった。同社編集部には私が今まで太宰について書いた小品がもれなくあつめられていて、私はそれには驚かされ、またたいへんありがたいことに思った。社の意向では、これらの、すでに発表したものを整理して刊行したいとのことであったが、読み返してみると、もの足りない点が多く枚数も不足なので刊行していただくならば、新しい内容にしたいと思い立ってとりかかった。下書や、メモのあるのもあり、初めて書いたのもあり、半年かかってどうにかまとめた。太宰治全集の付録などに書いたのと同じ題材の文も交じっているが、それもこんど書き改めたので、全文書きおろし出版で、これは書き馴れない私にとっては荷の勝ちすぎるしごとで、人文書院の森さんと堀田さんとの、ゆき届いたお力添えがなかったら、できることではなかったと、いま痛感している。

私はときどき、太宰治の研究家や、愛読者の方々から問い合わせを受ける。今後そのような場合、このつたない著書の中にお答に代るなにかを見いだしていただくことができたら幸いである。

昭和五十三年春

津島美知子

【参考資料──2】

講談社文庫版あとがき

「回想の太宰治」を人文書院から刊行してから満五年経ちましたが、こんど講談社文庫の一点に加えて出版していただくことになりました。

版をあらためるに当たり、初版の全文を読み返して大巾に手を入れ、加筆し、この二、三年の間に、月刊、季刊の雑誌に寄稿した随筆を新しく加えました。「郭公の思い出」「紋付きとふだん着」「三月二十日」の三篇です。

「アヤの懐旧談」は私の回想ではないのですが、あえて巻末に添えました。

講談社文庫出版部部長宍戸芳夫氏が、この文庫の出版について、終始懇切な助言を与えてくださり、心から感謝しています。

なおこの本のカヴァーの画は、太宰治が昭和十五年に描いた油画の小品です。

一九八三年春　　　津島美知子

増補改訂版あとがき

この『回想の太宰治』が人文書院からはじめて発行されて以来、ちょうど二十年経とうとしています。私共の母津島美知子は夫の太宰治が亡くなってから三十年経ったとき、それまでに書きためていた原稿をまとめてこの本を発刊したのですが、昨年（一九九六年）の暮れ、二十年振りに人文書院から夫の五十周忌を前に、再版の申し出を受け、とても喜び、はりきっておりました。しかし年が変わって二月一日に、八十五歳になったばかりの母は心臓発作のために突然他界し、自分で再版の手続きをとることができなくなってしまいました。そのため、母の代理で、私共がこの本の新しい出発の準備をせざるを得なくなったことをここにまずお断りしておきます。

人文書院から初版が一九七八年に出され、その五年後に講談社文庫の一冊として、母自身のかなりの加筆を得て発刊されました。今回の再版に当たっては、この講談社文庫版を元にいたしました。

母は五年ほど前から不自由になった体のリハビリのために、入院生活を続けていました。その生活を送りながら、まだこれを書いていない、あれも書いていないと思ったのでしょうか、久しぶりに再び、病院のベッドで原稿用紙に向かうようになりました。これは「回想記」と題して、「太宰治研究　第二輯」（一九九六年一月十五日和泉書院発行）に発表いたしました。この本のV章に収めた「清水町挿話」、「蔵の前の渡り廊下」、「南台寺」がそれに当たります。その際、「父のこと、兄のこと」も母は「太宰治研究」編集部に合わせて送ったのですが、ページ数の関係で「第五輯」（一九九八年発行予定）に収録される手筈になっていました。今回のせっかくの機会に、この未発表のままになっている「父のこと、兄のこと」もぜひ他の文章とともに収録したいと、私共は強く願わずにいられませんでした。この私共の願いを快くお許しくださった和泉書院に深く感謝いたします。

「第二輯」の「回想記」発表の前年一九九五年の秋に、母は退院し、自宅で療養を続けていましたが、自宅でもさらに「回想記」の続編を書き続け、「太宰治研究　第四輯」（一九九七年七月二五日発行）のためにその原稿をまとめ、昨年の暮れ、すでに編集部に送ってありました。その校正刷りが、母の死後、私共の元に送られて来ました。それには「姉たちとその周辺の人々の思い出」という副題がつけられていました。

今度の再版に際して、この新しい「回想記」と、さらに一九六七年十月十五日に発刊された、折口信夫氏十周忌を記念して編まれた非売品の冊子『折口信夫まんだら』（横山登美子、安池正雄共編、横山登美子発行）に母が寄稿した文章も添えて、独立したV章として加えました。

VI章「アヤの懐旧談」は、講談社文庫版において、母が自分で聞き書きしてまとめた文章を新しく収録した部分です。

また今度の増補版においては、初版における明らかな事実の間違いを訂正し、固有名詞、難読漢字などへの振り仮名も多少増やしました。人名については、戸籍上の名前ではなく、通称で統一しました。

この新しい『増補版　回想の太宰治』の発刊は母の没後になってしまいましたが、その人生の最後の日まで、自分の夫太宰治について読者のために記録すべきことは正確に記録しておくことを、妻である我が身の義務に感じ続けていた母でしたので、今度の刊行について、ようやく安堵してくれていることと思います。この機会を母に与えてくださった人文書院に厚く御礼を申し上げます。

一九九七年七月

津島園子

里子

鏡の力

解説

伊藤比呂美

これは、凄い本に出会ったものであります。質も量も。明晰さも、たしかさも、怖ろしさも。科学者の随筆みたいな、美しい揺るぎのない日本語で、太宰治は凝視され、記憶され、保存される。この著者が、昭和の初期に、太宰の妻であり、ともに暮らし、子をなして、日々会話し、身の回りの世話をし、親戚や食卓や経済を共有していたかと思うと、トカトントン。そこらの男の何十倍も聡明だった女の記録であり、記録をよそおった文学でありまます。「太宰治の妻」という肩書きはいつまでも消えないのでしょうが、道綱の母、孝標のむすめのような過去の女たちにつづくと思えば、正統で頼もしい肩書きです。

わたくし、若い頃、太宰に溺れました。

高一のときに教科書で、「貧の意地」だったか「走れメロス」だったか、そのへんの記憶がおぼろげなのですが、はじめて読んで驚嘆し、あとから思えば、太宰が「女の決闘」

著者と太宰治（昭和15年8月、三鷹の自宅にて）

でいってた「まだ読まぬ人は、大急ぎで本屋に駈けつけ買うがよい、一度読んだ人は、二度読むがよい、二度読んだ人は、三度読むがよい、買うのがいやなら、借りるがよい」はあれだったのかと思える勢いで本屋に駆け込み、訴えはしなかったが買ったのが「人間失格」。それ以来、太宰なしでは夜も日も明けなかった数年間がありました。若い頃に吸収した声は、カラダが忘れません。詩人としてつくりあげてきた自分のリズムのはずなのに、ふと、太宰の声を借りっぱなしだったと思い当たることが、たびたびあります。

そして津島美知子さん。

これが初対面といいますか、はじめて読むお作品なのに、今まで、たびたび、たびたび、出会っていたような気がしてなりません。

それもそのはず、「あちこち、あちこち」という夫の帰還に、「まあ、お父さん、いったいどこへ行っていらしたんです」と赤ん坊を抱いて出てきた妻（そして夫はどぎまぎする）も、一見、津島美知子さんのようだったし、皮膚病に罹った犬を前に、「ご近所にわるいわ。殺して下さい」と提案する妻（またもや夫はどぎまぎする）もまた、津島美知子さんのようであった。「一歳の次女におっぱいを含ませながら、そうして、お父さんと長女と長男のお給仕をするやら、子供たちのこぼしたものを拭くやら、拾うやら、鼻をかんでやるやら、八面六臂のすさまじい働き」をしながら、ふと、「この、お乳とお乳のあいだに、……涙の谷、……」とつぶやいた妻（やはり夫はどぎまぎする……）もまた、津島美知子さんのようであったわけです。

あるいは「主人の批評に依れば、私の手紙やら日記やらの文章は、ただ真面目なばかりで、そうして感覚はひどく鈍いそうだ。センチメントというものが、まるで無いので、文章がちっとも美しくないそうだ」という妻もまた、津島美知子さんだったようだ。俗物の画家と結婚した女として出会ったのも津島さんだったかもしれず、皮膚病になった女も、津島さんだったかもしれない。

つまり彼女は、昔から夫をどぎまぎさせる妻として、描かれていました。その文章は、太宰の文章より、ずっと、論理的で的確です。「文章がちっとも美しくない」という「主人の批評」は、創作上のことにすぎず、さっきも申し上げたように文学的な科学者の随筆のようなたしかさがあり、女であることに堕すことなく、敵意も曇りもない目で、夫と世間を、観察しています。「女生徒」の、あの、センチメントしかないような文章よりずっと素敵。

次に引用するのは、結婚してすぐの頃の回想ですが、甲府御崎町の新居での思い出とともに語られる感慨が、あまりにもまっとうで、まっすぐ前を見つめていて、感動しました。


ポピュラーな作家となって世にもてはやされるのは勿論結構なことで、作家の本懐であろうが、この当時の太宰のように二千部、三千部の僅かな部数の小説集を、必ず心をはずませながら買い求める愛読者を頭において出してゆくのも、なかなか幸福な作家の相だと思う。

はじめて読んだ太宰治が「人間失格」だった人間としては、この箇所に戦慄しました。

熱海で起稿し、とりくんでいる長篇のことになると太宰は「こんどのは『斜陽』の何倍もいいものだ」と気負って語り、机の上の黒塩瀬のふろしき包みをといて書きかけの原稿をとり出して見せた。「展望」の仕事とだけ聞いていた私は、このとき初めて原稿の冒頭に大きく記された「人間失格」の四字を見た。

それから、次の箇所には、心底、うらやましいと思いました。美知子さんの文章がこんなにたしかなのは、口述の筆記をさんざんつとめたせいなのか。

「駈込み訴え」の筆記をしたときが一番記憶に強く残っている。〈中略〉昭和十五年の十月か十一月だったか、太宰は炬燵に当たって、盃をふくみながら全文、蚕が糸を吐くように口述し、淀みもなく、言い直しもなかった。ふだんと打って変わったきびしい彼の表情に威圧されて、私はただ機械的にペンを動かすだけだった。

「駈込み訴え」の口述筆記なら、ぜひやりたい。妻にならなけりゃさせられぬというのなら、よろこんで妻になります。太宰がだめでも、鷗外か、中也か、賢治でもいい。無理矢理にでも口述させて、逐一書きとる。書きとるうちに、わたしのからだの中に文体が渦をまくだろう。それをいったん吐きだして再度呑み込む。全身の体液が、「申し上げます。申し上げます」や「ゆあーんゆよん」や「どっどど、どどうど」になっちゃうのだ。なんという快感。

と夢想したところでわれにかえりました。そんなことはありえないので、また美知子さんにもどる。読みすすめるうちに、なんと不穏なこと、たとえ口述筆記させてもらっても、わたしは、太宰の妻にはなりたくなくなってきたのであります。

太宰治に溺れた頃は、思春期を抜け出したばかりで、性体験はもちろんなかったし、男のことなど何も知りませんでしたから、「妻」というのがどんなものかも、皆目わかっていませんでした。当然、太宰にまんまと欺されて読んでいました。太宰本人とその妻がモデルであり、それは事実の通りであろうと。

大きくなって人生の経験を積みましたら、たしかにおむすびの中の小さな梅干しのように、事実は核になってるだろうが、作家の虚構が飯粒のようにまわりにとりつき、変形し、肥大化しておるのだということが、わかるようになりました。作家の虚構というのは、かなりの部分、書き手の主観らしい、ということも。

「十二月八日」「ヴィヨンの妻」「おさん」「きりぎりす」「皮膚と心」、どの小説を読んでも、妻の目を通して描かれる夫は、はっきりとした姿かたちが見えてくるのに、妻のほうは、なまめかしくうごめく女ことばがあるばかり。

太宰の小説の中に出てくる津島美知子さんらしき人影は、すべて「鏡」そのものであった。そこに太宰は自分を映しだした。

映しやすい鏡であったと思うんです。明晰で、こまやかで、強くて、がんばりやの生活者で。だからこそ、ハッキリした枠を持つ鏡になれた。鏡には、鏡の姿は映りません。

読みはじめの若い頃に溺れたのは「人間失格」や「晩年」、明るくて子どもにもわかる「ろまん灯籠」や「お伽草紙」も大好きでしたけれども、おとなの女として自覚が出てきた頃から、奥さんの語る（夫が語り手のときもある）家庭ものが、いとおしくてたまらなくなりました。

無頼だなんだといいながら、やたらに所帯じみてる描写が好き。妻と夫の無言の対立が好き。流れるようなリズムに乗って、おもしろおかしく（声に出して笑うほどはいかなくとも、眉間に皺を寄せたまま読んでいなくてもいい、という程度）語られるところも好き。

つまりそれらは、わたくしがおとなの女になってから読みはじめ、今にいたるまで年頃愛読してきた説経節などの語り物の世界に、近いものがあるのです。しかし太宰への愛着もまたそこにむすびつきますので、もう近年は、それればかり言っております。

説経節。もう近年は、それればかり言っておりますので、くりかえさせてください。

説経節にかならず出てくるのは、がむしゃらに働く女。社会にあるいは才能に、また病気や性格に、翻弄されて落ちぶれる貴公子。説経節（あるいはそのような語り物）の多くは、女たちによって語られたようです。一見主人公が男でも、じつはそれを支える女たちが大活躍する話が多いのは、そのためか。

女が男を助けてがむしゃらに生きていくとか、女が死んだ男の菩提をがむしゃらにとむらうとか。お話が暗くて、救いがなくて、好きになれない「愛護若」や「かるかや」も、がむしゃらに生き抜く女は出てこないのですけれども、いかにも、聞き手としての母の心をくすぐる構成になっています。つまりそれも、女が主体の話といえます。

ところが、太宰の文学では、強い女とだめな貴公子という構図こそ、このような語り物に似ていますけど、語りの主体は太宰であります。そこで、男のナルシシズムが、随所に、ねちっこく、滲みだしてくるのをとめられない（とめる気もなかったと思いますが）。

その結果、詩人の夫や編集者の夫、太宰らしい夫たちが、どんなに情けなく、無能に、堕落して、無頼であると描かれていても、かれらのことは憎み切れません。「私は夫をつくづく、だめな人だと思いました」とか「呆れかえった馬鹿々々しさに身悶えしました」とか書かれてあっても、そこにまた、そのだめな男を見るのが楽しい、といいますか、だめさが書いてあればあるほど、だめさに身悶えしている男が、哀しくて愛しい。

まんまと太宰の芸にひっかかった証拠であります。

ところが、ここに鏡が立ち上がった。

美知子さんという鏡が、立ち上がって、勝手に太宰を映しはじめたのであります。その結果、同じ組み合わせのカップル（太宰治と津島美知子さん）を語っているのに、美知子さんによって語られた話は、「強い女とだめな貴公子」の構図を足で踏みつけているように、強くがむしゃらである。その上、彼女の夫については、ひとの夫とだけ思えて、哀しいとも愛しいとも思えない。あたしならこんな男とは暮らせない、とさえ思う。こんなに、太宰が、大庭葉蔵が、好きだったのに。

そこが、大きな、大きな、違いであります（もちろんそこには小説とエッセイの違いがあるんですけれども、分野の違いに、何の意味があるんでしょう）。

津島美知子さんによってあざやかに描きだされる太宰は、吝嗇（本人もそういっていますが、ほんとうだったのです。それこそ虚構と思っていました）、生活の雑事は何もかも人任せ、プライドばかり高くて、子どもっぽくて自己中で、妻にお金を渡してくれなく

『回想の太宰治』カバー
（昭53・5　人文書院）

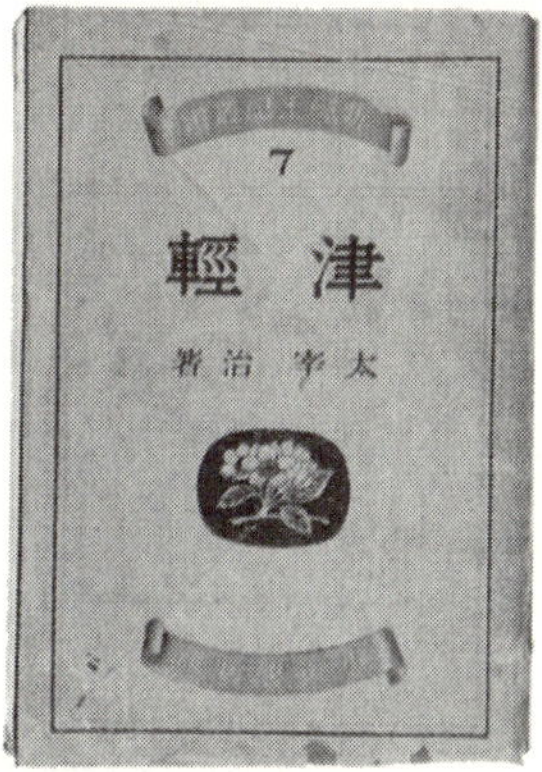

『津軽』表紙
（昭19・11　小山書店）

美知子の実家、甲府の石原家にて（昭和14年）
（前列左より、太宰、美知子の母くら。後列左より、妹愛子、美知子、弟明、長姉富美子）

て、酒飲みで、指が黄色くなるくらいの喫煙常習者で、しかも狭量。(時代を考えればしようがないが)妻に対する思いやりがぜんぜんない。

あとあとまで、「お前はAの『F』をいいなんて言ったね」という言い廻しで、太宰という作家を前において、他の現存作家の名や作品を口にしたことを詰った。

皮をむかれて赤裸の因幡の白兎のような人で、できればいつも蒲の穂綿のような、ほかほかの言葉に包まれていたいのである。〈中略〉針でさされたのを、鉄棒でなぐられたと感ずる人なのだ。

ご当人は飲みたいだけ飲んで、ぶっ倒れて寝てしまうのであるが、兵営の消灯ラッパも空に消え、近隣みな寝しずまった井戸端で、汚れものの片附けなどしていると、太宰が始終口にする「侘しい」というのは、こういうことかと思った。

この本が最初に出版されたのは一九七八年、美知子さんは六十六歳で、太宰の没後三十年が経っているのです。三十年間忘れずにいた「侘しさ」が、心に残りました。

風景にもすれ違う人にも目を奪われず、自分の姿を絶えず意識しながら歩いてゆく人だった。連れ立って歩きながら、この人は「見る人」でなく「見られる人」だと思った。近視眼であったが、精神的にも近視のような感じを受けた。彼に比べたら、世の人は案外自分で自分を知らず、幻影の交じったいい加減な自分の像を作って生きているような気がする。

「精神的にも近視」、こんな厳しくそして的確な表現のできる女を、太宰は家内などと気楽に呼んで、着るものの世話をさせたり、夜更けにひとりで後片づけをさせたりしていたのです。怖ろしいこと。

それほど犬嫌いの彼がある日、後についてきた仔犬に「卵をやれ」という。愛情からではない。怖ろしくて、手なずけるための軟弱外交なのである。人が他の人や動物に好意を示すのに、このような場合もあるのかと、私はけげんに思った。怖ろしいから与えるので、欲しがっているのがわかっているのに、与えないと仕返しが怖ろしい。これは他への愛情ではない。エゴイズムである。彼のその後の人間関係をみると、やはり「仔犬に卵」式のように思われる。がさて「愛」とはと、つきつめて考えると、太宰が極端なだけで、本質的にはみなそんなもののようにも思われてくる。

「畜犬談」。穏やかな短編ながら、躍動することばのリズムは物凄かった。内容は、とぼけた内容でありながら、殺伐としてい、殺伐としていながらほのぼのし、その上どきどきもするんですけれども、メロスみたいにきっちりしておらず、綻びが随所にあって、そこがまた、たまらなく快感なのであります。犬好きと怖いもの見たさも相俟って、長年愛読してきたその話の核を、ここに見つけました。しかしいったいこの犬は実在したのか、しなかったのか。「ご近所にわるいわ。殺して下さい」と、津島美知子さんなら言えるような気もするし、津島美知子さんだからこそ、言えても言わないような気がします。

それにしてもあの時代とこの時代。

太宰の小説と合わせ読むと、夫婦間の敬語や、妻が夫を他人に語るときの凛とした謙譲語が、なめらかに使われているのに驚きます(妻が夫に敬語を使うような、そのような関係性は、失われてちっとも惜しくありませんが)。日本語そのものとしては、じつに美しい日本語です。

あの時代に妻であることは、今、妻であるよりもずっと大仕事で、重労働で、自分であることを消しつつ、自分らしさを出していかねばならなかったようです。多分、自分らしくなくても平気で生きられた時代でもあったのでしょうが、美知子さんは自分らしく生きた。

これは夫にかんする回想記であり、美知子さんご本人の人生については（直接には）書かれてません。でも想像はできます。個人の経験というより、この世代の女たちに通じる、あるいは世代を超えて、たくましく生きねばならなかった女たちにも通じる、苦しみ悲しみを我慢して頑張りぬく、そのため息が聞こえたと思うのは、空耳ではないと思うのです。

美知子さんと太宰は、夫婦としては、短い間だったけれども、充実した楽しい時間を持てたのではないかというのも、また、容易に想像できるのです。その後どんなふうに別れたとしても、この二人は、いい夫婦だったのだ。太宰のだめ夫ぶりにうんざりしながらも、わたしには、そう感じられました。

そこに、妻として生きた美知子さん自身の、自分らしい、生の重さがあると思いました。太宰と美知子さんの生が、これからの文学につながっていくのだろうということも、納得できることでありました。

津島美知子略年譜

一九一二（明治四五）年一月三一日、父石原初太郎、母くらの四女として島根県浜田（現・浜田市）に生まれる。父は山梨県出身で、東京帝国大学理学部地理学科を卒業後、各地の中学校長を歴任、浜田は父の赴任先だった。ほどなく家族と共に山形県米沢に移り住み、のち、祖父母の待つ山梨県甲府市の父の実家に落ち着く。父は県嘱託として県下の自然調査に従事し国立公園の指定・観光開発に貢献した。一九二九（昭和四）年、甲府高等女学校（現・甲府西高校）を卒業して、東京女子高等師範学校（現・お茶の水女子大学）に入学。一九歳のとき、父が脳溢血で急死。兄左源太が家督を継ぐが、二年後に病死、弟明が石原家の戸主となった。東京女高師を卒業して、山梨県の都留高等女学校に勤め、地理・歴史を教える。一九三九（昭和一四）年、井伏鱒二夫妻の媒酌により、二七歳で津島修治（太宰治）と結婚。甲府から転居し、東京府北多摩郡三鷹村下連雀の借家に住む。以後、口述筆記などをして夫の作家活動を支える。一九四一（昭和一六）年、長女園子、一九四四（昭和一九）年、長男正樹を出産。戦争中、甲府に疎開するが空襲を受け実家は全焼し、青森県北津軽郡金木町の夫の実家に再疎開。一九四六（昭和二一）年、三鷹の自宅に戻る。一九四七（昭和二二）年、次女里子を出産。一九四八（昭和二三）年六月、夫が玉川上水で入水自殺。東京都文京区駒込曙町の実弟石原明宅に三児と共に身を寄せたあと、一九五〇（昭和二五）年、同区駒込蓬萊町に転居、のち、同区駕籠町に移り終生そこに住んだ。以後は、三人の子供の養育に心を注ぎながら、太宰の関係資料、遺稿を保存整理し、年譜の作成、全集の編集や解説の執筆に携わるなどした。一九六〇（昭和三五）年、長男正樹が病死。一九七八（昭和五三）年、『回想の太宰治』を人文書院より刊行。一九八三（昭和五八）年、同書を大幅に改稿加筆し講談社文庫より刊行。一九九一（平成三）年、自宅前で転倒し入院生活が続くが、一九九三（平成五）年、退院して帰宅、次女里子と同居する。一九九六（平成八）年、「太宰治研究第二輯」（和泉書院刊）に回想記を寄稿する。一九九七（平成九）年二月一日、虚血性心疾患で死去。享年八五歳。同年八月、「父のこと、兄のこと」等を加えた『増補改訂版　回想の太宰治』が人文書院より刊行された。

年譜

太宰治

一九〇九年（明治四二年）

六月一九日、父源右衛門、母夕子《たね》の六男として青森県北津軽郡金木村（現・五所川原市）に生まれる。本名津島修治。明治維新後、曾祖父の代に農地の廉価買い上げと金貸し業によって急激に産を成した県内屈指の素封家であった。津島家は、使用人を入れ三〇名を越す大家族であった。兄五人（長兄次兄は夭折したため三兄文治が長兄扱いされる）、姉四人。県会議員の父源右衛門は修治の生まれる二年前、商家風の旧宅跡に赤屋根の豪壮な大邸宅を新築。周辺に役場、郵便局、銀行、警察署を配置した官庁街を作らせ君臨した。生母が病弱のため、生まれて間もなく乳母をつけられたが、一歳頃から、同居の叔母キヱに育てられ、叔母を生みの母と思って成長した。

一九一二年（明治四五年・大正元年）　三歳

五月、女中近村タケが子守りとなり、この後小学校に進む直前まで養育される。父が衆議院議員に当選。金木の殿様と土地の人から呼ばれる。この頃から、源《やまげん》の屋号、および鶴丸の定紋を使用するようになった。やがて、父母は東京に居を構え、東京で生活することが多くなった。

一九一六年（大正五年）　七歳

一月、叔母一家が五所川原に分家し、小学校入学直前まで叔母の家で過ごす。四月、金木第一尋常小学校入学。一年次から人の意表をつく作文力で教師を驚かし、在学中、全甲首席、総代を通す。その一方、人をからかったり手に負えない腕白ぶりを発揮する。

一九二二年（大正一一年）　一三歳

三月、全甲首席、総代で金木第一尋常小学校を卒業。四月、学力補充のため、金木町郊外の組合立明治高等小学校に入学、一年間通学。成績優秀にもかかわらず、悪戯が過ぎて、修身、操行を乙と評価される。一二月、多額納税議員の補欠選挙で、父が貴族院議員に当選する。

一九二三年（大正一二年）　一四歳

三月、貴族院議員在任四ヵ月で父源右衛門が急病で東京の神田小川町の病院に入院して死去。享年五一歳。長兄文治が家督を相続した。四月、青森県立青森中学校に入学。持ち前の茶目っ気でクラスの人気者になる。

一九二五年（大正一四年）　一六歳

三月、中学校の「校友会誌」に最初の創作「最後の太閤」を発表。この頃から作家への憧れが強まり、芥川龍之介や菊池寛などの作品に親しむ。四月、弟礼治も中学校に進む。八月、級友たちと同人誌「星座」を創刊し、辻魔羞児の筆名で戯曲「虚勢」を発表したが、一号限りで廃刊。一〇月、「校友会誌」に「角力」（筆名は辻魔首氏）を発表。一一月、同人雑誌「蜃気楼」を創刊、「温泉」「犠牲」「地図」などを発表する。

一九二六年（大正一五年・昭和元年）　一七歳

「蜃気楼」に「負けぎらいト敗北ト」「侏儒楽」「針医の圭樹」「瘤」「傴僂」「将軍」「哄笑に至る」「モナコ小景」「怪談」などの創作を精力的に発表。九月、三兄圭治の提唱で同人雑誌「青んぼ」を創刊、「口紅」などの小品を発表。

一九二七年（昭和二年）　一八歳

二月、高校受験準備のため、「名君」を掲載した「蜃気楼」一月号を最後に通巻一二号で休刊。三月、青森中学校第四学年を修了。四月、官立弘前高等学校文科甲類に入学。弘前市の親戚藤田豊三郎方から通学する。同期生に上田重彦（作家石上玄一郎）がいた。七月、作家芥川龍之介の自殺に激しい衝撃を受け、直後から学業を放棄、芸妓上がりの師匠について義太夫を習い、服装に凝るなど、私生活に急激な変調を来たす。この頃、江戸文学や芸術派の作品に親しみ、近松門左衛門、泉鏡花らの文学に心酔する。

一九二八年（昭和三年）一九歳

五月、個人編集の同人誌「細胞文芸」を創刊。井伏鱒二など中央の作家に稿料を払い寄稿を受ける。筆名辻島衆二で生家を告発する暴露小説「無間《むげん》奈落」を発表する。九月、経済的理由から同誌を四号で廃刊するまでに、「股をくぐる」「彼等と其のいとしき母」を発表。青森市の花柳界に出入りし、芸妓紅子（小《お》山《やま》初代）と馴染みになる。一〇月、青森市の同人誌「猟騎兵」に参加。一二月、新聞雑誌部委員となり「校友会雑誌」に「此の夫婦」を本名で発表。

一九二九年（昭和四年）二〇歳

一月、弟礼治急病死、享年一六歳。二月、弘前高等学校校長鈴木信太郎の公金無断流用事件発覚。新聞雑誌部主導で同盟休校に入り、校長排斥に成功する。五月、「弘高新聞」に「哀蚊」、八月、「猟騎兵」に「虎徹宵話」、九月、「弘高新聞」に「花火」を発表する一方、急激に左傾化。一二月、期末試験の前夜にカルモチンを多量に嚥下して自殺未遂事件を起こす。

一九三〇年（昭和五年）二一歳

一月、青森県の文芸総合誌「座標」創刊号に「地主一代」の連載開始（筆名は大藤熊太）。同月、校内左翼分子が一斉検挙。三月、上田

重彦を含む三名が放校処分を受け、新聞雑誌部は解散させられ「校友会雑誌」が無期限休刊となる。四月、東京帝国大学仏文科に入学。府下戸塚町諏訪の学生下宿に下宿。五月、共産党のシンパ活動に加わる一方で、井伏鱒二を訪ね、以後師事する。同月、長兄文治の圧力で、「地主一代」を第三回で中絶。代わって七月から同じ筆名で「学生群」を連載するが、これも第四回で中絶。六月、三兄圭治病没、享年二六歳。九月、小山初代を家出上京させる。一一月、上京した長兄は義絶（分家除籍）を条件に初代との結婚を認める。その直後、銀座のカフェー女給田部シメ子と鎌倉小動崎の海岸で薬物心中を図り、田部シメ子は絶命。一二月、小山初代と仮祝言を挙げる。

一九三一年（昭和六年）　二二歳

二月、神田区岩本町のアパートで初代と世帯を持つ。三月、住居を活動家のアジトに提供。一〇月、神田区同朋町の住まいが党関係者の連絡場所になっているのを察知され、西神田署で取調べを受ける。党の活動量と危険度が日毎に増大し、登校を怠り、創作からも遠ざかる。

一九三二年（昭和七年）　二三歳

三月以降、不安と恐怖から転居を繰り返す。六月、警察の監視網から姿を消し行方知れず。特高警察は生家を連日訪問、協力を要請。長兄は憤り、送金を即刻停止、運動離脱を迫った。七月、青森で極秘に家族会議、翌日青森警察署に出頭、党との絶縁を誓約して帰京した。一二月、青森検事局に出頭、以後、左翼運動から完全に離脱。この頃、太宰治の筆名を考案する。

一九三三年（昭和八年）　二四歳

二月、同人誌「海豹通信」に「田舎者」を発表、太宰治の筆名を初めて使用する。三月、「海豹」に「魚服記」を発表。四月から同誌に「思ひ出」を連載。一二月、大学卒業見込みのないことを長兄に叱責される。

一九三四年（昭和九年）二五歳

四月、「文芸春秋」に井伏鱒二との合作「洋之助の気焰」を発表。古谷綱武・檀一雄ら編集の同人誌「鷭」に、同月、「葉」を、七月、「猿面冠者」を発表。一一月、「めくら草紙」を除く「晩年」の一四篇を完成。一二月、創刊した「青い花」に「ロマネスク」を発表した。

一九三五年（昭和一〇年）二六歳

二月、「文芸」に「逆行」を発表。三月、東京帝国大学は落第と決定し、都新聞社の入社試験を受けるが失敗。鎌倉で自殺未遂。四月、急性虫垂炎の手術後、腹膜炎を併発して重態になる。患部鎮痛のためパビナールを使用し、以後中毒に悩む。五月、「日本浪曼派」に「道化の華」を発表。七月、千葉県船橋町に転居。同月、「作品」に「玩具」「雀こ」を発表。八月、「逆行」が第一回芥川賞の次席となる。九月、東京帝大を除籍される。一〇月、「文芸春秋」に「ダス・ゲマイネ」を発表。

一九三六年（昭和一一年）二七歳

二月、パビナール中毒治療のため入院するが、完治しないまま退院。六月、第一短篇小説集『晩年』を砂子屋書房から刊行。八月、第三回芥川賞に落選。パビナール中毒の妄想もあり、選考委員の佐藤春夫と応酬する。一〇月、パビナール中毒と結核の治療のため入院。一一月、完治退院して杉並区天沼に移転。入院中、初代が画学生と過ちを犯す。

一九三七年（昭和一二年）二八歳

三月、初代の過ちを知り、谷川温泉で初代とカルモチン心中未遂。六月、初代と離別する。同月、新潮社から『虚構の彷徨、ダス・ゲマイネ』を、七月、版画荘から短篇集『二十世紀旗手』を刊行。

一九三八年（昭和一三年）　二九歳
七月、井伏鱒二からの縁談を契機に再起を図る。九月、山梨県御坂峠の天下茶屋で創作に専念。石原美知子と見合い。一〇月、「新潮」に「姥捨」を発表。一一月、甲府市に移る。

一九三九年（昭和一四年）　三〇歳
一月、石原美知子と結婚式を挙げ、甲府市に新居を構える。二月、「文体」に「富嶽百景」、四月、「文学界」に「女生徒」を発表。四月、「黄金風景」が国民新聞短篇小説コンクールに当選。五月、書き下ろし短篇集『愛と美について』を竹村書房から、七月、砂子屋書房から『女生徒』を刊行。九月、東京府下三鷹村下連雀に転居。ここが終の栖となる。

一九四〇年（昭和一五年）　三一歳
一月、「月刊文章」に「女の決闘」を連載開始、六月に完結。四月、竹村書房から『皮膚と心』を刊行。五月、「新潮」に「走れメロス」を発表。六月、河出書房から『女の決闘』を、人文書院から『思ひ出』を刊行。一二月、前年刊行の『女生徒』が透谷文学賞の副賞となり記念文学賞牌を受ける。同月、「婦人画報」に「ろまん燈籠」を連載開始、翌年六月に完結。

一九四一年（昭和一六年）　三二歳
五月、実業之日本社から『東京八景』を刊行。六月、長女園子が誕生。七月、文芸春秋社から『新ハムレット』を刊行。八月、母の見舞いに九年ぶりに帰郷。筑摩書房から『千代女』を刊行。一一月、文士徴用の身体検査を受けるが胸部疾患のため免除となる。

一九四二年（昭和一七年）　三三歳
一月、私家版『駈込み訴え』を刊行。六月、錦城出版社から『正義と微笑』を、博文館から『女性』を刊行。一〇月、母重態のため妻子同伴で帰郷。妻美知子が生家の人々と初めて対面する。一二月、母危篤で単身帰郷。母タ子死去。享年六九歳。

一九四三年（昭和一八年）　三四歳

一月、亡母法要のため妻子同伴で帰郷。同月、新潮社から『富嶽百景』を、九月、錦城出版社から『右大臣実朝』を刊行。

一九四四年（昭和一九年）　三五歳

五月、小山書店から『津軽』を執筆依頼され、六月まで津軽地方を旅行、一一月刊行。七月、先妻小山初代が中国の青島で死去、享年三三歳。八月、長男正樹が誕生。同月、肇書房から『佳日』を刊行、九月に「四つの結婚」の題名で映画化される。一二月、中国の作家魯迅の仙台医学専門学校時代の調査で仙台に旅行。

一九四五年（昭和二〇年）　三六歳

三月、妻子を甲府の石原家に疎開させる。七月、空襲に遭い石原家は全焼したため、津軽に再疎開。八月、終戦。読書や執筆に専念する。九月、朝日新聞社から『惜別（医学徒の頃の魯迅）』を刊行。一〇月、「河北新報」に「パンドラの匣」を連載開始、翌年一月完結。一二月、農地改革で地主の土地所有制が解体、生家も斜陽の運命を辿る。

一九四六年（昭和二一年）　三七歳

四月、戦後初の衆議院議員選挙で長兄文治が当選。六月、河北新報社から『パンドラの匣』を刊行。七月、祖母イシ死去、享年八八歳。一〇月、葬儀。一一月、疎開生活を切り上げ、約一年半ぶりに三鷹の旧宅に戻る。

一九四七年（昭和二二年）　三八歳

一月、「群像」に「トカトントン」を、「中央公論」に「メリイクリスマス」を発表。作家織田作之助死去。「東京新聞」に「織田君の死」を発表。三月、次女里子誕生。七月、中央公論社から『冬の花火』を刊行。「新潮」に「斜陽」の連載開始。八月、筑摩書房から『ヴィヨンの妻』を刊行。一一月、太田静子との間に治子誕生。一一月、新潮社から『斜陽』を刊行。

一九四八年（昭和二三年）

一月、「中央公論」に「犯人」を、「光」に「饗応夫人」を、「地上」に「酒の追憶」を発表。三月、「新潮」に連載エッセイ「如是我聞」を発表。四月、八雲書店から『太宰治全集』の第一回配本を刊行。六月、「展望」に「人間失格」の連載開始。同月一三日夜半、山崎富栄と玉川上水に入水。満三九歳の誕生日に当たる六月一九日に、奇しくも遺体が発見される。七月、筑摩書房から、『人間失格』、実業之日本社から『桜桃』が、一一月、新潮社から『如是我聞』が刊行される。翌年六月一九日、今官一の提唱で友人が三鷹の禅林寺に集合、「桜桃忌」と名づけて偲んだ。以後毎年この会が開かれるようになる。

本年譜は、『太宰治全集13』（一九九九年　筑摩書房刊）所収、山内祥史氏作成の年譜ほか、諸資料を参照し、編集部で編みました。その際、年齢はすべて満年齢としました。

（編集部編）

本書は、『回想の太宰治』（昭和五八年六月　講談社文庫刊）を底本としましたが、「アヤの懐旧談」を削除し、『増補改訂版　回想の太宰治』（平成九年八月人文書院刊）より、「蔵の前の渡り廊下」「南台寺」「父のこと、兄のこと」「『水中の友』」の四篇を収録しました。増補改訂版でなされた数ヵ所の固有名詞の特定、訂正などは、それに倣いました。振り仮名を多少増やすなどしましたが、原則として底本に従いました。

回想《かいそう》の太《だ》宰治《ざいおさむ》

津《つ》島《しま》美《み》知《ち》子《こ》

二〇〇八年三月一〇日第　一　刷発行
二〇二五年九月一二日第二一刷発行

発行者――篠木和久
発行所――株式会社　講談社
東京都文京区音羽2・12・21　〒112-8001
電話　編集（03）5395・3513
　　　販売（03）5395・5817
　　　業務（03）5395・3615

デザイン―菊地信義
印刷――株式会社KPSプロダクツ
製本――株式会社国宝社
本文データ制作―講談社デジタル製作

定価はカバーに表示してあります。

講談社
文芸文庫

ISBN978-4-06-290007-2

近松秋江 ── 黒髪｜別れたる妻に送る手紙　勝又 浩──解／柳沢孝子──案
塚本邦雄 ── 定家百首｜雪月花(抄)　島内景二──解／島内景二──年
塚本邦雄 ── 百句燦燦 現代俳諧頌　橋本 治──解／島内景二──年
塚本邦雄 ── 王朝百首　橋本 治──解／島内景二──年
塚本邦雄 ── 西行百首　島内景二──解／島内景二──年
塚本邦雄 ── 秀吟百趣　島内景二──解
塚本邦雄 ── 珠玉百歌仙　島内景二──解
塚本邦雄 ── 新撰 小倉百人一首　島内景二──解
塚本邦雄 ── 詞華美術館　島内景二──解
塚本邦雄 ── 百花遊歴　島内景二──解
塚本邦雄 ── 茂吉秀歌『赤光』百首　島内景二──解
塚本邦雄 ── 新古今の惑星群　島内景二──解／島内景二──年
つげ義春 ── つげ義春日記　松田哲夫──解
辻 邦生 ── 黄金の時刻の滴り　中条省平──解／井上明久──年
津島美知子 ─ 回想の太宰治　伊藤比呂美─解／編集部──年
津島佑子 ── 光の領分　川村 湊──解／柳沢孝子──案
津島佑子 ── 寵児　石原千秋──解／与那覇恵子─年
津島佑子 ── 山を走る女　星野智幸──解／与那覇恵子─年
津島佑子 ── あまりに野蛮な 上・下　堀江敏幸──解／与那覇恵子─年
津島佑子 ── ヤマネコ・ドーム　安藤礼二──解／与那覇恵子─年
津島佑子 ── 本のなかの少女たち　井戸川射子─解／与那覇恵子─年
坪内祐三 ── 慶応三年生まれ　七人の旋毛曲り 漱石・外骨・熊楠・露伴・子規・紅葉・緑雨とその時代　森山裕之──解／佐久間文子─年
坪内祐三 ── 『別れる理由』が気になって　小島信夫──解
坪内祐三 ── 文学を探せ　平山周吉──解／佐久間文子─年
鶴見俊輔 ── 埴谷雄高　加藤典洋──解／編集部──年
鶴見俊輔 ── ドグラ・マグラの世界｜夢野久作 迷宮の住人　安藤礼二──解
寺田寅彦 ── 寺田寅彦セレクション Ⅰ 千葉俊二・細川光洋選　千葉俊二──解／永橋禎子──年
寺田寅彦 ── 寺田寅彦セレクション Ⅱ 千葉俊二・細川光洋選　細川光洋──解
寺山修司 ── 私という謎 寺山修司エッセイ選　川本三郎──解／白石 征──年
寺山修司 ── 戦後詩 ユリシーズの不在　小嵐九八郎─解
十返 肇 ── 「文壇」の崩壊 坪内祐三編　坪内祐三──解／編集部──年
徳田球一・志賀義雄 ── 獄中十八年　鳥羽耕史──解

▶解=解説 案=作家案内 人=人と作品 年=年譜を示す。 2025年8月現在